# 三汇的花朵

黄　河著

中国文联出版社

**图书在版编目（CIP）数据**

三汇的花朵／黄河著. --北京：中国文联出版社，2018.8（2024.6重印）

ISBN 978-7-5190-3846-5

Ⅰ.①三… Ⅱ.①黄… Ⅲ.①散文集—中国—当代 Ⅳ.①I267

中国版本图书馆CIP数据核字（2018）第183325号

著　　者　黄　河
责任编辑　王　斐
责任校对　乔宇佳
装帧设计　中联华文

出版发行　中国文联出版社有限公司
地　　址　北京市朝阳区农展馆南里10号　　邮编　100125
电　　话　010-85923025（发行部）　　85923091（总编室）
经　　销　全国新华书店等
印　　刷　三河市华东印刷有限公司

开　　本　880毫米×1230毫米　1/32
印　　张　13.5
字　　数　231千字
版　　次　2024年6月第1版第2次印刷
定　　价　88.00元

# 三汇的花朵（自序）

很早就想写一本关于故乡的杂记，书名就叫《故乡的花朵》。后来发现这书名被著名作家刘震云先生先用了，只得作罢。但我又一万个不甘心，绞尽脑汁，最后想出了《三汇的花朵》这个书名。虽然似有傍“大腕”的嫌疑，但为了我魂牵梦绕的三汇，也顾不得那么多了。想必如刘震云这样有雅量的大家，或许并不屑于计较我这样的无名小辈。

好在，这是在为我的故乡三汇作宣传，个人毁誉也更加无所谓。

我的所谓“三汇”，并不特指三汇镇。因为严格说来，我现在也属于汇北人，并非三汇镇人。但我非常自觉地把自己归为“大三汇”人，还劝学明老师把籍贯直接写三汇——结果他竟然满口同意了。

我文里所有的“三汇”，若非特指，都是泛指三江六岸的广阔土地！

三汇是片神奇的土地。且不说这里风情万种的三江六岸，也不说这里古老神秘的五官三庙一寺一庵，雄伟壮观的六大码头七大门；也不要说这里美丽的青山、白蜡坪、牛奶尖、小三峡、白塔、三角寨、鹞子寨、金鸡石；也不要说这里走出的名满全国的杨牧、李学明、胡春浦、陈清泉、李冰雪、杨森林等名人，只说这里的正月十五烧龙、烧烟火架、拉旱船、耍狮子说吉利、唱车车灯、踩高跷，三月十八抬亭子，五月初五划龙船抢鸭子，八月中秋打糍粑、做月饼，无时不在的打耍锣唱川剧；只说这里的美食心肺汤圆、盐锅盔、水八块、羊肉蒸笼、油果子、碗儿糕、油钱、圆子、滑肉、酥肉、飘汤圆……也美死个人！少不入三汇，老不离三汇。三汇确实是个来了就让你心发痒、脚发软的小镇！

他们说，三汇曾经辉煌。辉煌好哇！辉煌就留下了光辉灿烂的历史文化，就留下富可敌川的物质财富，就留下了挥之不去的深深沉淀！

他们说，三汇现在衰落了。衰落好哇！不衰落，怎么知道我们败过家？怎么打掉我们的夜郎自大与狂妄骄横！怎么知道我们犯下的千古罪责？怎么明白我们与别人的差距？怎么知道我们的明天在哪里？怎么知耻后勇，发愤图强！

一切都是最好的！

“达则兼济天下，穷则独善其身。”对一个人如此，对一个地区也如此。

其实，三汇的每个毛孔里都挤满了财富。三汇可以说富得流油，三汇可以说富可敌国，关键只看你有没有发现的眼光。

千年三汇，被人疏忽和遗漏的太多了。

千年三汇，每个毛孔里都有着文化的蜜汁，这是祖先留给我们的宝贵财富。然而，我们珍惜过吗？我们竟会把秦砖汉瓦、唐诗宋词当垃圾。这是我们为无知犯下的不可饶恕的错失与罪过！

千年三汇，每个青石板浸染着历史的底蕴，这也是祖先留给我们的宝贵财富。然而，我们珍惜过吗？我们会把稀世珍宝当垃圾，当故纸。这是我们为无知犯下的不可饶恕的罪过与错失！

千年三汇，出过多少文人墨客、王公豪爵、富商巨贾，然而，又有多少历史留下片言只字？风流随白蜡坪、大青山、牛奶尖的风吹过，只留下过眼云烟；风流随巴河、州河、渠江的水飘走，不留下一丝痕迹！

这是世俗、世故、浅薄的三汇人千年历史的当前结局，缺少晓通古今、一脉相承的智慧，缺少高洁如玉、文章千古的极致追求；缺少一根筋、誓死捍卫精神领地的人生信念，缺少一代又一代自觉自愿、不计人生得失的文化传承！

三汇是油盐场，三汇是风流场，三汇是功利场，但三汇缺少自己的文墨场和赛诗场，缺少自己的文圣和诗圣，缺少李白、杜甫，缺少韩愈、柳宗元，缺少罗贯中、施耐庵！

文章千古事。没有文人就没有历史。这才是千年三汇最大的损失和悲哀！

三汇从来不缺财富，更不缺挥霍财富；三汇从来不缺风雅，更不缺附庸风雅；三汇从来不缺钻营，更多人精于钻营；三汇从来不缺聪明，只有精明过剩。那么三汇缺什么？缺大智慧，缺高瞻远瞩的大智慧；缺大舍得，缺抛弃自己一切精打细算的大舍得；三汇缺大慈悲，一种悲天悯人的大情怀；三汇缺大信念，一种九死一生、至死不回头的人生追求；三汇缺大人文，缺一种为弘扬和传承三汇文化舍我其谁、万死不辞的人文情怀！

今天我们来谴责和反思历史，不能不反思我们自己。码头文化、江湖文化、市井文化，构成了光怪陆离的三汇世俗生活。这在张人俐的《风雨三江镇》里可见一斑。虽然只是虚构的故事，但我相信与作家几十年的生活浸淫不无关系。事实上，我印象里的三汇也是这样光怪陆离的。因此，二十世纪六七十年代对三汇的破坏，甚至后来的衰败，既是时代大气候的结局，也是三汇自身小气候的结局。换句话说，表面很偶然，实际上是一种必然；表面看是一小撮官员的责任，实际上我们每个人都负有不可推卸的责任。

然而三汇的未来绝不是这样的。而且，我对三汇也从来没有悲观绝望过。人类的工业化，带来了无尽的财富、发展与机会，也带来了无穷的痛苦和灾难。三汇虽然经历了上世纪的工业和水运发展，但也经历了工业化的污染、工业文明的洗礼、资源枯竭、水运衰落。正因为如此，三汇极有可能是“川东最后的生态城堡”，是四川“即将消失的地平线”。如果论历史文化底蕴、美食民俗风情、地理风景名胜，或许三汇将不输于任何一个地区；更何况，小小三汇，竟有47位作家，如何不是“文学特色小镇”！

我的这本小集子里，写的大多是三汇的一些温暖的记忆，以至于风土人情，古镇小街，反而是很薄弱和空白的。那么，让我把这些空白与遗憾留给后来者吧！但是青山、白蜡坪、牛奶尖、白塔、金鸡石、金浪子、彩亭、美食，却都是有了的。但对于三汇的宣传，总的来说，只展现了她魅力的九牛一毛。就算是抛砖引玉吧！希望有更多的作者能够拿起笔来，挖掘三汇，抒写三汇，赞美三汇。

我承诺，只要是写三汇，只要你写出来，出版的事可以交给我，经费也由我来筹措。

对于我们大三汇，今生或许我也就只能做这点儿小事了。

最后要浓墨重彩补一笔，我这本小集子，有幸得到杨牧先生题写书名，李学明先生作序。特别是学明老师，竟然用了4个月时间，几乎用生命的力量为我写下了长达20000余字的长序。我是何其荣幸！

黄河 2018年6月2日

# 黄河的文学梦想
# 与三汇文学发展的曲折六十年

## ——《三汇的花朵》序

### 1

黄河，奔腾咆哮，气势如虹。

《三汇的花朵》作者黄河，也确实有那么一点儿气势。

这黄河，三汇人，之前素未谋面。然而2017年6月27日，他所创办的“三汇文学”公众号那篇发刊词，一下把我怔住了。言之凿凿，要为三汇文学而生，也要为三汇文学而死。

他究竟有什么法力，这样与众不同？

2017年8月13日在成都，2017年9月17日在三汇，2017年12月27日在广东，我三次见到黄河，算是对他多少有点儿了解。

## 2

黄河直如一本书，他的人生有三部曲。

儿时，黄河家贫，12 岁时父亲致残，母亲得病，一年至少有三个月缺粮。12 岁的黄河，与 10 岁的弟弟、8 岁的妹妹，一家五口，由黄河和弟弟支撑，耕田犁地，挑水做饭，推磨喂猪。

上学时，黄河满脑子“怎么办”，盯着黑板，盯着老师发呆，课哪里听得进去！

初中毕业，黄河 6 门功课 4 门不及格，有一门居然只得 17 分！

黄河说起他读书时的情景：

“上了初中，所有心思都是胡思乱想。

“书是读不好的，想象力是喷薄的。

“上学是苦闷的。

“上课时间是困乏的。

“下课之后是万般后悔的，犹如罗大佑《童年》里描述的情景。”

那时，他觉得非常苦闷，只希望生一双翅膀飞出去。

20 多年后，他回忆自己的少年时光，“孤寂中聚集丰富的想象力，所以才有今天泉涌的文思”。

初中时，黄河自己创作的两部手稿《隆冬到来时》《先春》，在学校广为流传。《先春》里还有一篇写成人世界的小说《山茶花》，竟有5000字之多！

他的精力主要花在写作上。他给自己立下规矩，每天写一篇文章，不写完就不睡觉。他坚持天天写日记，从小学到中学，厚厚的十几本。“我的文学功底，大抵是这样练出来的。”

14岁的黄河，听老师张本然、张本毅讲14岁的杨牧：杨牧不能读书了，在家乡也待不下去，于是逃往新疆，成为盲流。

后来，杨牧成为中国新边塞诗的领军人物，成为全国十大著名诗人。

杨牧于是成为了少年黄河的偶像。

1986年，正是杨牧和四个小右派玩文学的第30个年头。黄河模仿杨牧《绿风》成立绿野文学社，创办《绿草地》社刊，与张力、唐中华、胡光秀、李文莲、张成芳、曾祥群一同玩文学，讨论诗文，外出采风。

他与三汇中学泉心文学社社长杨森林亲如兄弟，李晓雪、谷月敏、徐晓美、段福毅、姚建国也是他的积极支持者。

这绿野文学社的《绿草地》社刊在三汇地区风生水起，呼啦啦云集了几十个文学少年。如今，这些人大多成为各个领域的佼佼者。

那一年春天，三汇中学外巴河岸边的沙滩上，几十个少男少女，文学玩得疯狂，或弹吉他，或纵情歌唱，或吟颂诗文，青春和热血尽情挥洒。黄河站在一块大石头上高喊：“我宣布，新世纪的文学精英将从这里崛起！”

“我右手高举，像一面风中摇动的大旗，引领着文学青年奋力冲刺。我仿佛看到，我们用智慧、热血和汗水耕耘，辉煌正在远方向我们招手！”

这就是1987年的黄河。

## 3

30年前的1957年，杨牧和“四个小右派”办《奔浪》，30年后黄河办《绿草地》，60年后我们在成都相聚，是偶然，还是必然？

1958年杨牧与四个小右派的故事，在三汇中学传了一届又一届。这压抑，太久太久了。

30年的压抑、积蓄，“崩”出了杨森林与黄河，举起文学的大旗。泉心文学社与绿野文学社，把三汇闹“昂”了。

疯狂的杨森林，一年写100多篇文章，《巴山文艺》常有他的诗文，还登上国字号的《中学生》《语文报》《中国少年文学家》，获得了一个又一个文学大奖。

他是校中名人，校学生会主席，校团委副书记。

他奋力拼搏，考上了西南师范大学，又成为西师大学生会主席。

森林说：“1988 年，我们办刊物、玩文学热闹非凡的时候，我的文学偶像杨牧回来了，我向他报到！”

杨牧曾经告诉我，1988 年，他第二次回三汇中学。三排老教室还在，花园、礼堂没有了。

听说杨牧回来了，一批文学青年蜂拥而至，七嘴八舌话文学。已过不惑之年的杨牧，看见这些文学少年，激动啊。

“当年，我与四个小右派玩文学，只是在小圈子内。现在，你们这阵势，令人欣慰哟。我的汇中也有今天啊！”

杨牧告诉我，这次回母校，雍朝育虽未教过他，但最热情，把杨森林等爱徒也找来了。

中午各自端一碗饭，坐到一起听杨牧讲文学与人生。

杨森林离校，李冰雪接班，当《新星心》社长，汇中学子玩文学，一浪高过一浪。

## 4

从 17 岁到 21 岁，黄河回农村当农民。

务农四五年，他没有认真务一天农，一心只想写作。一次激怒了父亲，撕烂了他的创作本。

黄河去三汇学了 8 个月无线电修理，连开关也不会修，还烧坏了师傅的一台万用表。

他两次离家出走。一次身无分文浪迹 45 天，另一次到成都幺姑家待了三个月。实际上是在文家场泡了 3 个月图书馆。

他自我总结：在农村，超级笨，不安分。结论：都是文学惹的祸。

1990 年，他离开生于斯、长于斯的汇北乐江村，南下深圳打工，其苦难是我等无法想象的。

他先是在龙华清湖建筑工地做小工，每天工作十一二小时。瘦弱的他躬身铲石子、上水泥、和沙浆、拉斗车，工友们都叫他“骆驼”。只要不上工，黄河就躺在清湖的山地上看书和写作，一待一整天。

他先后做过装配工、杂工、磨砂工，几乎把所有工种都做了个遍。

因为倔强和正直，他得罪过清湖村治安办，多次被关进收容所。出来时身无分文，还欠了一屁股的债。居无定所，流浪街头，遭到黑社会……威胁那时，他与社会格格不入。

不过，对这些磨难，黄河只在小说《狭路人生》里淡提了一下。

黄河在深圳龙华打工期间，先后在《深圳特区报》《深圳商报》《深圳晚报》发表新闻和文学稿件数百篇，渐渐崭露头角，成为当年深圳的“十大自由撰稿人”之一。

1996年，文友潘芸推荐他到某派出所做治安员。他在算有了第一份像样的工作。期间，他在岗亭笔耕不先后创作了《燕子带血的唇》《狭路人生》《今夕是何年》《傻哥儿打工记》等小说。

后来，经友人介绍到上南派出所做文书，因不懂人情世故，被领导找了个理由给辞退了。

再后来，他先后在《西江月》《百花》《健康之路》做过编辑、记者，也多次被炒鱿鱼。他非常苦闷：“我已经34岁了，为什么命运的小舟总是搁浅？”

他讨厌自己太笨，不懂人情世故，不懂通权达变，也抱怨时运不济。

深圳闯荡的13年，黄河多次靠一支笔维持生计。在《知音·打工》一个季度曾上过4篇6000字以上的纪实文章，月收入最高达2万元。写作，让他在深圳赢得了应有的尊严。

他是《打工族》杂志特约记者，一年可上20篇大稿。从1992年至2004年间的12年，黄河发表文章逾300万字，多次获得新闻和文学大奖，享受着文字带给他的荣耀与快感。

文学和信念成就了今天的黄河，如今他已经自己当老板了，是多个股份制公司的股东、董事长。

他开始做酝酿已久的“三汇文学”梦！

## 5

悠悠三汇，一遇黄河就不同。

黄河为三汇文学发展做了这样几件事。

第一件，2017年6月27日，筹划已久的黄河建立了“三汇文学”公众号，每天出版一期，不间断。这是一面旗帜，从此三汇文学汹涌澎湃。

他在《序言》中写道：我创办这个文学公众号，只为三汇文学乃至三汇文化而生。我死而文学号不死，必是三汇人文历史振兴之时。

文学，是一个地区的风雅与风骨，更是人类自身与社会活动的活化石。因此，我曾大胆妄言：一个地区如果没有文人，就等同于没有历史。

三汇文学的地域名称很小，但如果你的文才征服了世界，你亦立足于世界了。

第二件，与唐中华建立三汇文学交流群。

180多人的乡友文友，天天聊三汇，引出一篇篇美文。

第三件，召集成都会议。2017年8月13日，黄河从广东中山赶来成都，邀约杨牧、李学明、何本禄、李明春、王忠英、张成芳、姚建国等人相聚，为三汇文学摇旗呐喊。

第四件，汇参加渠县书画院三汇分院成立大会，为“三汇文学”公众号造势。

这次三汇举办活动，我和牧兄尤为兴奋。二话不说，推掉其他事情回三汇助威。

我发言时冲口而出：“黄河之水天上来。”

《见证三汇文化》是黄河参加渠县书画院三汇分院成立后所写的。他说：“参加的开业庆典多了，但这一次最令我动容。我忽然发现自己对三汇文化了解得太少，太肤浅。那些老人，大多是诗书画艺四个领域浸润很深的人，吹拉弹唱，琴棋书画，都是他们的终身爱好。当这么多老人冒雨坐在会议现场一动不动，脸上浮现着幸福与忧伤，低调自在，不嫉妒别人，不轻视自己，不放弃自己的爱好和责任。真的好感动！”

黄河崇拜的杨牧说：“三汇的每一块青石板，每一条石头缝都浸染着我的感情。三汇就是我最初的录音带，随机录放，沁人心脾。”

这令他更加感奋。

第五件，与何本禄、王晶筹备、出版《三汇文学作品选 2017 卷》。

“三汇文学”公众号才创建大半年时间，就有一部《三汇文学作品选 2017 卷》出版，确实令人振奋。

黄河说："今后，《三汇文学作品选》一年出一本。从今年起，还要出文学季刊。将来，还要拍三汇人自己的影视。"

建设三汇文学特色小镇，黄河成竹在胸。

第六件，成立渠县作家协会三汇分会。

2018年4月7日，渠县作家协会三汇分会挂牌成立。黄河从中山来，两百文友从四面八方赶来。文友有了自己的组织，这是文学三汇的盛事。渠县作家协会三汇分会，47名会员，全国罕见。

第七件，他在广东中山市发出"三汇文学公益基金倡议书"，发起"百企千元"捐款，募得12万元三汇文学发展公益基金。"三汇文学"，从此竟然有了自己的公益发展基金，不可思议。

第八件，黄河要出版自己的散文集·《三汇的花朵》。

何故书名《三汇的花朵》？黄河想把散落在三汇各个角落的美景美食、民风民俗、风土人物集大成。文中有巴河、州河、渠河、白塔、白蜡坪、牛奶尖、青山、三角寨、金鸡石、金浪子；有心肺汤圆、盐锅盔、水八块、羊肉蒸笼、圆子、滑肉、飘汤圆；有彩亭、车灯、旱船、烧龙、耍锣、烟火架；有故乡人物幺爸、幺妈、奶奶、牛儿、毛儿；有故乡的中秋、端午、元宵……

总之，百十篇文章，充满了奇趣，充满了深情，充满了对三汇的魂牵梦绕，是对三汇千年底蕴、无穷魅力的倾心演绎。读着读着，就仿佛回到了三汇，就仿佛融入了这片神奇的土地，这方动人的山水，这种走不出的乡恋！

## 6

黄河35岁进入《中国灯饰报》，一炮走红，从此如鱼得水。他的专栏《黄河大钟》，在行业引起巨大的反响。后来结集成书《忠告中国照明行业》，更是备受从业睐。今年又出版了《给照明一条出路》，更是预订者众多。

2008年2月25日，39岁的黄河自创狂飙传媒集团和世界照明传媒平台，从此进入行业传媒的崭新时期。

迄今10年了。10年来，他发现自己不再那么笨了，手和脚、心和脑完美地结合起来，一通百通。“那种感觉妙不可言。”黄河说。

前瞻、洞见、阳光、智慧、专业、服务，使他的平台迅速成为行业媒体第一平台。

2017年12月27日，黄河邀杨牧和我去参加他的第九届世界照明灯饰行业年度品牌风云榜颁奖典礼。我俩前往广东省中山市古镇镇。不就是个镇么？怎么有这么亮的街市，这么大的产业？司机说：“这就是中国灯都古镇，世界各国的客商都到这里订货！”

会议厅灯火辉煌，高朋满座，1000余人济济一堂。

嘉宾来自全国各地。获奖灯企一一走上主席台领奖，掌声如潮。

颁奖涵盖中国照明灯饰行业30个细分品类的126家优秀企业。我确实震惊了！

会场上最受欢迎的，是黄河的演讲。

黄河发表主题报告“2018世界照明灯饰行业流行趋势”。我虽外行，但场内的阵阵掌声，表明业内人士的认可和欣喜。

中国是照明灯饰行业的世界工厂，年产值5800亿元，产品远销220个国家和地区，全球占有率已超过70%以上。

2018年1月，黄河在《坚守自己，不忘初心》中披露：“大家会很奇怪，为什么年底最需要媒体领导不断露面的时候，我却到终端做调研去了。《世界照明时报》的使命，就是打造一个强大的平台，只做有价值的分享。我们沉下心来，扎扎实实做调研，积累基础资源，最终用经过市场检验的理论去指导市场，用我们掌握的市场资源去服务上游厂家，这就是我们认为最有价值的工作。”

我现在终于有点儿明白了，黄河创刊时的八字宗旨“放眼世界，引领潮流”。信哉斯言。

中山古镇之行我了解到，世界照明传媒平台旗下拥有纸媒《世界照明时报》，门户网站世界照明网、世界LED网、世照网传媒股份、灯界网络科技股份、易微网络科技股份及20多个自媒体，拥有世界性的知名度和全国性的影响力。

黄河对我说：“我把钱全部都用在事业平台上去了。20年内，我会对三汇做些力所能及的实事。”

他正积蓄财力和资源，实现文学、文化振兴三汇的梦想。

三汇文学的60年，历史是这样写的：

1957年，杨牧与四个小右派，玩了一把，“玩砸”了。

30个年头后，1986年，黄河、杨森林、李冰雪们在三汇，玩得天翻地覆。

又过了30年，黄河、杨森林、李冰雪们，在中山市、成都市、达州市三地，居然把三汇文学玩得这样疯狂。

学明虽不算太老，年方七五，但病了，封笔了。

2017年12月29日，在广东中山市翠亨村，黄河陪杨牧和我参观孙中山故居时说，明年想出一本散文集《三汇的花朵》，邀我作序。盛情难却，只好破例，我在海南猫冬4个月，勉力为之，边读边记，写下了这些长长的文字，权为之序。

李学明 2018年4月

（李学明先生为《三汇的花朵》所作的序，全文20000余字，此为节选。未删节版谨附录于书后）

# 目录/CON TENTS

## 辑一　我的父亲母亲



## 辑二　三汇人物素描

## 辑三　文化三汇与文化三汇



## 辑四　桃李不言

## 辑五　少年情怀总是诗



## 辑六　家山遥遥

## 辑七 三汇美食

## 附录

# 辑一 我的父亲母亲

# 父亲的石匠背篮

## ——谨以此文献给我深爱的父亲

我是伴着父亲的石匠背篮长大的。

小时候，父亲的石匠背篮简直就是个潘多拉魔盒，充满着太多的神奇太多的诱惑。记忆中，父亲经常出远门，究竟多远是我不知道的，只知道童年的我无法用脚步去丈量父亲的行程。父亲每次从外面回来总要买几根油条给我们三兄妹。弟妹们拿到手，马上狼吞虎咽，而我总是舍不得，只一小块儿一小块儿慢慢品味，直看得弟妹们眼睛发绿。我就沉着脸骂他们“馋鬼”，然后给他们每人匀一小份儿。父亲见了，总要夸奖几句，说我长大了一定很会持家。

渐渐长大了些，父亲外出打石头时就偶尔带上我。山路弯了又弯拐了又拐，父亲和他的伙伴们来到一片荒凉的石山：很稀少的人家，荒草萋萋。石匠们用竿子把那些草压下去，踏出一条小小的路来。他们开始考察哪些是青岗石，哪些是泡砂石，哪些可出石条，哪些只能出石墩，哪些是立山，哪些是卧山，哪些横挖眼，哪些竖开槽。

父亲通常把我安顿在石山脚下一个单家独户，请一位养猪喂牛的大婶照看着我。我常常偷偷地躲过大婶的眼睛逃出来，沿着崎岖的山路蜿蜒而上。老远就听见父亲他们的石匠号子，透着一种神奇的力量向我召唤。当真正看见父亲他们时，我常常震撼不已。那时西风正烈，父亲他们把大锤高高扬起，悠扬的打石号子高一声低一声，唱得远山近岭起起伏伏地回应。衣袂飘飘，那扬起的大锤把石匠们雄性的力量挥洒得淋漓尽致。我如痴如醉，不知是为父亲他们的力量所震慑，还是被打石号子勾了魂。我暗暗发誓，长大了做男人，就做父亲那样的男人！

每逢岁末年尾，石匠们都有一次大团年，这时我就成为了石匠叔叔的"宝贝"。石匠叔叔拿着一只油饼或一筒肉丸逗我："叫爸爸，我就先给你吃！"我毫不犹豫地反击："要叫我就叫你儿子！"父亲在旁边忍不住笑着嗔怪一句，但眼里却分明写着鼓励。石匠叔叔朝父亲竖竖大拇指，两人都会意地笑了。此后我便明白，懂得捍卫自己的尊严，才会获得别人的敬重。

然而"天有不测风云，人有旦夕祸福"，我小学快毕业那一年，父亲突然遭遇车祸，肋骨断了四根，颈椎和脊椎也数处断裂，生命处于垂危状态。三个月后，父亲奇迹般地活过来，只是人矮了三寸，胸再也不能挺直，走路也三步一停五步一歇。父亲的石匠背篮寂寞地挂在墙上，渐渐尘封渐渐结满了蛛网。父亲时常独自站在墙边抚摸着他的背篮默默流泪，泪水在他脸上冲出两道小沟，然后流到硬硬的胡茬上浸染开来，令人不忍卒看。然而父亲究竟没趴下，他每天很早起来，扩胸、直腰，并坚持做一些力所能及的家务。

一个秋风瑟瑟的早晨，我起床后不经意地听到桐林里传出断断续续的呻吟。走近一看，原来是父亲躺在铺满干桐叶的地上，豆大的汗珠正从额角冒出来。我慌忙问父亲出了什么事，父亲艰难地说他把自己吊在桐树上锻炼时，把一根断骨拉伤了。我默默地心痛着父亲，一句话也说不出来。等疼痛平息了些，父亲尝试着摸摸胸脯，忽然喜极而泣:“孩子，我竟然把医生没有接好的那根畸骨还原了！”我再也忍不住泪水，紧紧地和父亲抱在了一起。

1984年，我上初二了，父亲又挎上了他的石匠背篮，去为我挣学费。父亲受了如此重创，康复已是不易，能够再做他心爱的石匠，更令人匪夷所思。然而只有我知道，父亲为这一天付出了怎样艰辛的努力。尽管如此，父亲已不能扛大锤，那种大起大落，激荡着男子汉雄性光芒的风景在父亲的岁月里已一去不返了。父亲只能凭着他精湛的技艺挥舞手锤帮人刻碑、嵌梁上石，或勘测石山的走向。有几次，父亲前脚出门，我悄悄跟在他后面，陪父亲走一段路。走过李家寨、茅蛋沱、手把岩，一路都有悠扬的石匠们的打石号子，给人一种如梦如幻的回肠荡气感。每当这时，父亲总要停下来听一会儿，他的神情有些迟钝也有些迷醉，然后慢慢地眼眶就湿润了。一路都有父亲的旧相识，他们见了父亲总是玩笑着招呼："老黄，想不想来试试火？"父亲苦笑着无奈地摇摇头，快步离去。走远了，父亲才用袖子擦他潮湿的眼睛。露珠伴随着松针簌簌落下，我真想放声大哭，也恨透了那些父亲的旧相识：他们为什么要跟父亲开那种残酷的玩笑呢？难道他们不明白父亲此刻是如此孤独无助么？

中学毕业那年，父亲希望我继承他的祖业，也去学石匠，我回绝了。我说父亲您当了大半辈子石匠，连大巴山都没走出去，而我要踏遍全中国，甚而至于要飘洋过海去看看黄土地以外的世界，我怎能接受您的建议呢？

父亲虽然并不确信我真有那么大的气魄，但他也不想勉强我。以后几年，他非常大度地把我们兄妹三人逐一送出家门，天南海北去闯属于我们自己的世界，而他自己，守着故乡那两亩八分水田旱地，除却偶尔赶趟三汇场，再也没有走过更远的地方。父亲渐渐远离了他的石匠背篮，渐渐收起了年轻的梦。

有一年，我回家省亲，整理旧书报时意外地在楼上发现了父亲的石匠背篮，它静静地蹲在楼板的一角，布满了灰尘和蛛网。我把背篮里那些生锈的錾子、锲子、手锤清理出来，扫净尘网，贴上五颜六色的彩纸，装饰在父亲卧室的墙上。我想父亲的梦想当由我继承了，虽然方式不同，但一样向往着远方，一样洋溢雄性的力量。做完这一切，我躲到一边静静地等着父亲回来。父亲果然注意到了我的杰作，他的眼里流露着意外和惊喜，也流露着对过去深沉的怀恋。我听到父亲仿佛很欣慰地说了句“这孩子”，然后又抚摸着他的石匠背篮惆怅地自言自语：“世界总是年轻人的，谁也挡不住！”

1991 年，深圳龙华

父亲离开我们已经11年了，唯一欣慰的是最后我终于推掉所有工作陪侍在他床前。这篇文字写在他临终前的最后岁月，那时我还远在异乡。旧事重提，依旧唏嘘！

# 父亲苍凉的背影

手头的事忙完了。窗外是灿烂的阳光，心却一片苍凉。

父亲，刚刚接你的电话，我哭得一塌糊涂。我知道，这可能是你生前最后一次给我打电话。你已经十多天没有进食了，生命危在旦夕。已经很多次，我向家里打电话，然而却不敢叫你来听。我不知道怎样面对你，面对一个无法挽救的生命。放下电话，我冲进洗手间痛哭。我不知道，这个世界为什么要这样残酷！

我也知道，生命是一个流程，谁也躲不过死亡这一劫。我只是向往，活着，就幸福地活着；死，就安祥地死。然而，我想不到，命运对你这样残忍！

你，曾经是那么坚强的一条汉子，16岁开始养家。你养家的手段很原始，两个肩膀一根扁担。几十年，就这样过来了。

在那个小村，你能写会算，是个小小的知识分子。在那个小村，你是个能人，里里外外一把手，把家料理得井井有条。在那个小村，你是个出了名的好人，灾荒年月，你利用手里微薄的职权——大队保管员，救了很多人的命。你也因此受到牵连，毁掉了自己大好的前程。

晚年，你经常问我，你当初的选择究竟对还是不对？我很心酸，却不知道怎样回答你。从人性来讲，你是对的，像佛一样仁慈；从个人利益和社会规则的角度来讲，你又错了。可是，有谁能够在这些是非与情感面前四平八稳呢？我只能说我很敬重你，是条有血有肉、有情有义的汉子！

书上说："好人有好报！"但为什么，命运对你却这样吝啬？你这一生颠簸，尝尽了人生的酸甜苦辣！你壮年遭遇车祸，中年丧妻，长年忍受病痛的折磨。你偶尔在我耳边疑惑地嘀咕："你说稀奇不稀奇？好多年前，白蜡坪山上有个妇女给我看手相，说你娃儿是铜蛤蟆命，怎样跳都是空的！"你问我信不信。我能说什么呢？信不信都不重要，但你这一生这样凄凉，让人不堪回首！

好不容易，我们都出息了，想让你过几年好日子。你也的确出来了，然而你却不能习惯外面的生活。你有太多的忧虑，太多的牵挂，你也不能忍受任何的闲气，哪怕是一个眼神。终于，你说你要回去，谁也挡不住。

我轻轻的一声叹息。我知道，你太多东西放不下；我知道，你无法适应城市生活的孤寂；我知道，你一生自由自在惯了，无法忍受城市的约束。你向往那个小村，你可以凭自己的力气养活自己；你魂牵梦绕那个小村，有那么多熟悉的面孔，讲着熟悉的乡音。

送你回去的路上，你似乎欢快了很多，而我的心始终在刺痛。我知道，由于这些年来艰苦的劳作和病痛的折磨，你的健康已经一日不如一日了。你这样还能支撑多久？我实在忧虑。

我决定陪你去一趟武侯祠。你对诸葛亮非常崇敬，很想更多了解他的生平。在那里，你沉默了很久，然而又似乎感觉很满足。晚上我在成都的同学和朋友请你吃饭。这些“名人”对你都很尊敬，不停给你夹菜敬酒，你感觉到非常自豪。回表弟的住处，你兴犹未尽，但又有些歉然。你说：“这些年来，我总算理解了你走的路……”

临别，我说：“爸，我可能要过些年才回来的，你多保重！”说到这里，我哽咽。人生很多时候，其实注定无法完美的，快乐也罢，悲伤也罢，只是一些记忆的残片！面对苍老，我们能做些什么？不过就多给老人一些安慰罢了！

一年又一年过去，你的白发霜一样重了。

去年广州国际照明展前夕，你突发脑溢血。我不顾一切把你救回来，然而，从此你只能靠拐杖行走了。春节前夕，你告诉我，病情有恶化的征兆。我再次飞回来。我希望，现在生活好起来了，你能多活几年。看着治病的钱水一样流出去，你很心痛。我安慰你："爸，没什么，只有花出去的钱，才是自己的钱！"你没再说什么，只是满眼泪水。

如今，你躺在病床上，我却不能回来看你。你对别人说，我工作太忙。夜深人静，我反复问自己：你在忙什么？你真的忙到这种地步，连自己父亲生命垂危也不能回去看看？你挣这些钱有什么意义？

然而，我不回来看你还有另外的原因。我对你感情太深了，如果看着你的生命千疮百孔，我却无能为力，我想我一定会疯掉！

我就这样强压着所有要见你的冲动，一天天憔悴。那天接你的电话，我终于再也忍不住，在这头失声痛哭。你却劝我："你别哭，别回来，回来也没用了，好好工作！"

父亲，我只祈望：这世界如果真有所谓的天堂，不要让疾病这个魔鬼残忍地折磨你。你只在酣然入睡的美梦中叩开那扇叫死亡的门，然后进入鲜花盛开的世界。而我会把自己化成鸽子，在清晨和黄昏，飞到你身边，陪你说说话！

2006年5月4日

# 没有父亲的父亲节

1

当我们在写怀念父亲的文字时，我们很多人的父亲都不在了。

父亲在的时候似乎很少人写。

我也一样。

父亲在的时候，父爱就像空气、水、陆地一样。这些东西都很重要，但我们怎么会觉得呢？

2

昨天在朋友圈看到铺天盖地回忆父亲的文章，才惊觉父亲节到了。

6 月 18 日早晨暴雨倾盆，我撑着伞在风雨中行走。

父爱不是撑着伞的爱，但我们会感觉到天空总有一把伞。

那是心中永不沉落的太阳。

人们经常说父爱如山，其实那座山如太阳、如彩虹一样，你摸不着看不见，只能感知，只能置身在这空气里。

## 3

童年，我父亲基本是靠两个肩膀一根扁担养大我们三兄妹的。在三汇，在汇北，在乐江，在那遥远的巴河边上，在久远的20世纪70年代，我们的很多父亲，确实没有别的办法，只能靠挑力养家。因此，巴山出“背二哥”，我们那里出“挑二哥”。谁家男人能挑300斤的担子，就是值得家族骄傲的资本，也是这个家庭活下去的希望。比如我坎上的皮少安三兄弟，就是靠一根扁担打天下的。

我父亲只是个一米六左右五短身材的男人，只能挑一百三四十斤的担子。但父亲自有他的办法。他可以挑两副挑子，轮流往前挑，父亲把这叫“运”。当然，父亲所要付出的脚力和时间，就是别人的两倍。因此，父亲总要比别人回家得更迟些。要么月亮升高了，要么半夜三更伸手不见五指了，得依靠稻草做火把照亮路。

父亲中午的饭食是母亲煮粥时捞出的一个饭团，也可能是一个红薯、玉米棒或两个洋芋，夏天得就着山间的凉水吃，冬天在炭火上烤热一下吃。很多时候，父亲也舍不得吃，或要带回来给母亲吃，或要留给我们吃。那也是困难年代我们的美食。

天长日久，父亲就得了长年好不了的胃病。

## 4

童年时，我总会跟在母亲身后去接炭，为父亲分担一点儿，同时也能够深深体味到父辈的艰辛。我们通常是从四队或五队下到巴河边，在三岔溪或小河口对面等父亲乘坐的木船到来。巴河飘过来的一张张帆影，一艘艘木船，是我童年最早的诗篇。我们就在河边迎着烈日或寒风，怀揣着希望和失望等待一艘艘巴河上游漂的船。饱经希望和失望的煎熬之后，我们终于等来父亲乘坐的木船。

当接到父亲那一刻，就是最幸福的一刻。父亲看到我们，疲劳和饥饿也早已抛到九霄云外。父亲的笑容，就是我们那时最幸福的时光。

父亲的一生，承载着整个家族的命运，因此他似乎永远皱着眉，很少舒展的时候。但父亲笑起来的时候确实特别美，特别和善和有感染力。

因此那时，我们多希望父亲能笑得多点儿。

## 5

父亲心灵手巧，石匠、篾匠、起磨师傅，什么都做过。而且，刀剪也磨得不错。

父亲是什么时候学的石匠，我不清楚。

现在想起来，我从来没问过父亲这事。父亲挑力那阵儿，为什么不是用手艺谋生？我也没有问过。或许那时大家都很穷，手艺也用不上了？

当然，父亲开始做石匠的时候，似乎就比别人轻松了些。然而“福兮祸所依”。开山打石，也是一件非常危险的事。那年头，也时有伤亡。父亲不是伤在开山打石上，而是伤在收工回家的路上。拖拉机翻了，他随着拖拉机翻进了谷底。

九死一生，健康和快乐从此就不属于他了。但他还必须承担养家的重担。因为我们兄妹三人都还小，母亲又长年生病。

父亲用常人无法想象的毅力康复起来，掩藏自己的伤痛，逐步适应艰辛的劳作。

母亲去世后，有好多次，父亲把自己关在房间痛哭，然后打开门重新开始艰难的生活。

我那时开始明白，人这一辈子，活着真的不容易；做父亲养家糊口更不容易。

所以，我今天在照明灯饰媒体行业，怎么苦、怎么累，跟父亲当年的处境比，我都觉得强多了。因此，我觉得确实没有任何理由抱怨生活。

## 6

父亲这一辈子,他觉得能够把我们抚养成人,结婚生子,就是他最大的欣慰。

他最终也看到了这一天。

只是，当他真正可以安享晚年的时候，他却已经离开我们了。

他生命的最后几年，一直在病痛折磨中度过。唯一的安慰，是我们多多少少可以让他的花销不那么捉襟见肘。当然，他最大的快乐显然不是这些，而是看到我们成为对社会有用的人，能够赢得左邻右舍、乡里乡亲的交口称赞——这在我巴河边上的村庄，比金玉满堂重要多了。

回忆往昔，深感父母这一辈子不容易，因此内心充满感激和怀念；放眼当下，非常珍惜来之不易的现实生活，认真工作，力所能及抚养孩子，晴天化作云彩，雨天遮挡风雨。

或许。这是父亲节给我辈的开示？

2017 年 6 月 18 日，于江门白水带

# 梦中那荆棘鸟

## ——母亲琐忆

### 1

1986年6月24日已经远去了，可那记忆的凄冷却时常敲打着我的心灵，使我常常禁不住去那条通往冥冥中的母亲的泥泞土路上徘徊，思潮便回到在母亲身边那些温暖而艰难的岁月。

那天，老天为我垂泪，我为母亲而哭泣。

那天，有一个女人，满身疮痍，和地母拥抱在了一起。

天，是苍黄苍黄的：地，也是苍黄苍黄的。刚刚下过一场雨，那雨是为母亲下的吗？是的，一定是！47年来，她为这个世界奉献了太多太多；如今，她走了，带一身嶙峋的瘦骨，深陷的眼眶被磨掉了光彩，到另外一个世界去。那个世界会使她快乐吗？想必宽厚仁慈的地母不会辜负一个弱小灵魂的心愿，她将善待我的母亲！

地母啊，张开你那双臂搂抱我的母亲吧！她一生苦难太多，暑气灼尽了她的丰满，寒霜还没染白她的双鬓，病痛却又夺去了她的生命，她再也经不起丁点儿的磕绊了！

母亲，您走吧，不是您要离开您的儿子，是儿子我要您走！趁着暑气已消尽，不然明朝又将多一重艰辛！

母亲，您走吧，为什么老不闭上眼睛？儿理解您的苦心，那片辣椒还没有看虫，那片桔林还没有灌粪，还有弟妹，离开了母亲是不是要受世人太多的冷落？

老天，你是不是听得见这凄厉的哭声？为什么你老不睁开眼睛？你把苦难全部压在了母亲的双肩，难道临走还不让她安宁？

母亲，假使那个世界真能使您快乐，您就走吧，不要有太多的牵挂！

## 2

拨开岁月蒙上的沙尘，我依然能辨清河滩上那两行脚印——深的是母亲的，浅的是我的。那时，我总是缠在母亲的身前身后，背一个小背篮。仿佛母亲是座山，我是围着那山吱吱歌唱的鸟。“妈妈，我们怎么不搬到云上去住呢？”“云是烟子，房屋能砌得稳吗？”“妈妈，我好想去跟那些鱼儿一起玩，行吗？”“行呢！”妈妈笑了，“等你哪天长出了尾巴！”

干吗要等长出了尾巴？我才不信呢。“咚”，我跳进了堰塘里。

哎呀，水真欺负人，拼命往我鼻孔往嘴里挤！小鱼呢，全都跑不见了，谁也不稀罕和我玩！妈妈，我要妈妈！我拼命挣扎。

“我儿真成了鱼呢，吐了好多好多泡儿！”妈妈后来总这么笑话我。瞧那劲儿，仿佛很轻松。哼，那时才不是呢！妈妈将我从堰塘里抱起来，脸煞白煞白的，怪吓人。

但母亲的心，从此是硬起来了，再也不让我跟她一路背着小背篮上坡，而是把我独个儿关在屋里。

那是个雨后的下午，我从梦中醒来，忽然不见了母亲的踪影。世界好空荡好空荡，仿佛地球上只有一个孤零零的我。我摇摇门，锁着了。西斜的阳光冷冷照进来，被遗落的恐惧紧紧攥住了我。我放声大哭，好伤心好伤心。哭累了，我找些破布塞在背篼里，钻进去睡熟了。不知过了多久，摇曳的灯光唤醒了我，这才发现躺在母亲的怀里。我挣脱出来嘟着嘴嚷：“妈妈狠心肠，我不要你！”妈妈笑出声，眼里却含着泪。现在想想，那该是母亲心酸而快乐的时光了！

已经念小学四年级了，我的顽劣却丝毫未改。捡石头砸邻居家的房子，一镰刀砍掉哪家嫩生生的南瓜，弄得乡亲们天天去向父母告状。挨过爸爸的巴掌，也挨过妈妈的竹鞭，但我却依然秉性难移。

一天心血来潮，领群小顽童，挥舞镰刀去割水库护埂草。管理员来了，小伙伴们四下逃散，我却拿着镰刀东砍西啄，走走停停，故意惹他上火。那人很恼怒，跑过来收缴了我的镰刀和背筑，扬言："不叫你妈妈来，烧了你的鸟背篮儿！

我这才知道把祸惹大了，硬着头皮回家去叫妈妈。那是麦收时节，太阳咬得肩背火辣辣的疼。妈妈背一趟麦回来，头靠在桉树上直喘粗气，豆大的汗珠一串串往下掉。我心里忐忑不安，躲在不远处始终不敢过去。直到月亮升起来，我才怯怯地磨蹭到母亲面前，说背筑让人给没收了。我低着头，脑海里晃动着竹鞭的影子。不料母亲却并没有发怒，只深深地一声叹息："唉……走吧！"

母亲要去为我取背筑，我自然不胜欢喜，然而也平添了许多愧疚。我想起母亲头靠桉树站立的背影——她一定是累坏了！五分地的麦，她一个人连割带背，一趟趟往返麦地和晒场之间，能不累吗？唉，我真蠢呵，为什么要给妈妈添这样的麻烦呢？

虽然水库管理员并没有难为母亲，但我发现母亲道歉时脸仍胀得通红。从管理处出来，夜已经深了。母亲在前面走得很快，晚风吹拂着她沾有麦毛的头发，我发觉她的身子有些摇晃。地里的麦还没背完，母亲还得回去为我们准备晚饭。我心里有说不出的难受，真想前去拉着母亲的手对她说：“妈妈，难为你了！”然而却又害怕看见母亲的泪水——我觉得她那会儿她真会流泪的。

那晚，我开始懂得要体贴母亲。我烧了洗澡的热水，又帮母亲喂了猪。这情景被我写进了作文《妈妈呀妈妈》，并特意在一个宁静的夜晚念给她听。那一刻，母亲紧紧地搂着我，激动得胸脯微微地颤抖。从此，我意识到好孩子在母亲心目中的位置，改掉了许多顽劣。也就在那一年期末，我捧回了“三好学生”的奖状。

## 3

如果生活永远像幸福的小溪，平静地潺潺而去，该有多好，哪怕贫穷一辈子也无所谓。然而，祸不单行的日子还是来了！

父亲在去采石场的路上随拖拉机翻下了崖。父亲伤势很重，生死未卜。母亲四处奔波，泪流成河。有一天，我放学回来，远远地听见有压抑的哭声。我抬头，见是母亲，她呆呆地靠在一株油桐树上，哭声从她的胸腔压抑地发出。夕阳苍淡的光映着她瘦小的身影，使她显得更加羸弱。我独自吞着苦咸的泪水，束手无策。

母亲顾不上家了，我和弟妹仿佛成了没人要的孩子。无论走到哪里，总有人指指点点。每逢这时候，我都尽力避开。尽管那时我还没有强烈的主宰自己命运的意识，但自尊已是有的。人们都说我懂事、成熟了，然而只有我自己知道，我是不需要这种成熟的——我还那么小，才只十二岁！

那年弟弟十岁，上小学三年级，妹妹只有八岁，还不晓多少事。

那年，田地已经下户了。我和弟弟白天抬粪灌庄稼，晚上打麦、磨面，维持第二天的生计。累了，就倒在麦秸上睡去。最可怜是母亲，她几乎彻夜不眠，晚上做完事，白天得煲点鸡汤什么的，赶七八里路到乡卫生院送给父亲。说不定什么时候暴雨要来，她轻轻地一遍又一遍唤醒我们，边揉眼睛边收麦了，捆麦草。当我们熬不住困倦又进入梦乡时，母亲还一个人在风车前忙碌。母亲是个胆小的人，只有当深夜古怪的鸟叫吓得她心惊胆颤时，她才肯和我们兄妹挤在一起。

父亲出院了，又黑又瘦，人矮了三寸，胸再也挺不起来。别说干活，就是走路，也是三步一歇五步一喘的。

母亲累得躺下了，吐血。我们那个多灾多难的家已面临坍塌（母亲去世后，我的小说《新坟》获奖了，一位朋友问我是怎样写出来的？我流着泪告诉她，这哪里是什么小说，不过是我们家的缩影罢了）！

母亲要带病劳作，父亲也艰难地挪动着做些力所能及的轻活儿。父亲是个顽强的人，那次事故跌断了他四根肋骨，脊椎骨断裂，后颈严重错位，几乎整个地废了。可他凭着顽强的毅力，硬是挑起了这个残破的家。

我跟母亲商量，是不是休学回来帮助他们养家。母亲的眼里闪过一丝光亮，然而很快熄灭了。母亲说："你们兄弟俩已经够苦了，怎能不去读书呢？只要我还有一口气，你们能读到哪儿，我就供你们到哪儿！"面对母亲深沉的爱，我还能说什么呢？唯有暗自努力！

想不到几个月后，母亲竟与世长辞了！

## 4

我辜负了母亲的希望，并没有升上学。母亲安慰苦闷的我："你已经尽力而为，不要太自责！"我却很执拗："不，妈妈，我要让别人看到，边劳动边自学同样可以有出息！"母亲听了非常高兴："我早看出了，我儿子就是不一般！"我开始分担大量的农活和家务，以让父母能够得到适当休息。母亲的病似乎也有了些起色，不但能干些煮饭、喂猪的轻活儿，饭量也增大。我满心欢喜，以为母亲会好起来了。

母亲烟瘾很大，一天不抽就坐卧不宁，而她的肺病是不能抽烟的。为了让母亲戒掉烟，我假装生气：“妈妈，你再抽烟，我就外出不管你了！”母亲久久地凝视着我，然后抱歉地一笑：“好吧！”不久，我听见母亲对邻居夸我：“我儿是真心为我好的！”我听了又感动又难过。

母亲去世前一天，还在剥青麻。显然，病痛让她再也坚持不下去，剥一阵儿便蹲在地上猛咳一阵。当再一次咳嗽之后，母亲忽然紧张起来，说她吐了好多血。我吓住了，拉着她的手哀求：“妈，莫剥了，回去休息好不好？”母亲叹息道：“农忙马上来了，我怎能不动呢？我的病反正是这样，不碍事的！”我不肯松开母亲的手：“妈，你不能拖下去了，要去医院看！活儿做不走，我可以请两个人来帮忙。”母亲苦笑：“你拿什么招待干活的人？谁肯来？”我的头低垂下去。的确，自从母亲得肺病，乡邻们已避得远远的了。

6 月 24 日早晨母亲没有下床，可我们谁也没想到，母亲就要在这一天离开我们。不然，我们无论如何也要陪母亲一程——此时想想是多么痛彻心扉！母亲近来很喜欢我的懂事、体贴和善解人意，许多她年轻时不肯告诉别人的内心隐秘，都曾点点滴滴透露给了我。中考前有几个夜晚在院坝乘凉,母亲兴致勃勃给我讲她年少时的艰辛和快乐,可我往往迷迷糊糊睡着了。现在想来，母亲那时大概是有些伤心和失望的。早知道母亲将不久于世，即使不做功课，不写文章，我也得听完母亲那些不吐不快的心事！唉……人为什么总要失去之后才开始忏悔呢？

早饭的时候，母亲的胃口极好，吃了两个鸡蛋、一碗米酒和一碗稀饭——老人们都说人去世前最能吃，但这反常的现象我们却没有注意。

中午，母亲从床上起来过。幺妈新出生的女儿菲菲瘦弱异常，母亲很怜爱，每天至少要去看望两三次。但幺爸害怕母亲把病传染给新生婴儿，对母亲厌恶而冷淡。母亲因此也非常踌躇。这个中午母亲向幺妈那边走了几步，犹豫半晌又退了回来。再走几步，再折身回来，眼里充满惆怅和茫然。我的心里一痛，几大滴泪水默默地涌出来。

母亲回到床上，巨大的痛苦就开始吞噬她。她剧烈地咳嗽，大声呻吟着，像风箱一样喘息。

我心里充满绝望，却又很无奈。人世间的悲苦，不是我这颗善良的心所化解得了的！

那时，爸爸伏在桌旁午睡，妹妹在幺爸家里玩。我在桌上整理日记，却一个字也没落到纸上。

倏忽间，外面狂风大作，霹雳在屋顶炸响。母亲的阵痛仿佛平息，里屋瞬间异常安静。突然，母亲旋风般跑出屋来，她的样子非常骇人。我猛地丢下笔去扶母亲，父亲也撞倒凳子扑了过来。母亲的头斜倚在我肩上，胸脯剧烈地起伏着。父亲呼唤着母亲的名字，扶母亲躺在凉椅上。母亲“扑”地吐出一口鲜血来，脸上的肌肉痛苦得扭曲了。“老黄，我……我不行了！”母亲艰难地说着，用力来推我，手却软软地滑下去。我亲爱的母亲，她至死想的还是她的儿子——害怕她的病传染了我！

一棵大树倒在尘埃和风雨中——那是我操劳半世的母亲，她已听不到儿女们的呼唤！

转眼，母亲离开我们已经快二十年了，但那情景却像昨天一样！我一直以为母亲的离去只是场噩梦，梦醒之后她还会回来。然而她就再也没有回来，再没有！想来母亲的血肉早已化作春泥了，只是那只荆棘鸟还在我梦中扑腾！

谁能忘却生他养他的母亲，还有那子欲养而亲不待的痛楚？！然而我今天却只能祈愿母亲安息——生前苦难太多，死后至少要远离病痛！这是一个儿子唯一的心愿！

# 奶　奶

## 1

我奶奶陈厚清大字不识一个，但她却是我们那个大家庭的当家人。

我奶奶一生养大了八个孩子，两男六女。放在今天这个时代，这似乎是不可思议的事情。

我奶奶后来给我讲，她跟我爷爷 14 岁结婚，16 岁就生子。她那个年代，没有婚姻自由，都靠父母之命，媒妁之言。

我奶奶跟我爷爷订婚之前，她很想知道我爷爷长什么样子，是否与她般配。这在那个时代是违背妇道的，非常不容易。但我奶奶自有她的办法。她借助一个亲戚的帮助，背上猪草背篼，走一二十里地，硬是在我爷爷的家门口望了我爷爷一眼。

这一眼让她大失所望：她觉得我爷爷根本配不上她。她回去哭哭啼啼闹了多回，但于事无补，最终还是被迫嫁给了我爷爷。

## 2

我奶奶人高马大，生性强悍。婚后，我爷爷害怕驾驭不了她，就想给她个下马威，打她一顿。谁知我奶奶更不信邪，硬把爷爷按在床上一顿狠揍。末了一时兴起，一手提着爷爷衣领，一手提着爷爷裤腰带，往板壁上猛撞，直到我爷爷求饶为止。

我爷爷也不是个省油的灯，他夺门而出，深夜方回。趁着我奶奶熟睡，他提一桶冷水倒在床上，把奶奶浇了个透身凉。我奶奶勃然大怒，提把菜刀跟在爷爷身后追赶，边追边骂："你个砍脑壳的可恶包，老子把你瓜儿钵钵剁了！"爷爷一看大事不好，赶紧举手投降："莫乱来，砍死我你就要守活寡了！"我奶奶一听，刀停在半空中，哇的一声大哭起来。我爷爷趁机夺了奶奶手里的菜刀，把她紧紧搂在怀里。

自此以后，我爷爷没再欺负过我奶奶，我奶奶也没有强横过，两人相亲相爱一生。

我奶奶后来说，就是那一桶凉水，把她浇醒了，她反而觉得我爷爷是个有血性的男人，不像他相貌那样平凡。

多年以后，当我听她讲这段陈年旧事时，笑得前仰后合。

## 3

我爷爷的青年时代，属于民国中后期，是一个乱世。那时，抓壮丁很盛行。我爷爷为了不被拉壮丁，只能去外面东躲西藏，靠跑小生意为生。

但在外面待久了，我爷爷就很想我奶奶，想回家看看。

那一次，我爷爷刚回到家，保长和甲长就得到消息，带兵前来捉拿我爷爷。我奶奶一急之下，将我爷爷藏在自己卧室里，让他打开后门从竹林坝逃走，自己则拿根扁担守在门帘外。

保丁说："赶快把你男人交出来！"我奶奶横着扁担，理直气壮地问："你哪只耳朵听到我男人回来了？哪只眼睛又看到我男人回来了！"

保丁气势汹汹："少废话，再不识相，连你一起抓走！"我奶奶毫不示弱："青天白日的，这怕日妈的没得王法了！哪个敢动老子一根指头！"

甲长不耐烦了："别跟她啰嗦，进去搜！"

我奶奶把扁担立在面前："你们想爪子（干什么）？光天化日想进屋行抢？哪个龟儿子敢前来，老子正当防卫，打死你算白打！"

保长、甲长、保丁一时全怔住了，呆如木鸡。等到反应过来去我奶奶房里搜人，我爷爷早已跑远了。

我奶奶知道保长甲长不会善罢甘休，肯定会去区公所告状。她一点儿也不害怕，提前叫人写了状纸，状告保甲长带丁入室抢劫。

那是个黑吃黑的社会，谁关系强硬和塞钱财谁就能赢得官司。那时我们黄家有个亲戚叫黄伯俊，据说在三汇把水口。于是这场官司判保甲长败诉，一人砍掉一根手指。保甲长自诩不是老黄家对手，打起铺盖连夜搬离了我们村。

不过这件事也为解放后两家结成世仇埋下了祸根，直到我们这一代长大之后，才化解了两个家族的冤仇，握手言和。

当然，这是后话了。

## 4

我姑妈们慢慢长大了。

按照我爷爷奶奶的规划，想把她们都嫁在附近，好老来有个依靠。但女大不由爹娘，我姑妈们个个都有自己的心事和主见。除了我四姑嫁在本队皮家湾以外，其他姑妈全都远嫁他乡，至少都不在同一个村。比如我大姑嫁在拱背桥，二姑嫁在草盘石，三姑嫁在吉安，六姑嫁在大邑县，幺姑嫁在温江县。

有人给我六姑介绍男朋友，说那小伙子什么都好，长得一表人才，又当过兵，转业后在6015（川东水泥厂）端国家饭碗，就是家住川西大邑县，隔着一千把里路程。

我爷爷奶奶死活不同意，但我六姑死活也要嫁过去。我六姑要远嫁的理由很简单：嫁过去至少可以填饱肚子，不必挨饿受冻。再说锣岗坝有什么好的，局屎不长蛆，哪里比得上川西坝子，那可是天府之国！更何况，对方还是个国家工人！

爷爷奶奶一想现实处境，确实也是这样，狠狠心准许六姑远嫁大邑王泗！

嫁得远远的，当然更利于家族和后代发展，但同时也多了很多烦恼与孤单。一旦婚姻不顺，女人一辈子多凄惶！

我六姑父跟我六姑一开始如胶似漆，但久了跟家族也产生了嫌隙。我六姑父偏向父母兄弟，几言不和就对我六姑动起了拳脚。

我六姑受了委屈，一车坐回娘家哭诉。我奶奶虽然好一顿数落，但是她觉得娘屋是踩不断的铁板桥，这个腰她还得替女儿来撑。

于是，她并不等六姑父来家接人，亲自送六姑回大邑的家。

六姑婆家的人正在暗自得意，觉得从此以后可以把六姑马干吃尽，让她逆来顺受，不再反抗。谁知我奶奶当晚把六姑父父母婶娘、兄弟叔伯全部请到院坝里，开始修理六姑父和他父母兄弟。我奶奶说："纵是我女儿有千错万错，你吴继春（我六姑父）一个大板子男客打女人就不对！你们一个二个叔伯婶娘、弟兄妯娌，一不制止，二不劝解，反而幸灾乐祸，火上浇油，更是岂有此理！一个红太阳照万国九州，一个毛主席管遍全中国！你今天晚上不给老子说清楚，连儿带母认错，我明天先去投大队公社领导，再去找吴继春单位说聊斋！"我六姑父及其亲戚六眷见我奶奶这样强悍，早已六神无主，敦促我六姑父赶紧认错。我六姑父见状，害怕我奶奶真的去单位吵闹，让他颜面尽失，也规规矩矩认错——其实他打老婆后早已后悔了，只是囿于面子硬僵着。这时觉得再也顶不住了，全线崩溃，一膝盖跪在我奶奶面前磕头作揖赔礼道歉。

我奶奶并不过多纠缠，赶紧把他扶起，并把我六姑叫过来，让他们互相把手伸向对方，和好如初。

我六姑父的三亲六戚、左邻右舍，见我奶奶如此深明大义，纷纷伸出大拇指！

自此以后，我六姑父全家及左邻右舍，再也没有人欺负过我六姑。当然，我六姑也遗传了我奶奶的豪爽性情与热情待人，跟大家相处得水乳交融。

我奶奶一生豪气干云，乐观豁达，活到 86 岁才悄然而逝，她确实是个世所罕见的传奇乡村女人！

2018 年 1 月 22 日　于常州西太湖边上

# 辑二　三汇人物素描

三汇人物素描之一

# 培　福

培福那时候还不是我幺爸的岳父。

培福有个诨名叫“秧鸡”。“秧鸡”者，秧田里的鸡，腿长也！培福身长一米八九，只是那一双铜铃大眼，又不似“秧鸡”之小眼。

培福是我印象里最老的队长。分嫩玉米时，培福把玉米棒分成数十堆，每户一堆。分到最后，还剩少许没有分出去。培福斟酌着，一堆一个或半个。我母亲便眼巴巴盯着他的手。培福瞥见了，随手丢两个给母亲那一堆。那时，我柔软的心一颤——发现培福很善良。

长湾丘的稻谷被人偷了。培福带着社员清查，挨家挨户搜。下垸的人家还未搜到一半，培福独自先上我们家来查看。走到中途，忽听社员发一声吼：“搜到了！”原来是下垸某家偷的。

我迷惑不解。培福对我们家那么好，为什么又那么不放心呢？母亲解释：“只因怀疑我们单地户！”单地户，脱离大院居住的单户人家也！我至此明白，培福虽然多约了我母亲两条玉米，但并不会放弃他做队长的原则。

培福的女儿嫁给我幺爸，就成为我亲戚辈份中的“爷”了。培福自此成为和我家关联甚重的人物。我父亲采石摔伤，母亲又长期卧病在床，栽秧打谷总少不了培福。培福乐于助人，帮助的远不止我这一家。那时刚包产到户，各人自顾自已成为时尚。培福却不是这样，谁家的困难他都有记挂在心里，能帮一点儿就帮一点儿，还像过去当队长一样热心。我心里总是感叹，这样的人如今非常少了。

并不是所有人都对培福有好感。他兄弟黑娃子在外工作，留下弟媳玉珍在家带着两个孩子。培福一年四季几乎包揽了她家所有男人的活路，耕田犁地，收麦打谷，但玉珍似乎并不领他的情，时不时还有抱怨，似乎培福给她做事，更多是混吃喝，不像他兄弟少安，做了事常常只打声招呼就走了。我心里时常愤愤不平：“如今这年月，谁愿意用劳力混你那顿吃喝，真不识好歹！”

关于培福的热心，我父亲认为是瞎操心，多事。我则不敢苟同。我想你们不能劳动那些年，多亏有培福，否则又怎样熬过来呢？

培福好动，不能整天守在一方田地里，因此他妻子周德英总骂他猴子托的生，火烧屁股一样。但培福有的是力气，担谷能担百八十斤。培福好酒，大凡有人请他喝两杯，总是不认真推却。酒一上脸，好与人斗嘴，面红脖子粗，大嗓高声，像吵架一样。我印象里，这大约是他唯一的缺点。

2000年我回去小住，培福已明显衰老了。中过一次风，脑子也大不如以前灵光。我亲热地喊他“爷爷”，他也只顾应声，不大说话。我心里不禁有些悲哀，真是岁月不饶人。听说他的晚景有些凄凉，三女儿不喜欢他老帮人家不顾自家，累她母亲受苦，因此有些嫌恶。三女儿接母亲去三汇镇上自己那儿住，却不愿培福随去。培福管不住脚，隔三差五地去女儿家走一趟，却免不了受几句气。培福常气冲冲回来，发誓不再去。就常来我幺妈家走动。我幺妈很厚道，幺爸脾气却很臭，加之奶奶也时常说些难听的话，培福便哪儿也找不到家了。

培福蜷缩到自己的间半老屋里，总是饥一顿饱一顿，心情非常落寞。隔三差五，他仍然在两个女儿家盘桓，只是仍然免不了忍气吞声。

老之已至，能奈谁何？或许，这就是大多数人的晚景！

2003年1月31日　深圳宝安新社

三汇人物素描之二

# 周 德 英

周德英是培福的老婆，娘家金鸡村周家湾。

周德英在我脑海里扎根之时，是她成为我幺爸丈母娘那会儿。我叫她周婆婆。

我幺爸是我家乡一带有名的天棒锤，惹不起的要惹，骂不得要骂。我记得非常清楚，有一次不知为什么发生了纠纷，我幺爸把周德英狂骂了一顿。周德英受不了我幺爸的粗口，哭着掩面而去。后来她竟然把女儿嫁给我幺爸，这令我想起来就觉得好笑——这世界冤家亲家，其实都此一时彼一时。

周德英跟培福一样，也是个古道热肠的人。她经常帮我们家挖田、播种，使年少的我感激不已。更令我刮目相看的是周德英非常豪爽。我母亲那时正患肺结核，绝大多数人都对我们一家畏而远之，不敢稍稍靠近。有些好心的乡亲帮我们家做事，从不在我家吃饭。周德英仿佛并不惧怕，竟敢端起我母亲喝剩的米汤一饮而尽,震得我们目瞪口呆。那时我常想，假若他年有能力了，一定要像孝敬亲奶奶一样孝敬周德英!

周德英做事不算细致，但非常利索。父亲常在我面前抱怨，说周婆婆做事毛糙，他总要返工。我往往不以为然：现如今要找个做事毛糙的帮你也难啊。

周德英不擅内务，做饭时常半生不熟。我堂妹黄梅和黄飞去他们外婆家里做客，几乎很少吃她做的饭。他们通常只吃她炒的花生和买的糖果，但每到要吃饭时便溜回家了。我初时不明所以，便问黄梅为什么不吃外婆家的饭。黄梅说："外婆做饭不好吃！"更有一次，周德英把做好的醪糟荷包蛋端上桌子，黄梅筷子都没动就走了。回家后黄梅对我奶奶说："周婆婆做的糖水碗里黑麻麻的，柴灰都有，谁吃得下？"面对挑剔的外孙，周德英半是失望半是哭笑不得，很无可奈何。

我前去帮周婆婆收割稻谷时也吃过她半生不熟的饭，但我咬牙吞完了它。后来进灶屋帮她烧火，看见水未开她就把面条下进锅里，结果泡了个气鼓八胀。我这时才知道周婆婆做饭之所以不好吃，原来是她根本不懂做——这在农村是鲜有的。我于是叹息："看来一个人仅有好心肠还不够，还需要能干！"我从此强化自己的厨房功夫，后来逐渐也烧得一手好菜。

我围荡深州之后，已很少看到周德类了。大抵三五年，我回去时能会上一面。只知道她跟三女儿生活在起，料理他们一家的内务。她烧菜做饭仍不大对年轻人的胃口，三女婿甚至常因此不回家吃饭。她为此暗暗哭过很多次，但哭过之后手艺也并无改观。我听了这些琐碎心里很难受，却无能为力。每个人都有命中注定的羁绊，只能由自己去承受。我们在三汇街上碰面时，我总要拉住她满怀感激地叫一声“周婆婆”，往她的兜里装满糖果，跟她拉拉家常。我总是一厢情愿地想，但愿她能感受到，她曾经照顾过的那个年轻人一直关心着她，但愿疾病和不如意离她远些，自己每次回来都能看到她健健康康！

前不久跟父亲通电话，他告诉我周婆婆已经过世了。我心里“咯噔”一下，想哭，心里堵得慌。父亲说我幺爸把周婆婆的坟修得很漂亮，漂亮过我爷爷的坟好几倍，这使他心里很不舒服；父亲还说周婆婆的坟修在我家的祖坟山上……我心里总算有些安慰。我劝导父亲，不要去计较那些，毕竟周婆婆待我们家不薄。父亲没再说什么。显然，他也默认了。

2003年1月2日　深圳　宝安新社

三汇人物素描之三

# 幺　爸

我说过，我幺爸黄喜清是个“天棒锤”。李元霸见霹雳横空劈下，好不气恼，抛锤击天。锤坠而击其头，死于马下。世人皆笑“天棒锤”。何谓“天棒锤”？盖指天一下，地一下，不沾天，不着地，乱横！

我幺爸那时青春年少，一双铁拳如铜钵大小，谁惹急了他跟谁干，村里人都惧怕他三分。

有一年，村支书叫他前往大队部，想教训教训他。不知怎的，三句话不对头，我幺爸腾地踢翻凳子，“砰”地一拳砸在课桌上，砸出碗口大一个窟窿来。村支书满脸通红，怒火在眼里“嗞嗞”地烧。幺爸视而不见，昂然走出大队部。一旁的民兵连长问支书要不要拖几条枪把他追回来？村支书摇手制止，赞道：“要是这小子生在小日本进村那几年，保不准还真是条汉子！”村支书从此对我幺爸刮目相看，见面时总颔首微笑。

我那时对我的“天棒镭”幺爸一点儿都不反感，甚至深以为豪。那年头谁都没有安全感，弱者总是战战兢兢过日子。所以虽老有人想整我们，但慑于幺爸这只猛虎，他们也奈何不得。我幺爸虽然生性劣顽，但并非时时目露凶光之人。恰恰相反，他见人总是一脸天真烂漫的笑，而且能说会道，实在乖巧极了。他烧得一手好菜，特别擅长炒肉丝。他炒的肉丝黄澄澄的，又嫩又脆，人吃人想。我幺爸还很会唱歌，用高粱秸编的蝈蝈笼子那叫一个绝。

我六岁那年，皮猪儿诬陷我奶奶拐卖了他老婆陈兴碧，公社强制我奶奶进学习班改造。我和幺爸中午给奶奶送饭去，他娘儿俩抱头痛哭，弄得我鼻子也酸酸的。

从公社出来，阳光和风很快干了我们的眼泪。到了王家湾，过一处旱稻田时，我忽然发现大水坑里有鱼在跳跃。我把我发现的新大陆告诉我幺爸，我幺爸眼里闪过惊喜：“真的？”我很肯定地迎住他的目光。幺爸跟我于是挽高裤脚，捋上衣袖，把谷桩田里的烂泥挖起来沿水坑围成池。我们用洋瓷缸往外舀水，很快只剩少半坑水了。我们搅浑水，鱼们的小脑袋都浮了起来。我们把鱼一条条抓起来扔在干田里，破开它们的肚皮，竟然收获了半洋瓷缸之多。那晚鲜美的鱼汤，成为我童年记忆中为数不多的佳肴之一。

那时喜欢我幺爸的女孩很多，她们都借和我幺姑的交情曲里拐弯地向我幺爸示爱。那时我闭塞的家乡，谁家有姑娘，总是哥哥弟弟爱情的使者。我幺爸挑肥拣瘦，嫌这个个儿矮，嫌那个脸上有雀斑，总是东不成西不就。一晃，就到了 28 岁。28 岁不要说在当时的农村，即使在今天的城市，也算大龄青年了。

这时，金鸡村有位大嫂看他顺眼，便想把自己的妹妹介绍给他。这位姑娘很高，好像比幺爸大一岁还是两岁。进屋折帖子，小宴三亲六戚，关系似乎定下来，我幺爸还陪女孩去买了过礼的衣服。

忽然一个下午，女孩的姐姐借割猪草过来退信：父母嫌幺爸家是小农成分，怕对其在派出所工作的哥哥影响不好，告吹。我幺爸如热锅上的蚂蚁，心急火燎起来。凭我儿时仅有的经验，我似乎看懂幺爸非常在乎这门亲事，便也为他着急。我幺爸向我父亲讨计，父亲说只有我幺爸亲自去女孩家走一趟，让那家人亲眼见见他的为人处世，或可挽回。

我幺爸一生耿耿于怀的是，那女孩在三汇的大街上跟他比过高矮（那年月这是非常亲密的接触），却没有嫁给他。当然这是后话。

我幺爸去那女孩家，女孩家宾客以待，只是闭口不提姻缘之事。幺爸面皮薄，也不好意思先提。两天里，我幺爸和那女孩一起洗衣做饭喂猪食，心里又甜蜜又忐忑。

两天后，幺爸要回家了，女孩间父母请求送送幺爸。女孩这一送送出了15里路，干脆同幺爸逛了趟三汇场。幺爸请她看了场电影，吃了碗肉丝面，还在沙滩上坐着看往来的木船。

冬天的日头短，太阳说偏西就偏西了。女孩说她不得不回去了。我幺爸忽然显得很伤感，有点生离死别的味道，拽着她的手不肯放。女孩见状含笑松弛气氛："他们都说我比你高，比比看可是这样？"幺爸依言和她脸贴脸站在一起。结果，女孩当真比我幺爸高出一个头顶。我幺爸满心欢喜，以为这下有希望了——要知道那年头一男一女在公众场合贴身而立可非同寻常哪！孰料女孩瞬间收了笑，说："清儿，我们有缘无分，你多保重了！"说完飘然而去，只留我幺爸痴在那里。

多年以后，我们都知道了女孩家里拒绝这门亲事的真正原因：幺爸家里没有副业收入。那女孩后来嫁给了一个做挂面的男人，据说模样和灵气都赶不上我幺爸。如果那女孩能预料到我幺爸后来全家都迁去三汇镇上做生意，她还会不会那样选择呢？这一直是我心里的悬念。

这桩婚事的失败对我幺爸的打击非常大，他回到家时脚都迈不动了。不久，他就与我现在的幺妈定了婚。那时，我现在的幺妈基本上还是个黄毛丫头。我大堂妹出生之时，奶奶问我取什么名字好。我想起幺妈订婚那会儿像只青杏，此际也成熟了，说干脆就叫黄梅吧。

幺爸婚后，其小孩一样率真、粗鲁和易反易复的脾气并没有稍改，反而更加明显。常常，他气得幺妈哭，自己却在一旁笑。他有时也跟我父亲骂架，指爹骂娘，全然不顾骂来骂去都是自己的祖先。我父亲气得不行，扑上前去要教训我幺爸。幺爸斗鸡一样摆好架势叫嚣："来呀，你已经是个驼背，看我不再给你整个驼背放在那儿！"我父亲看看自己残废的身子也确实不是对手，只得兀自一旁跺脚。

我堂妹黄梅说大就大了，模样不算特别漂亮，但高大健硕，能说会道，惹得不少青年男子垂青。我堂妹不像父辈那样没见过世面，哪怕恋爱也风风火火。她不仅敢自己作主，而且还没结婚就敢跟那男孩合伙在达州城里经营摊档做生意。我幺爸急得不行，求爷爷告奶奶要帮堂妹领结婚证——按规定没到年龄是拿不到证的。我问幺爸："你急个啥呀？"幺爸一本正经地说怕我堂妹吃亏。我暗笑，都什么年代了，父母还为这些事操心！

这是我有生以光第二次见到我幺爸妥协。至于第一次，我将在幺妈一文中披露。

2003 年 1 月 5 日　深圳　宝安新社

三汇人物素描之四

# 幺　　妈

我幺妈皮首英,在家排行第二,因此大家都叫她皮老二。皮老二未成为我幺妈之前，总是背着个大背篼在我眼前晃来晃去，鼻涕拖老长也不擦一下。我经常鄙夷地想：“这女孩子真不爱打整！”

有一次，皮老二和她妹妹跑来向我借竹竿。我问她们干什么，她们说去戳雀雀窝。我一听来了劲，跟着她们来到林子里。她们停在一棵高高的柏树前，把鸟窝指给我看。我说：“你们莫慌，等我爬上去取下来！”说着，我“嗖”地往上窜。可我刚爬到半腰，皮老二就和她妹妹迫不及待一竿向鸟窝捅去。只听“啪”的一声，鸟窝掉在地上，几颗鸟蛋摔得稀烂。我“嗞嗞”溜下树来，跳着脚破口大骂。皮老二和她妹妹吓得丢下竹竿落荒而逃。我无奈地看着地上蛋黄直流的鸟卵，直惋惜一顿美味被两个笨女子毁了。

我幺妈跟我幺爸订婚那会儿，奶奶问我对未来的幺妈是否满意？我像大人一样严肃地说：“千选万选，选个漏眼眼！”我奶奶笑得直不起腰来。我甚至当面质问我幺爸：“你的眼光咋这么差劲呢？”幺爸尴尬地笑笑：“你娃儿懂个屁！”我于是断定：我幺爸是被大水淹慌了，烂稻草也要抓住一根！

不久，传来我幺妈不同意这门亲事的消息。奶奶揶揄我：“你娃儿看不起她，她屁股还翘呢！”我于是恶狠狠地想，幺爸或许会吹掉这门亲事，另外给我找位漂亮能干的幺妈！然而谁也没想到，我幺爸这时却表现得极没有骨气，在皮老二和她的父母面前，极尽巴结之能事，当真是让人大跌眼镜！

皮老二并不买我幺爸热情的账，常常能躲就躲，躲不开也对幺爸没什么好脸色。我幺爸却死皮赖脸地缠着皮老二，好像离了红萝卜就成不了席。我非常瞧不起那时的我幺爸：三只眼睛的女人找不到，两只眼睛的女人哪儿没有呢？

皮老二为了躲避我幺爸的纠缠，一车坐到成都她大姐修碧那里去了。她父母急得像热锅上的蚂蚁，一时不知如何是好。我幺爸知道后像霜打的茄子，连走路也有气无力。皮老二的母亲周德英是个非常善良的女人，她既为女儿的悔婚感到羞愧，又深爱着女儿，因此，抱着挨剐受剐一身担当的决心来我奶奶家领罪。我奶奶饱经世事，并没有一句侮辱和责难的话。周德英更加愧疚，内心开始责怪女儿不懂事。

我奶奶招待周德英吃了饭，便让我幺爸送她出去。周德英借故要去田里割猪草，不让我幺爸送，实际上是无法面对。我幺爸却坚持要送，陪她一起去田里扯猪草，还十分善解人意地安慰未来的岳母不要着急，老二出去散散心就会回来。周德英本想尊重女儿的心愿了断这门婚事，但看到自己未来的女婿这样惹人疼,对女儿的责怪又深了层，甚至有些惶惶然了。

周德英回家后就要丈夫培福去成都接回二女儿。培福不愿意。他非常溺爱自己的二女儿，觉得她既然不同意这门亲事，肯定有她的道理。周德英不依不饶，整日整夜数落培福失信于人不是个东西。偏偏培福也听不得这些话，心里一急，第二天便去了成都。

十多天之后，培福带着二女儿回来了。但皮老二仍然不肯嫁给我幺爸。周德英使出了杀手锏：如果皮老二不答应这门婚事，自己就死在她面前。说完，哭着向板壁撞去。皮老二被这突发事件吓懵了，赶紧屈服。天底下有哪个女儿能眼睁睁看着母亲去死呢？

皮老二嫁入我幺爸家第二天便起来烧早火，一点也没有其他新媳妇的娇贵。我看到她脸上很平静，没有新婚伊始的喜悦，也没有祭奠青春的悲壮——她已经认命了。

我奶奶并不因为新婚儿媳的勤快而感动，反而嫌她不够能干，做事毛手毛脚。我幺妈为此哭泣过很多次。我幺爸这时旗帜鲜明地维护我幺妈。奶奶觉得自己很孤单，娶同个媳妇失去个儿,为此好几次闹得鸡犬不宁。但闹也没用，我幺爸并不买账,奶奶慢慢也习惯了谦让着过日子。暗地里，我其实更同情我幺妈。我觉得她非常想把自己做好，只不过力不从心罢了。倒是我奶奶，我觉得她太过于苛刻了些。

不久,我便感觉到有这位幺妈是我们一大家人的福气。我幺妈尊老爱幼，心地善良且脾气很好，周德英的美德几乎全部遗传到了她身上。我母亲性格暴戾，自从嫁入这个家之后，一直跟这个家族的每一个人不屈不挠地斗争着，所以这个家族几十年一直烽烟不断。平心而论，纷争的过错虽不全在我母亲身上，但我母亲不善调整自己的心态和周旋人际关系的确是致命的缺陷。许多年后，我又在另一个女人身上发现了和我母亲惊人相似的缺陷。很不幸，这个女人成为了我的第一个妻子。如果我能像我幺妈待我母亲一样待那位妻子，或许也能一辈子相安无事，可惜偏偏我也是个极端的人，这就注定了人世间一场不可弥补的伤痛，同时也注定了我人生挫折的不可逆转。当然，这是后话了。

我幺妈对我母亲很尊重，左一个“嫂嫂”右一个“嫂嫂”叫得我母亲眉开眼笑。好吃的东西，有我幺妈吃的必然有我母亲吃的，无论是走亲戚还是赶集，只要她一回来，总要捎给我母亲一份意外的惊喜。我母亲虽然人到中年，但嘴仍有点馋，很喜欢吃零食。关于这一点，我一直很纳闷，难道生理年龄和心理年龄错位，骨子里根本没长大？或许是她人生的大部分时间食物极度匮乏？抑或自小养成的爱吃零食的习惯到了骨子里（据说我外公是个开明绅士，曾经富甲一方，我母亲生前常在我面前怀念她小时候有吃不完的美食）？

不仅如此，我幺妈的品质也非常纯净。只要不是她自已的东西，再贵重她也不会动心。我母亲对她这一点非常欣赏，觉得我幺妈很对她的胃口。我幺妈从不为小事斤斤计较，有时我母亲说了什么出格的气话，她总是一笑置之。从我幺妈嫁进门到我母亲去世，总共六年时间，她们一直没有红过脸。这在我母亲的人生里，的确是个奇迹——她几乎和我们每个人都争吵过，唯独跟我幺妈没有发生过战争。

1982 年，我父亲从拖拉机上摔伤之后，母亲的肺病一日重似一日，我们家的日子已经难以为继。我幺妈看在眼里记在心里，默默地为我们家分担着辛劳。春寒时节栽寄秧，我幺妈通常天不亮就起来，悄没声息地插那些小小的秧苗，估计幺爸起床了，她再洗脚上田，回家给她的一家人生火做饭。我幺爸常常骂她瞎操心，她也不作争辩，一如既往呵护着我们这个屋漏偏逢连夜雨的家。到了秋天，稻谷熟在田里,中午别人都在午睡,幺妈却抽这点时间帮我们割谷。看到这一幕幕，少年的我泪水常在眼角转。

我幺爸是个长不大的孩子，常常言语伤害我幺妈，有时甚至还拳脚动粗——这时候，他大约忘记了当初是怎样费心才将幺妈追到手的。

为此，我和弟弟常常为幺妈鸣不平。

不过，在这个别别扭扭，吵吵闹闹的家里，幺爸、幺妈的两个女儿也慢慢长大了。幺爸对两个女儿很是疼爱，一家人总体上还是很温暖的。而幺爸也只是脾气差点儿，但心却是很好的，有时打过架，很心疼幺妈，又去帮她揉揉捏捏，两人便和好如初了。所谓床头吵床尾和，大致就是幺爸幺妈这样的夫妻。

而且，他们似乎比那些从不吵架从不打架的家庭要稳固得多。

后来，幺妈随妹妹到三汇学做生意，一开始是帮妹妹帮店，慢慢自己也上了路。忙不过来时，幺爸也上街帮忙。生意农忙两不误，连吵架的精力都没有了。

几年后的幺妈，大不是以前那么土了，行把武式能下了很多，气质指数也直线上升。有时，幺爸还半真半假咬些闲醋。

再后来，幺爸凭他天赋敏慧，无师自通学会了打盐锅盔。由于幺爸的盐锅盔自创一路，味道超级好，为人和善，生意蒸蒸日上。20年后的今天，“黄告花儿”盐锅盔已在三汇家喻户晓，声名远播了，还上了央视“舌尖上的中国”。不管成都重庆，来了三汇总要买几个黄告花儿盐锅盔，不吃硬是消不了气。幺爸最为自豪的是有人通过电视知道黄告花儿盐锅盔，专门打飞机来购买，美得他实在不行！

如今的幺爸性情大变，再不像年轻时任性自我，刁钻刻薄，好名声和好人缘广布四乡八里。而跟我幺妈的磨合，似乎也渐入佳境，夫唱妇随，其乐融融。

我幺妈，积德行善，而今已是三汇最有福气的女人之一。

2013年2月，深圳宝安

2017年2月15日，白水带，修订

**三汇人物素描之五**

# 三　姑　父

## 1

我三姑父姚伯生，虽说不上呼风唤雨，但曾经确实是汇北一位少有的能人。

自打我记事起，他似乎就是吉安村的村主任或村支书。他经常去乡上开会，说话斩钉截铁，一言九鼎，给人非常深刻的印象。

后来，他调到乡（公社）办企业，任汇北乡酒厂的厂长，从此开始了跌宕起伏的人生。

汇北酒厂，在三汇如林的酒厂中一开始是名不见经传的，他走马上任之后，很快就打开了局面。

最初那几年，汇北乡酒厂的生意很是不错，乡办企业的日子也很好过。当然，对于我三姑父来讲，最直接的变化便是酒量大增做哪一行献身哪一行，这似乎也天经地义。三姑父一日三餐泡在酒里，身体渐渐衰弱了，很清瘦，并且饱受关节炎、痛风等疾病的折磨。三姑妈对此颇有微词，但她非常理解三姑父的工作与压力，除了偶尔劝告几句，大多数时候还是心平气和接受我三姑父时常醉酒的现实。

我三姑父最引以为豪的是，不管他什么时候回到家里，三姑妈都会给他递上一条洗脸的热毛巾；只要醉酒了不省人事，三姑必然打盆热水为他烫脚，擦干后扶上床去安顿好，数十年如一日。他认为，这是他上辈子修来的福气——娶了个好婆娘。

## 2

三姑父虽然时常醉酒，但是酒德很好，几乎从来不酒后爆粗或酒后失言。用他自己的话说，就是醉了大不了各自安静睡觉，不要胡言乱语。

因此，三姑父在整个家族，包括三亲六戚里，口碑都极好，是我们整个家族做人行事的榜样。

三姑父由于长期在基层当领导，急公好义的一面非常突出。因此，不管什么歪风邪气，他都敢于严厉批评与当面制止；不管遇到什么不公平现象，他都敢于仗义执言。因此，即使他赋闲多年之后，乡人见到他还毕恭毕敬叫他“姚书记”，向他立正问好。

我们眼里，三姑父就是一位“雷神”，我们在他面前只能低眉顺眼，大气不敢吭。至于我表弟表妹，几乎也是吼一声皈依伏法。我大表哥姚建波当时就算九里十八乡非常调皮的男孩了，但他在父亲面前同样只能“马首是瞻”

当然，这种威慑教育出来的孩子自然有两个特性：一是很成才，二是奉公守法。我表哥建波是全乡那年仅有的中专生；我表妹建梅至今独自经营生意，家庭和睦，生活幸福，人缘良好；我表弟建国毕业于电子科大，如今生意也做得风生水起，而且热心公益。

至今，我仍然记得三姑父教育大表哥的“桥段”，简直堪称经典。大表哥初中毕业前，抱怨读书很辛苦，流露出不想读书的意思。三姑父不动声色，说：“你不读书也可以，下午先跟我去参加劳动！”大表哥赌气说：“劳动就劳动，谁怕谁！”于是，三姑父叫大表哥拿了挑沙的箢筑，把沙逃里的泥沙挑到地里去。大表哥一开始很新鲜，但很快就吃不消了，但三姑父黑着脸，就是不给他“下课”。一下午下来，大表哥的肩膀都挑肿了。

回到家里，三姑父问大表哥：“读书安逸还是挑沙安逸？”大表哥红着眼睛没说话，第二天一早背着书包上学去了。他从此发奋读书，结果成了那年头非常令人羡慕的一名中专生。

## 3

三姑父的命运被改变源于两件事，一个是被骗酒，一个是家里被盗。

那年，三姑父一个远房亲戚找到他，说可以把他的高粱白酒卖到万源去。那时，三汇的酒厂竞争开始激烈起来，酒也开始滞销了。三姑父很高兴，当即答应把酒赊给这位远房亲戚，等卖完再付款。不料那位远房竟然一去不返，杳如黄鹤。有人劝我三姑父报案，但他执意不肯，似乎等那人良心发现。而那远房终于没有良心发现，我三姑父只得自己认赔。

屋漏偏逢连夜雨。不久，三姑父家的竹泥巴后墙被窃贼整体端掉，把仅有的一点儿积蓄与一部彩电一起偷走了。三姑和三姑父受到巨大打击，双双病倒了。我三姑自幼坚强，看看这样下去也不是办法，先自我调息好了，劝慰三姑父："折财免灾。旧的不去，新的不来，别太伤心，急坏了身子！"三姑父恨声说："说他妈个天话！老本都折完了，哪里还有他妈个新的！"

我不知道骗子和小偷那年月骗和偷了我三姑父家多少钱，反正在那年月是很大的一笔，害我三姑父全家大约还了将近十年之久。

那是一段非常黑暗的日子，三姑父全家都承受着巨大的压力，连表弟读中学的学费都要靠借贷。但是我倔强的三姑和三姑父，硬是凭着自己房前屋后的红桔，蔬菜，猪圈里的母猪、肥猪，牛羊，肩挑背扛，把那笔巨款的窟窿给堵上了。

那段时日，和睦相处了几十年的三姑和三姑父，也爆发出不断的争吵。好在，那段泥泞的岁月终于过去，最后云开日出了。也好在，他们的儿女都很争气，一个个在城里立住了脚跟，成为了年老父母的莫大安慰。

## 4

经历这次打击之后，三姑父离开了他经营的油坊河汇北酒厂，回到农村过起他日出而作、日落而息的农民生活。找他喝酒的人少了，找他倾诉、解决纠纷的人也少了，他似乎很清净也很落寞，脾气偶尔也显得很暴躁。以前，他很讨厌小孩来他家玩，嫌他们烦；但后来，当我们去看望他时，他竟然温和了很多。这时，作为后辈的我，反而心疼起他来，很乐意帮他分担些什么。

后来，大表哥把他接到渠县居住，让他忘记那些伤心的往事。一开始，他在城里很不习惯，总是跑回三汇来。再后来，他也慢慢习惯了城里的生活，直到去世前，他也一直住在县城。

人的一生总要经历很多动荡，但风轻云淡，却是人之将老时最好的状态。

2018 年 5 月 5 日，江门白水带

三汇人物素描之六

# 牛　儿

牛儿是我二姨妈的大儿子，自小憨直善良。由于家贫，他没有读多少书，大约是初级小学没上完吧？牛儿虽然没文化，但人并不笨，竹编器具无一不会，还擅长嫁接果树。我儿时的梦想，是将我家房前屋后变为花果福地。因此无论是桃李还是桔杏，凡能找到的都要移栽到我家的院坝里。李杏倒也省事，假以时日，必然满树皆甜，唯独这桃桔稍嫌麻烦。我移进的桃苗，俗称手桃，所挂果实个小且多毛。要想所结果实硕大甘甜，树大之前需嫁接一次。我移栽的桔苗也大抵只是野生的枳苗，非改造一回不可。这些活儿我家里没人会，只有二姨家的牛儿哥能做。牛儿生性豪爽，每求必应。

牛儿还唱得一嗓好歌。每每干活之时，必吼一嗓子。那歌声飞珠溅玉，和鸟雀的低啁高转相互应和，其味无穷。我最早学得的革命经典歌曲《送别》，就是牛儿教会的。

童年的我最爱跟牛儿哥一起去玩。他跟我幺爸同龄，自然大我许多岁，但我们绝对是忘年交。他去金浪子挖红薯时带上我，去崖上收玉米时也带上我，甚至去李家湾平秧田也带上我。如果是夏天，我们就一起去石塘里洗澡。每每洗完之后，我便赤着身子站在崖上晒太阳。牛儿哥这时就从塘里走上来,叮嘱我不可走到崖边去,免得跌下去了。我当然不肯听，偏要往崖边走。我喜欢那种胆颤心惊但刺激无比的感受。牛儿哥眼睛瞪得铜铃般大，但却张开双手，一副随时要抓住我后腰的模样。现在想想那时真好玩，但牛儿哥确实紧张到了极点。

我们家有个大事小情时，牛儿哥便成为我家的常客。他不是来玩，而是受二姨的派遣来帮我们做活儿的。牛儿哥总是尽职尽责，从无怨言。每次他回家，我都把他送很远，心里有说不出的感激和依恋。今天想来，我应该感恩生活，因为有无数好心人的帮助，我们全家才熬过了那段艰难时光。

牛儿哥跟我幺爸同年,但他的婚恋就没有我幺爸幸运。我二姨家是大集体年代远近闻名的贫困户，乡里每年发救济，他们家都榜上有名。那年头穷确实光荣，穷也能惹人同情，但唯独不能获得别人的敬重。有谁愿把女儿嫁出去受穷呢？又有谁愿意过有上顿没下顿的日子呢？

我那时少不更事，倒暗暗羡慕二姨家能在年底领到救济款。用那些钱去买肉，年节不是不用愁了吗？因此，每到年底，我便守在广播前侧耳细倾听。一听到二姨家的名字，便去告诉母亲。母亲此时眼睛往往也一亮。但二姨家那些年月有没有用那些钱去买肉，我就不得而知了，也从没问过。但我想大约是没有，那些钱用途大得很哩，不过杯水车薪罢了。反正，牛儿哥到了该结婚的时候，却没人上门来提亲。二姨内心也很着急，横央人竖央人去做媒，然而所有人都摆手不肯，推说没有合适的。也许是贫寒的缘故吧，二姨也厚不起面皮强求。年复一年，大好的日子水一样流走，小小伙子成了大小伙子，成了家；小小姑娘成了大姑娘，嫁了人，但牛儿哥的婚事却始终没有着落。

也许是迫于世俗的压力，牛儿哥一直怯于在自己婚事上努力，仿佛这一切都与他无关，他只做他自己该做的农事和家事。

后来有段时间，牛儿哥的境遇有了相当的改善，他弟弟毛儿哥被聘为汇东乡副乡长。二姨家的形象在世俗社会就发生了些微的变化。毛儿哥很有些要振兴家族的魄力，于是先把牛儿哥弄到乡环保机械厂去当合同工，并竭力鼓动他武装自己。环保机械厂有很多未婚女青年，按毛儿哥的设想，他如果灵活点儿，解决个人问题当不成难事。但直至环保机械厂倒闭，牛儿哥依然光棍一条，也从未听说过他与哪位姑娘有过浪漫的爱情故事。我想牛儿哥可能曾经确实被毛儿哥激起过短哲的血性，但不久就湮灭了。他是条冬眠的虫，蛰伏得太久了，一旦回到阳光中反而不能适应，一不留神又昏昏沉沉睡去。

从环保机械厂回家后，牛儿哥更疲沓了，完完全全成为一个慵懒的庄户人，有事做事，没事多半蜷在被窝里。

然而后来，牛儿哥居然结婚了！那姑娘是平昌人，曾经精神失常过，现在好了。我那时已在数千里之外的深圳，无法赶回去吃喜酒，只能在心里祝福他们。待我几年后回家省亲，他的孩子也已在乡中心校上小学了。乡中心校离牛儿哥家很远，七八里路，我二姨叔天天接送孙子上学放学。我很奇怪，为什么那么小的孩子，不在村小读书，要舍近求远去乡中心校呢？牛儿哥自豪地说："乡中心校教学质量高些，教育要从孩子抓起！"听了这类似口号的话，我心里明白了，和大多数曾经耽误了学业的家长一样，他已把希望寄托在孩子身上。

也就在这次，我见到了表嫂。表嫂人长得不错，也很文静，只是不肯上桌吃饭。我心里过意不去，执意去灶屋请她，她仍是不肯。二姨说："算了，她是这习惯。"我只得作罢，同时心里有一种不祥的预感：这桩婚姻究竟能不能长久呢？我朋友长发的姐姐曾经精神失常，后来好了，可是十年后她自杀了。但我又安慰自己，我幺舅妈也不肯上桌吃饭的，这么多年都相安无事。

当我再一次回家时，这种预感却应验了——牛儿哥的老婆不辞而别。谁也不知道她去了哪里，有人甚至怀疑她是不是还在人世，不然母亲是无论如何都舍不下自己的亲骨肉的。

表嫂不知所终，牛儿哥好像对我二姨也有些怨言。觉得她对自己的妻子关爱不够，责备太多，但他自己并没与我亲口讲过，只是旁人这样议论。

然而这时对牛儿哥的另一重打击从天而降，他患了肺结核！这是种让人谈虎色变的富贵病，这病也让我二姨家因此雪上加霜。许多人都认为，牛儿哥这一生基本完了。但我并没这样认为。肺结核如今并非什么不治之症，何况政府早已免费治疗。

记得那晚吃饭是在我幺姨家里，牛儿哥也在。借着酒劲，我劝牛儿哥："男人只要有气势，哪怕六十岁也不愁没有人爱！"大家都觉得我这样的说法不无道理，但牛儿哥却没有作声。那一刻，我其实很理解他内心的悲凉，一个四十岁的有病的农村男人，他凭什么活得有气势呢？

牛儿哥后来请求我带他出来打工，我拒绝了。照我当时的活动能力，找份农村人所做的苦工当然不成问题，但他的身体能吃得消吗？在工厂里因为过度劳累而猝死的胜结核病人可是每年都有啊！牛儿哥有些失望。他是以易我是忘恩负义之辈呢？此后很长一段时间，我一直惴惴不安，不知没有答应带牛儿哥出来打工是对还是错。带出来吧，艰辛自不必说，丢了性命也未尝没有可能；不带，守在乡下，他真的能得到良好的医治和调养吗？

我一直没有答案。只记得那夜我醉得一塌糊涂，眼泪像开闸的水一样倾泻。在场的人大约不知道我为谁流泪，就是牛儿哥，也不会知道，我的心里是在为他而哭泣。

2003 年 2 月 13 日　深圳　宝安新社

三汇人物素描之七

# 毛　　儿

毛儿是牛儿的弟弟，大名徐世彬。

毛儿是个发奋读书的人，从小学到中学成绩一直名列前茅。可是造化弄人，毛儿毕业当年并没有考上大学。后又去丰乐中学复读一年，仍然名落孙山。那年头，如果考学无望，农村青年大抵只有与农田为伍了。好在国家用人体制正在慢慢发生变化，时兴招聘区乡干部。这新的曙光令毛儿兴奋不已。他以志在必得的自信抓紧时间复习功课，以便机遇与他拦腰相撞时能一把逮住。

招聘大试果然在次年开考了。毛儿笔走龙蛇，几乎一口气就把题目全部答完。他第一个交卷，昂然走出考场，背后是考官们一路诧异的目光。张榜那天，毛儿早早起来去乡政府看消息。尽管毛儿嘴上异常谦逊，但他心里却觉得被录取十拿九稳。不料，命运之神再次跟他开了个玩笑：他没有在红榜上找到自己的大名。毛儿不敢置信——他开始怀疑招聘背后有鬼。

毛儿不知道自己是怎么走回家的，但他回家后一句话都没有说，身子千斤重一样倒在了床上。我二姨和二姨叔相互对看一眼，立即明白是怎么回事，什么也不敢问了。下午，中学期间最关心毛儿的郭子生老师前来打听消息。郭老师是位老革命，解放战争时期的地下党员，一贯非常关心青年一代的成长。这次报考，连报名这样的琐事都是郭老师跑前跑后帮毛儿张罗的。毛儿面对自己的恩师，委屈地哭了。郭老师听毛儿断断续续地说了情况，安慰他不要着急，说自己去帮他查卷。普通人要去查卷，那是非常艰难的，但郭老师这样深孚众望的人要去，主考单位就不敢强拦了。毛儿高兴了些，觉得自己又有希望了。

郭老师回来，果然带回了好消息：毛儿被录取了！原来，毛儿确实考得非常好，只是手握录取大权的乡干部都想把自己的三亲六戚安插进去，就把没关系的毛儿刷掉了。郭老师据理力争，说如果不秉公录取，他将把作弊情况报告上级机关。面对这样一位刚直不阿的知识分子、资深的老革命，乡干部心虚了，只得把毛儿的大名写上花名册。

毛儿从此成为招聘干部，阶段性地告别了日出而作，日落而息的农村劳作。毛儿非常感谢郭老师的提携，每次回家来，必去郭老师家和他叙旧，这师生情深，一时传为乐江村的佳话。

毛儿在汇东乡担任了一段时间的党政办文书，旋即调往三汇区任团委书记。也就是在这段时间，我和毛儿有了实质性的接触。那时，我创办了绿野文学社，毛儿很感兴趣，想把我们的文学社纳入他的麾下，作为他工作的一部分。他那时新官上任，激情澎湃，很想有一番作为。我也很愿意我们的文学社能够得到团委的支持。我们甚至讨论了如何筹办一份内部交流的刊物。事情当然并不如我们想象的那样顺利，好像是上面并不热心。我问过毛儿几次，他说报告已经打上去了，但没有批下来。渐渐地，我觉得这事可能没什么希望，也就懒得再过问了。但我跟毛儿的交往却多了起来。毛儿那时的工资大约并不高吧，但究竟多少我也没问过。我只知道他一直供妹妹徐娟在三江中学读书，吃住用都是他的。徐娟有一次告诉我，她哥压力很大，本来报了西南师范大学的中文函授，但因为没钱也只得停下了。

毛儿的另一压力来自感情方面，区委副书记很欣赏毛儿，一手把毛儿从某乡提到区上来。毛儿很感激他，不时去他家走动。孰料在这儿竟认识了领导的女儿，而且两人非常投缘。两个对爱情都有憧憬的青年火热地交往起来。只是他们这种交往只能偷偷地进行，世俗的门第观念是一条河，他们只能观望于两岸，谁也无力泅渡到对河。这是一种无理的发情，第常银得人工降。我曾经鼓励过毛儿勇敢的去追求，毛儿摇摇头只说了三个存：“不可能。”

不久，毛儿调至石佛乡任团委书记。这是他人生的一个低谷，但不知跟爱情有没有关系，我始终没问。

1995 年，我回老家时，毛儿已结婚几年了，并且有一个儿子，那时他已调往青龙乡当副乡长，妻子好像是同单位的。我也是在这次见到了我的这位二表嫂，很精明很干练，快言快语的。

2003 年 2 月 17 日　深圳　宝安石屋

三汇人物素描之八

# 姗　　姗

姗姗在我们村也算是个响当当的人物。

我真正了解姗姗，是我向她学习家电维修时。父亲说："有艺穷不久，无艺久久穷。"他问我学什么，我说向姗姑姑家学家电维修。

说起姗姑姑，可真是个非同寻常的女孩。她初中毕业，按说只能修几年地球，然后默默无闻地嫁人就是了。然而姗姗似乎另有一番雄心，她央求她父亲给她借学费，去跟三汇镇当时大名鼎鼎的周光强学家电维修。周光强豪不掩饰对女孩的偏见："你一个女孩家学什么手艺？寻个好人家嫁了算了！"

姗姗倔强地非学不可。周光强没法，只得收下她。姗姗学得非常刻苦，笔记摘了一本又一本，也经常向其他师兄请教，渐渐成了气候。大约半年后，姗姗在大井街农技站销售门市部门口摆了个摊子。

我去的时候，姗姗的摊子还比较萧条，我们师徒俩经常守着部破收录机听流行歌曲。因此，那些年街头巷尾飘荡的旋律，我大抵能哼个七七八八。

姗姗时常对我讲述她学乙的艰半，说她哭过无数次，并老是想打退堂鼓。说到最后，她总是欣慰地总结一句："总算挺过来了。"

我频频点头，夸她不仅有见识有胆识，而且有恒心有毅力。她很高兴，便勉励我好好学，说家电维修这一行前景广阔无限。

其实，那时三汇镇流行的还只是维修收音机，收录机和黑白电视机都属凤毛鳞角。但当时搞家电维修的却有五家，竞争已渐趋白热化。只是那时我们初入此门，对竞争之烈尚无切身感受罢了。

姗姗做的主要是熟人的生意。由于女孩天性灵敏，她在短时间内便从乡下妹转变成一个八面玲珑的生意人了。无论是否熟识，姗姗总是点头微笑。大凡在她摊前踌躇徘徊的，她都主动招呼，问有什么可以帮到他们的。若那人只是看热闹，姗姗热情陡降八度，但却也并不赶他们走——她知道这些人极可能都是她的潜在顾客。若是前来修理机子的，姗姗热情徒升，让人如沐春风。

乡村的人大都谨慎，总是千方百计以询问者的身份问某某毛病怎么回事，某某毛病又是怎么回事。等你回答得让他们满意之时，才肯亮出机子，借以考验你的真才实学。姗姗的解答常常耐心而有分寸，说得客户心痒痒的，心甘情愿掏出收音机让她修理。

我留意到，即使这时，乡下的客户仍手按机子小心翼翼地试探姗姗："不会花太多的钱吧？"姗姗满面笑意："不会不会，如果毛病不大，我就不收你钱，当给您帮一回忙！"顾客这时才松开捂着机子的手——他们害怕要价高，自己如果不愿意修，摊主又要收他两块钱的开机费。

姗姗最初确实也是老老实实地搞修理，有一修一，有二修二，信誉慢慢树立起来了。直到有一天，她发现别人三两天修一部机子还有钱赚，而自己每天修三五部机子，却连摊位费都赚不回来，觉得当中必有蹊跷。

姗姗不声不响，叫我看着摊子，自己则去看别人怎么做生意。一来二去，姗姗发现了他们的门道：原来这些人只要一开机，好机便成了坏机。他们通常用烙铁划出几条断路，便说这机子的毛病很麻烦。让这些客户过三四个小时才来取。乡下人赶场都有一大堆事情要办。虽然不太放心，却也只能极不情愿地先办别的事去了。

维修者于是把机子上好的原件取下来，换上功能大致差不多的购置件。这样等顾客回来，机子是修好了，但成本也转嫁到他身上了。拿你的部件赚你的钱，你说高明不高明？

姗姗具有很强的变通能力，这些东西一学就会，而且操作起来更加高明。姗姗可以当着你的面把电源打开，开关线故意接错，让你的机子一声不吭；可以把万用表调到电压档，测试你机子的三极管时表针纹丝不动。这样偷梁换柱，你只有心悦诚服地交钱。有些精明的顾客虽然看不出所以然，但他们都知道把你换下的部件带走。这样，姗姗虽然仍能赚钱，只是不能赚双份了。姗姗于是在抽屉里放了很多坏零件，换下后假装不留神拂进抽屉，然后找一个同样的坏零件给顾客。

我担心这样下去生意会滑坡，姗姗虎眼一瞪："你这是杞人忧天，谁老实巴交能赚到钱？"我于是不敢吭声了，但内心未必认同。后来，我无意中看见姗姗笔记本上写着一句座右铭："人不为己，天诛地灭。"而这句触目惊心的话令我内心很是惶悚，本来已开始对家电维修产生厌倦，此时更是无可无不可了。

半年后，我结束了我的学艺生涯。

虽然我一直是姗姗最不争气的徒弟，但并不妨碍她对我聊她的心事。

姗姗比我大三岁，此时已出落成为楚楚动人的大姑娘了，一些城镇的待业青年时不时在她眼前晃来晃去，秋波暗送。更有胆大的干脆找机会直接向她表白“已爱上了她”。

姗姗因此非常苦恼，并不是因为不喜欢这些人，而是不知他们是虚情假意，还是真心喜欢她。有城里人喜欢她，原本就是她的梦想。从她踏足学艺那一天起，她已决心不再回那个生养她的小村去面朝黄土背朝天了，她要做一个真正的城里人。

像她这种女孩，不回农村的路大约有两条：一是自己经商，靠自己的能力寄居在城市；二是找一个城里男人，靠婚姻站稳脚跟。

这前一条路，对一个女孩来说很累，始终得以一个城市边缘人的身份艰难谋生。倘是嫁个农村人，仍难免在农村和城镇间奔波，春秋大忙时节仍然难免从事繁重的体力劳动；这后一条路，虽然多数女孩仍难免靠双手挣饭吃，但可以去掉那一张“农皮”，子孙后代皆是城里人了。且不去管将来，也不去管有多少委屈等着她们，至少可以活在乡下人羡慕的目光里。

虽然有各色男人可以类比挑选，但姗姗的人生阅历却不足以作出判断，因此常问我该怎么办。我问姗姗：“都是些什么人在追你？”姗姗说：“露骨表白的只有一个，姓王，就是经常来我们摊子坐的那个大个子。”我点点头问：“那你对他的印象如何？”姗姗说：“无所谓好，也无所谓坏。”我说那你可以试着接触一段时间，不行就斩断。

姗姗说那就试试吧。

姗姗和王胖若即若离地交往了一段时间，甚至还带他回了一趟皮家湾她自己的老家，但还是吹了。

据姗姗说：“原因之一是王胖父母不同意。当然，他没有工作，我也看不大上眼！”姗姗颇有些勉强地强调。

有天，我百无聊赖，把万用表调到电流 1.25A 档去探 220V 的高压电插孔，结果冒起一股青烟，把姗姗价值 50 元的万用表给报废了。姗姗为此哭了一次鼻子，要知道那可是她老爸送给她创业最值钱的家当哪！

我也懊恼万分，痛恨自己都已经 18 岁了，仍然像小孩子不知轻重，真正无药可救！

姗姗也第一次对我发怒了：“你爸把你交给我学手艺，你一点不用心，至今连修个开关都不会，还老给我惹麻烦！你成天写写画画，你说你现在怎么办？”

我羞愧得无以复加，恳求她再给我一次机会，愿意赔个新万用表给她。姗姗柳眉倒竖：“赔？！你爸爸现在连学费都没给我一分，你还能赔？”

我心里发虚，不敢作声。要知道她说的都是实情，然而，我已经荒废了六个月时间，却什么也没学到，这样下去，如何见江东父老？

姗姗没再说什么，只告诉我她将去成都她大姐那儿玩一段时间。她征求我的意见：“摊子是交给你看，还是交给我师弟来看？”

我本来没有一点真实本领，却打肿脸充胖子，让她交给我。现在想来，我当时虚荣心作祟，注定跌得鼻青脸肿。

姗姗没有深究，仓促间决定把摊子交给我看守。临走时，她语言很重地说：“你要看好呃！”我明白，她内心并不深信我能看好。

事实也确实如此，我不过是让自己大大出一回丑罢了。等姗姗从成都回来。我如释重负地把摊子交给她，仓惶远走川西平原，让夏日的凉风抚平我乱糟糟的心。

我就此别过姗姗，别过我短暂而漫长如锥刺股的学徒生活。

之后，姗姗在大开街坚守了下来，直至跳出农门转为城里人，直至结婚生子，才告别家电维修。姗姗的丈夫也是三汇镇上的人，也姓王。说来蛮有意思的，她的前后两位男朋友均姓王，只是一胖一瘦，一个开朗一个木讷，对比异常鲜明。

我见过姗姗男友很多次面，但交往不深，仅出于礼貌打个招呼而已。但外表的印象非常深刻，脸又窄又长，仿佛有些凌厉，很像今天的某种说法，很酷。

听说他们婚后不是很和谐，时不时打骂，直至闹起离婚来。离了没离，我也不太清楚。据说是因为丈夫好赌，大大顾家，当然也仅是传言而已，我并未亲见。

这年头，感情的事外人也越来越难评说了。只有一点十分清楚，城里乡下，人人都有本难念的经，婚姻如鞋，只看各自合不合脚。

姗姗毕竟是姗姗，不管内忧外困，赚钱始终放在第一位。孩子稍稍能脱手点，她便把自己母亲接到镇上帮她照料，自己又做起服装生意来。姗姗赚了钱，并没有忘记她那生活在“水深火热”中的姐姐，帮忙弄了个百货摊，让她姐姐独自经营。

一大家人在她的努力下，逐渐在三汇镇上立住了脚。20 世纪 90 年代，姗姗确实堪称罗岗坝一·女强人！

2003 年 2 月 9 日　深圳　宝安新社

三汇人物素描之八

# 幺　姨

我外公在我母亲尚未成年时自杀身亡。他之所以踏上不归路，是因为怕过不了乡政府“清匪反霸”那一关，其实政府给他的盖棺论定只是位“开明绅士”，既非“匪”也非“霸”。他的死确实让人扼腕叹息。

外公死后，留下两女一子如蒿草一样活在这个世界上，当时我母亲只有 14 岁，下面的一弟一妹则更小。我母亲过早地挑起了养家糊口的重担，但她的弱小实在不堪重荷，经常在哭。好在她的弟妹都非常懂事，从来不在她面前叫饿，甚至千方百计为她分忧。不久，她的弟弟我的舅舅因偷队里的胡豆被人一烟锅敲在耳门上，卧床躺了几个月，死了。

我母亲出嫁那会，我幺姨 14 岁。她面前摆着两条路，要么随我母亲到我父亲的大家族生活，要么让别人收为养女。我母亲极力怂恿我幺姨跟她走，但我幺姨仔细权衡后拒绝了。我父亲有姐弟 11 人，家庭维持起来也非常艰难。

有意收养我么姨的那家无儿无女，只夫妇两人，虽然住在农乐山上，但靠山吃山，并不算太艰难。母亲是个理想主义者，她认为自己所爱的人既然很优秀，待她的亲妹妹肯定如同家人，但么姨不这么想。她觉得在我父亲家庭她只能算个外人，即使真如我母亲所想，我父亲能像亲哥那样对待她，但她怎能保证我父亲的父母、兄弟姐妹也能如此待她呢？那年头，凭空添张嘴吃饭可是件大事呀！她跟着养父母就不同了，他们只有她一个孩子，有他们吃的就必然有她的饭吃。退一万步想，假若三几年后，他们夫妇真有了自己的骨肉，那时她已经长大了，已到了嫁人的年纪，女孩子能在娘家待多久呢？我母亲没法，只得洒泪而别。

事后证明，我幺姨的选择是对的。以后许多年，我母亲连自己的命运都不能把握，又怎能照顾到她呢？

我幺姨虽然生在平坝，但对山上的生活倒也很快习惯了。艰辛的童年把她磨练得吃苦耐劳，任何困难她都只咬咬牙就能挺过去。那夫妇对幺姨非常不错，完全当亲生的待。虽然以后这对夫妇又领养了一个男孩，但他们从不厚此薄彼。我幺姨也非常勤劳和孝顺，早起烧早火，上午出山劳动，中午必然会打一捆柴回来，晚上总是把洗脚洗脸热水端到养父母面前，让两个老人打心眼里感到温暖和欣慰。幺姨也很爱护年幼的第第，她把好吃的总留给他，且从不让他干重活。幺姨出嫁后许多年，我幺舅说起她时仍赞不绝口。

有人给我幺姨说媒，是我父亲同一个大队的。我幺姨征求我母亲的意见，我母亲同她去那家看后告诫她："万不可答应，那家是地主成分，老人婆很凶，后生黑黑的长得也不怎么样！"

幺姨在终身大事面前再次显示她超人的胆量和务实。她经过仔细观察，发现这家家底殷实——订婚时不用向别家借吃的，仓里还有余粮。后生黝黑敦实，有的是力气；他不善言语，证明他厚道，不会嫌弃自己，至于身份吧，那是别人强加的，与他本人的为人处事无关。她不愿意为背一个好的名声而饿肚子！

我幺姨婚后，一直是她婆母当家，她则管吃自己的饭，做自己的事。在我母亲看来，这简直不可思议，简直就是受人欺负！我幺姨不这么想。她觉得这样大一个家，不是她的能力就玩得转的。她隐在婆母的背后，正好乐得逍遥。

我幺姨的婆母当家时，我母亲很少去她家里走动。我母亲说幺姨的婆母很厉害，幺姨只是个受气的角色，我们去难免要看她婆母的脸色。在母亲的影响下，我也不敢去幺姨家。有一次，我跟我的表妹已经走到么姨家门口了，她却不敢带我过去。她说她要回去给她奶奶打一声招呼，然后出来叫我。我左等右等，不见她出来，只得气呼呼地走了。为这件事，我跟我表妹刘青赌了很久的气。

我幺姨的婆母在世时，我有个唯一的对她的记忆。那是夏末初秋的中午，我和母亲去金浪子接挑煤炭的父亲，没接到。母亲提议去幺姨家看看。去时，他们一家人正在吃午饭，看到我们立即收了碗筷。我晃眼看到他们吃的是高粱面粑粑和稀粥。幺姨的婆母似乎并不像传说中的那样凶神恶煞，虽然不见得慈祥，但至少是有笑意盈盈的。他们招待我们吃什么，我忘了，反正比他们自己吃得要好。据母亲后来说，幺姨家经常是这样，客人来时很注重场面，客人走了自家人则勒紧裤腰带节约出来。现在想起来，那老妇人应该是很会持家的那种。

幺姨的小叔子相继成家之后，老妇人说走就走了。幺姨的大伯子早已分家另过，家婆一走，和小叔子也分了家。分家之后幺姨和幺姨叔发愤图强，不几年就立起了几间两层楼新房。也就是从这个时候起，我们去幺姨家走动的时间多了起来。幺姨不是非常拔尖的那种能人，但她身体结实，吃苦耐劳，重活轻活毫不拘泥。但印象中，我幺姨似乎不善弄吃的，至少比我母亲的手艺是差远了。幺姨叔并不看重这些，他觉得十个手指都有长短，不能苛求我幺姨样样都能。他的宽厚和幺姨的容忍相辅相成，日子是一支和谐的交响曲。

幺姨自己不识字，但她努力供孩子们读书。幺姨对自己的子女说:“你们只要有能力，读到哪儿我就供到哪儿！”后来，幺姨的小儿子刘洪果然考上了中师，毕业出来分在区宣传部。

我母亲去世后，按世俗的说法，我们这门亲戚会淡了。但幺姨和幺姨叔不这么想，他们认为一门亲戚是百年修来的情分，不能像风筝的线，一遭狂风就断了，得像莲，藕断丝连。我在异乡受伤后虽然已会穿上厚厚的铠甲，但每想起他们，就会感到一丝温暖。

幺姨叔现在已经当上队长了，一改过去的不善言辞而幽默风趣起来。幺姨却仍然奔忙在田间地头、屋里屋外，时常一脸憨厚的笑，更不乏关切和善意。

2003年2月24日　深圳　宝安新社

# 辑三　文化三汇与文化二汇

# 江山秀美人风流

巴河，人杰地灵，精英辈出。张飞、王平在宕渠守土，徐向前在巴中建立川陕革命根据地。川陕突围与坚守，似乎颇像年轻时代的我们和未来岁月的我们！

在我还小的时候，我知道了比我们年长的杨牧；在我出道的时候，我的师弟杨森林、覃锋、张力、唐中华已经名满江湖。

还在我青春年少的时候，我就听说了杨牧的故事。他家里成分高，经济状况很差，在三汇上中学时，即使五分钱一份的红烧肉也吃不起。

毕业后前途无望、倍感苦闷的杨牧去了新疆石河子。在那里，他邂逅了下放劳动的艾青。懵懵懂懂的文艺青年，对诗人艾青倍加崇敬，精心照料老人生活。艾青很感动，两人遂成莫逆之交。

后来，在艾青的精心辅导下，杨牧的诗歌日渐成熟。艾青复出后，杨牧也脱颖而出，直至成为《星星》诗刊主编，直至成为四川省文联主席。

在我们的整个青少年时代，这是我们最励志的故事。我、杨森林、覃锋、张力、唐中华、胡光秀、胡泽、张舞……还有更多小伙伴，就在这故事里成长！

和我相比，唐中华家境是非常优裕的。因此，整个青少年时期，我有很多时间在唐中华、李庆国、张权、周云家蹭饭吃。当然，这种蹭吃蹭喝中，也加入了我的青春梦想。我在这里学习、修炼、成长，向小伙伴们传道。绿野文学社，大致也是这个阶段的产物。多年以后，绿野文学社的成员，大多成为各个领域的佼佼者！

唐中华那时一表人才（不像如今，我们都发福了），口若悬河。文学虽谈不上很深造诣，但也才华横溢、思维敏捷；加之爱好书法，且悟性了得，渐成气候。

那是一个奇异的时代。我们都身处农村，中学毕业大学无望，个个心比天高命比纸薄，青春梦想是如此绚丽夺目！

我们四处拜师求友，不舍昼夜看书作文写字，搞得父母无颜，邻舍侧目。然而我们不为所动，继续我行我素。至于父母撕掉书本，丢进火炉，再三再四，不胜枚举；有时棍棒拳脚伺候，也是家常便饭。

然而风雨青春，痴心不改，遂成巴河顽石。

多少寒暑，唐中华、我、李庆国，我们天不亮起床，从西坪跑步到土溪，只为训练自己的意志力；多少雨天，我们把自己闭关在巴河边的小屋，挥毫泼墨，宣纸和报纸铺满滴水檐下；多少月明星稀的夜晚，我们彻夜不眠，争论文学、哲学、书法、绘画，描摹青春、未来，梦想疯长！

后来看到唐成茂诗集《多情年代》的自序，大致也有类似经历！

多年以后，我们或他乡奔波，或故乡创业，似乎都小有成就了。然而，年少的“立言”梦想，始终不曾湮灭。这不，中华兄要出书法集了，嘱我写点“点滴”，某虽不才，也累于生计，但还是率性一回。书法不敢枉评，胡乱涂写几笔，聊作记忆。

青春风和雨，我为诗书狂。或许，年少的痴狂成就了今天的智慧和练达；又或许，今天的智慧练达只是岁月的注脚。

无论如何，那段岁月，如泣如诉如泥泞；无论如何，那段岁月，如诗如梦如旗帜！

2015年8月26日

# 同饮三江水，共铸三汇魂

## ——三汇文友拜访杨牧、李学明散记

**蓉席家宴的特殊客人，宕渠四子现身两位**

2017 年 8 月 13 日，成都秋高气爽。红牌楼的蓉席家宴茶座，迎来了一批特殊的客人。

经过一段时间的精心筹备，在王忠英女士的鼎力促成下，三汇文友与自己景仰已久的著名诗人杨牧见上了面，同时参与接见三汇文友的还有宕渠四子之一的李学明和渠县作家协会主席李明春。

宕渠四子是哪四位？

杨牧，中国当代的代表诗人和“新边塞诗”领军人物。其诗作《我是青年》曾获得全国中青年诗人优秀诗作奖，诗集《复活的活》获得中国诗歌最高奖（全国第二届优秀新诗集奖），部分作品被选入国内 20 余所高校和中学课（读）本。

李学明，国内邓小平理论研究突出贡献专家，其《邓小平多党合作理论研究》一书获第12届国家图书奖，现已经出版图书14部。

周啸天，四川大学文学院教授、四川诗词学会副会长，先后创作出版《唐绝句史》《绝句诗史》《在典诗词鉴赏方法》，被台湾学者誉为“大陆诗词鉴赏第一人”o历获《诗刊》首届诗词奖、国家教育优秀教材奖等，诗集《将进茶——周啸天诗词选》荣获第六届鲁迅文学奖。

贺享雍，中国著名乡土文学作家。迄今已出版有《苍凉后土》《拯救》《乡村志》等长篇小说19部、散文随笔集3集，先后荣获四川省巴金文学奖、第六届“王森杯”文学奖以及第三届、第四届“四川文学奖”等，《苍凉后土》等多部作品被改编为电影、电视剧。被誉为“新时期的赵树理”和“中国式的契诃夫”

李明春，四川省作家协会会员，渠县作家协会主席。主要作品：长篇小说《风雨紫竹沟》、中短篇小说集《生死纠缠》。过去连续5年，每年出版一本小说集子，已经成为渠县最具有后劲与爆发力的作家。李明春任职过三汇区下属乡的党委书记，任职过三汇区委书记。毫无疑问，三汇应该是他最难忘记的地方。

他们曾经都是渠县人，甚至个别现在还是渠县人。

他们都跟三汇有着千丝万缕的联系。

他们都是三汇文友高山仰止的典范。

因此，能够在成都跟他们见面，确实是一次三汇文学写作者的精神盛会。

**冥冥中注定的三汇文学情缘**

杨牧走进茶室，我的第一印象是，他的身体状况比我们想象的要健康和硬朗得多。脚步稳健，目光平和睿智，动作洒脱。

倒是李学明先生，走路似乎有些吃力。当他坐下来时，我们发现他中气略显不足，手似乎有些颤抖。然而，这种情况下，他仍然愿意接见我们这批后生，这让我们深受感动。

杨牧说，很多事情似乎是冥冥中的一种巧合。1957 年，他因为三汇文学而与三汇的四个“小右派”（何世训、张在华、鄢国灿、张仲方）结缘，60 年后在成都又因为三汇文学与三汇的一帮年轻人结缘；1957 年，他因为反对课本删除艾青的诗歌而退学，后来却因为与艾青千丝万缕的联系而在文坛备受瞩目。

杨牧的一席话传递出他是一个重情重义的人，迅速拉近了和三汇文友的距离。

**整合传承，迎接文学的世纪机遇**

交流的上半场，渠县作协主席漫谈了很多创作的心得体会，让大家获益匪浅。

我和王晶代表三汇文友大致阐述了三汇文学创办的宗旨、渊源、梦想和节点。

我说，三汇的800年历史应该有自己的人文史，有自己的风土、人物和掌故，应该有自己经天纬地的历史人物，有这方土地的传奇和演义。然而，她至今没有留下应有典籍和演义。幸好她还有自己的彩亭、旱船、白塔、船民协会（王爷庙故墙）、车灯戏、烧龙、烧烟火架等民俗。当然，更重要的还有在座的各位“国宝级”的智慧老人——你们是大量人文、历史的亲历者、见证者、整理者、传承者。三汇需要一个载体，把薪火传承下去。

我说，上个世纪80年代，三汇有一份油印刊物《三江文艺》，主编是廖瑞，但不久就停刊了，非常可惜。今天，那个时代的年轻人经过二三十年的打拼，已经在各个领域站稳了脚跟，取得了一定的成绩。有能力重树三汇文化的大旗。这是一种使命，更是一种信念！

我说，我们的“三汇文学”，不是狭义的三汇镇的文学，而是包含了巴河：上起南江—通江—平昌—三汇；州河：上起方源—达州—宣汉—三汇，渠河，由重庆上溯合川—

广安－渠县－三汇的大三汇文学，她的吞吐和气量具有海乃百川的广阔性与包容性。

我说，三汇文学的未来，绝不仅仅只有诗歌、散文和文史，还要有自己的小说；不仅要有自己的短篇，而且还要有自己的中篇、长篇，自己的电影、电视剧；不但有自己的文学事业，而且要有自己的文化强镇梦想，有自己的文创产业，文旅产业。

我说，虽然我们有宏伟的目标，但我们愿意一步一步地来实现，把握好每个节点。我们已建立自己的文学公众号，接着建立三汇文学门户网站，建立“三汇文学”纸媒，每年出版一本《三汇文学作品选集》。

我说，移动互联网的发展正在让文学面临旷古空前的发展机遇，我们正站在巨大的机遇交汇点上。中国的现当代文学，总的来说经历了三个发展里程碑：五四新文化运动为第一个里程碑；“文革”后至改革开放这40年，是第二个里程碑；移动互联网兴起，大量文学自媒体的涌现，海量作者参与，这是第三个里程碑。自媒体时代的文学虽然泥沙俱下，良莠不齐，但它毕竟更加广阔和自由，有了更大的舞台与无与伦比的参与面，有才华又有运作能力的文学平台、群体与个人必然脱颖而出！

**群体拼搏，成就更大气候**

杨牧老师听完我们的汇报，露出了欣慰的笑意。他认为目前的“三汇文学”作者集群理想远大、思路开阔，有干劲，有朝气，让他看到了三汇年轻一代写作集群的希望。他鼓励大家刻苦写作，努力提高，成就更大的气候。

杨牧老师说，他在三汇上过学，有很多故友，因此对这片土地感情非常深。过去，他每年都要回三汇镇一次，但是对它的日渐没落却充满惆怅。甚至，有些朋友都劝他不要再每年回去了，免得伤感。但骨子里，他希望三汇能发展得更好。

杨牧老师建议：你们“三汇文学”可以开个纪实栏目，笔触对准各行各业的精英，甚至是普通老百姓，不但可以为时代写下浓墨重彩的一笔，还可以赢得更深厚的支持基础，是一件很有意义的事情。

席间有朋友说，三汇有它的局限，古镇已被破坏，新城发展不开；水运已经衰落；高铁、高速又修不到三汇来，它即将成为被遗弃的古镇。我充满信心地说，不会。三汇的根本问题，不是古镇被破坏，不是缺钱，也不是缺少交通优势，而是缺少先进的发展观念。我们必须改变我们的观念！古镇破坏了，我们可以重建；新城可以往汇西发展；高速、高铁通不了的地方，正好跟外地形成差异化发展，也许这才是真正的原生态！关键看从哪个角度去理解！

三汇今天的现状，并不是孤立的、个别的现象，它实际上是我们中国近100年命运的一个缩影。第一是“文革”的缩影，是一代领导人，从上到下的局限；我们对历史文化的破坏，并不是三汇特有的现象，是全国的现象；二是中国的工业化、城市化进程，留下了被破坏的生态，被污染的环境，被拆迁的老城。很多东西没有通到三汇，或许是世界留给渠县甚至四川的最后一个天堂。塞翁失马，焉知非福呢？

杨牧老师听完发出会心的微笑。

李学明老师也对三汇作者群翘起了大拇指，夸奖这个团队有底蕴、格局与思路。

**尾声：是雨露，更是希冀**

4个小时的交流转瞬即逝，但对三位70岁以上的老人来讲，他们却需要付出巨大的毅力。然而，看得出来，他们精神矍铄，兴致很高。或许，他们一直年轻着，并未老去——至少心很年轻。

李学明老师最后记挂的不是他自己，而是三汇的鄢国灿老人。鄢国灿是三汇“四个小右派”之一，如今已是76岁的老人了，但仍然坚持古体诗词创作和其他写作。李学明说："回去转告你们镇里的领导，给鄢国灿换个房子，别再让他住只有 50 元租金一个月的房子了，换个条件好点的！"

# 一　面

## 1

记得阿累曾写了一篇著名的文章《一面》，是写鲁迅先生的。我依样画葫芦取这个标题，却是写杨牧先生。

听闻杨牧先生传奇久矣！大约是初中时代，我们班主任张本然老师，涉猎甚广，跟三汇中学也渊源甚深，熟知杨牧老师家世，向我们讲述过杨牧老师的艰辛奋斗历程和在诗歌上的杰出成就。

那时就想，有朝一日，要是能碰上杨牧老师，并得到他的指教，该有多好！

那时的自己，年少无畏，到处求师访友，谁都敢去信骚扰。记得1990年左右，我曾经给在《星星》诗刊工作的杨牧老师寄去过我们绿野文学社优秀成员的一组诗歌，恳请他指导。不久，就收到了署名“杨牧”的退稿和回信。这封信也许并非是杨老师亲自回的，但对年少的我们还是有巨大的鼓舞。

## 2

后来，阅事稍深，反而不取署望面见杨牧先生了。觉得跟这位故乡的名人，距离越来越远。

其实，杨牧老师每年都回三汇来，每年都会跟一些故友相见，甚至有些后生校友，也有机会跟先生谋面。我总是很久之后才从别人的闲谈或文字中得到一些初浅的分享。

而且，后来在异乡打拼，离故乡似乎也越来越远了，更多只是在梦里回望。

近年因为一些特殊的渊源，回故乡突然多了些，有时甚至还能短住一些日子。不像以前，虽数顾家门而不入也是常事。

当节奏渐渐慢下来的时候，对故乡的情感慢慢也更深了，开始思谋着为故乡做点儿什么。

特别是当乡友们对故乡的埋怨和失望甚嚣尘上的时候，我开始反复拷问自己，三汇的前途和未来究竟在哪里？虽然这似乎不是我这样一介平民应该思考的问题，但振兴家乡，毕竟匹夫有责啊！

于是，我决定从针眼小的一件事开始——这就是注册“三汇文学”公众号。

想不到，这件小事却在三汇引起了巨大的反响，引起了社会各阶层的热烈关注。首先是学弟唐中华建立了一个三汇文友交流群，接着热心人士王忠英老师发挥了极其关键的组织、发动作用，并迅速与杨牧、李学明二老取得联系，并获得了二老的热情支持，促成了三汇文友在成都与杨牧、李学明、李明春、何本禄的会面。

## 3

也正是这次交流活动，我见到了倾慕已久的杨牧老师。

蓉席家宴，成都红牌楼一个普通的茶座。杨牧老师迈着稳健的步伐向我们走过来。身材魁梧，精神矍铄。

他很随意地坐在藤椅上，微笑着，很少说话。当李明春老师反复说写作没有快感时，他突然冒出一句："没有快感就不求写嘛！"

他真诚而朴实的语言令我们忍俊不禁。我们瞬间觉得跟他亲近起来，并不是那么高高在上。

他的真诚在1958年已经首次表现出来。当时语文老师告诉全班，艾青犯了错误，他的诗不能讲了，是"坏诗"。杨牧很是不平："昨天不是右派，他的诗是好诗，今天成了右派，好诗难道也变毒草了？"

于是，他因为"反动言论"被勒令退学。

他因诗歌而"获罪"，又因诗歌而成名。命运的密码在哪里？

他因艾青而远走新疆，又因艾青而在诗坛崛起。命运又昭示什么？

他自我流放到石河子，而石河子又给了他母亲一样的厚爱。历史给后来者什么样的启示？

如果他不走，会不会成为第二个张在华？如果他没有禀赋和修炼，纵使与艾青相遇，又如何成得了当代诗坛的杨牧？命运演奏着什么样的变奏曲？

他受了那么多苦，目睹了那么多人世沧桑，他为什么没有悲嚎没有埋怨？没有沉沦没有消极？反而充满了穿透一切苦难和黑暗的睿智和激情？

所以，性格决定命运，包容决定气度，格局决定未来，睿智决定前途。

## 4

我坐在杨牧面前，品着面前的清茶，听着文友们交谈，静静地和他交心。我感受他慈祥的面容，领会他巨大的人生智慧，浸润在他通透的生命哲学里。

三汇是一方神奇的水土，千百年来，她的精英文化与平民文化交相辉映，水乳交融又天差地别。这片土地上，有层出不穷的文人名士，也有经天纬地的将相王侯；有一掷千金的富商巨贾，也有锱铢必较的小商小贩；有豪气干云的侠客猛士，也有偷鸡摸狗、蝇营狗苟的宵小之徒；有仁人志士，也有醉生梦死；有旷世英豪、旷达之士，也有愚昧鄙薄、狂妄贪婪之徒。就如这三江之水，清则清矣，浊则浊矣；有时澄澈明净，有时沉渣泛起，有时洪水暴涨，有时静若处子！

诚如我辈者，既要读懂青山、白腊坪、牛奶尖的厚重，又要读懂巴河、州河、渠河的灵性，才能真正成大器？！

是否牧老，早已参透了山水，所以才如此“上善若水，厚德载物”？

2017 年 9 月 17 日，重庆——三汇的列车上

# 李学明先生印象

## 1

我是在成都面见杨牧时认识李学明的。

此前王忠英老师介绍李学明时，说他是邓小平理论研究的权威专家，我还颇有点儿既敬畏又不以为然。不以为然是，心说，邓小平理论就摆在那儿，能研究到哪儿去？国内的很多研究者和评论者，经常原著都没有读完，随便断章取义，造成很多误解和曲解。

敬畏是，一般某理论研究的杰出专家，见面时人们除了恭维，总不知道该说些什么，难免显得很拘谨。

然而只与李学明见面那一刹那，就粉碎了这种印象与敬畏。

或许是因为乡情，或许是因为别的什么。

而以后的日子里，我对“研究”与“专家”，则有了更深的认识。

## 2

那日，他有些颤巍巍地走进来，不是因为衰老，而是因为还在病中。瞬间，我就站直了身子。因为这只是一次文友沙龙，仅仅涉及到文学与乡情。如果不是乡情与责任，随便借个故也可以不来。所以，无论他的学识与地位如何，只有很纯粹的感情才可能带病赴约。

因为神经疼痛，他一动背上就汗湿一大片。我开始隐隐有一种心痛与自责。他却很爽朗地开玩笑：“看见王忠英来了，我得去换件衣服！”

那种率真，那种爽朗，不像一个老学究，更像一位隔壁大哥！

我们的心瞬间贴近了。

我阐述了我的一些关于三汇文学的设想与文化三汇的一些想法，学明先生很是赞赏。他并不想掩饰他的真实感情，直接把我引为知音，手机里存的名字：“黄河了得”，还展示给我看。这种率真令我感动。

我觉得受宠若惊。在官场体系里，大家表达感情的方式多是含蓄的。但他说，我现在无官一身轻，可以自主表达我的爱憎和喜好。他又把我拉到一边说：“兄弟，我这个人很直，你不要介意！”我问：“你很直，做官的时候是不是会得罪很多人呀？”他说：“那倒不是。我很直，但我人缘很好，因为我胸怀坦荡，不计较个人得失，且乐于助人！再说，其实我很低调！”

于是，我就这样成为了学明先生的拥趸。本来按照年龄和辈分，我应该称他为叔的，但也被他一声“兄弟”化为乌有了，理所当然称他为兄长。

3

不久，因为宕渠书画院三汇分院的成立，我们又在三汇见面了。虽然公务繁忙，但本着对故乡文化事业的牵挂，我专门飞了回去。

我当然也很牵挂学明先生和牧老。他们能推掉很大的活动专程来参加故乡的一个书画院成立庆典，本身只源于一种很深的故土情缘。

虽然深夜才回到三汇，我还是托忠英老师约学明和杨牧去吃心肺汤圆。

他们说没联系上学明先生，可能手机没带在身上，或还在休息。结果，我一出酒店大门，竟然碰上了学明先生。我很惊喜，执着他的手相邀。他说他要控制血糖，不能吃糯的心肺汤圆，已经吃了一碗小面。我只得作罢。

学明先生在书画院成立庆典上的讲话，大家通过先生《我的三汇书画情缘》可以得到全面了解，我不在这里赘述。

我想说的是，先生的认真劲儿与绅士风度。他没有用稿，一直站着讲，依然是颤巍巍的，声音有些发抖，但条理清晰，情感深挚，赢得了热烈的掌声。

不知道为什么，我的眼睛忽然湿润了。

会后，我对他说：“你身体还没有康复，我想把你的讲演全文整理出来，在“三汇文学”平台发表。”他说好啊，就是太麻烦你了。

想不到，几天后他竟然自己把演讲全文拿出来了！这认真、这速度，我不禁肃然起敬！对一个70多岁的老人，还生着病，这是何等效率！

## 4

会前会后，学明先生把我引为知己，并寄予厚望，尽他的努力让我尽快熟悉环境和圈子，人前人后大加推广三汇文学。

午宴上，他把我牵到他和牧老中间入座。他说：“牧兄，我们两个要把他抬起来！”这甚至让县委宣传部郑六秋副部长也很奇怪，问我们是什么关系？他哈哈大笑，说这是我兄弟。

其实，我们那才是第二次见面，只是特别投缘，心贴得很近。

这让我非常汗颜和惶恐，同时想加了解了他的重情重义与急公好义。

于是，我们的心贴得更近了。

李学明和杨牧相约下午去三汇中学看望母校，这是他俩每次回来的例行功课。

中午忽然下起了瓢泼大雨，我以为当天下午他们不会再去了。结果，下午三点，当雨下得小点儿时，他们还是很坚决地去了。

我和学明先生罩在同一把伞下面，一路走一路聊。他兴致很高，讲着过去的一些人和事，状态越来越好。他简直就是一座活的图书馆。我们吃盐锅盔，边看他号房的老屋，走进三汇中学的风雨操场。在他和牧老曾经上学读书的母校合影留念，他仿佛又回到了意气风发的少年时代。我们定下盟约：让他把身体养好，再写作 20 年，一起见证文化三汇的崛起！

## 5

因为以前不了解，无法深度交流，我又素不喜欢道听途说，所以请求学明先生寄些他的著作来。他二话没说，就快递了两本：《邓小平非公有制经济理论研究》《一路走来——我的画与传》。这正是我要的书。他说，《一路走来》是孤本了，但还是送了我。

后来，他去北京做治疗，我们偶尔通个语音，表达对他的牵挂。有一次，电话信号不好，他就用微信给我打视频电话。刚好我有个会议，就挂了，直到晚上八九点钟，我才忙完回拨过去。结果那次网上的微信电话，我们竟然聊了 45 分钟。他聊得很开心，竟然连疼痛也忘记了。

于是以后，我们时不时就语音传送一下。久了不聊就心痒难受。他说我是他的精神支撑——其实我们互为精神支撑。

这种感觉确实棒极了

后来，我又收到了他的几本书：《老家在渠县》《哲学家杨超》《百年漫道》《岁寒三友》《宕渠四子论》《李学明选集》《廖伯康与人民政协》等。

面对著作等身的学明兄，我实在无法说自己很忙。也不敢妄论。我想必须等读完所有著作，我才能告诉他我的感觉。对于一个作家，倾心阅读，是接近他精神境界的最好通路，也是对他的最大尊重。也只有这种知音，才能带来灵魂的愉悦。

每当夜幕降临，沐浴着橘黄的灯光，面对 20 多本著作，仿佛奖掖后学的学明兄长就站在我面前。我确实不敢懈怠。

2017 年 10 月 12 日，江门白水带

附

# 我的三汇书画情缘

## ——在宕渠书画院三汇分院成立会上的演讲

李学明

各位父老乡亲，兄弟姐妹，三汇娃儿李学明回来了。我生于斯，长于斯，在三汇 20 年。

今天，三汇这么热闹，我们从四面八方回来。昨天，明天，我和杨牧兄在成都有两个节目，推掉了。杨牧兄在泸州、宜昌有两个诗会，推掉了。为什么？因为我们的书画情始于三汇。我们来祝贺家乡书画分院成立，聆听诗书之乡诗书飘香。

昨晚，我住在宾馆，一开窗就见到我的老家号房。一夜难眠，我想到了六个字。

### 一、敬畏

汉字，方块字，中华文化。

小时候不知道这些大道理。从小，母亲就对我说，娃儿，凡有字的纸，到茅房不能用。那时穷，有时在茅房，就用竹篾块。一直坚持至今，如厕不用字纸。

后来才晓得，这是对文字的敬畏，对先生的敬畏。

后来我到成都彭州字塔，专门烧字纸的地方，看了又看。

## 二、教化

我父亲在三汇镇开中药铺，“祥和药号”楷书的牌匾，珍藏在家中。还有线装，8开草纸，红色，竖格，父亲用毛笔书写的账本、行书。家里有两幅画轴，父亲在我三岁时去世，这是父亲留给我的，我最初的书画教化。

每逢过年，一个20户人家的院子，家家户户贴对联。行书、楷书，每家每户我都去看，并背下来。

有一处坟园，墓地的一些对联，行书，我也喜欢看，至今还背得：“千里来龙归此地，万年富贵在其中。”

不知为什么，就对字这么感兴趣。

每逢赶场到三汇，有一道风景线：看温义元老先生的书法。周围都是人，我个子小，钻进去，看他写行书、草书，那是我青少年时代的书法偶像。

三汇街上的牌匾，文化书店悬挂的“爱书吧，它是知识的阶梯”“在科学的攀登上，只有那些不畏艰险的人，才能到达光辉的顶点”。好书法，记了一辈子。

这就是教化，潜移默化的力量。

宕渠书画院三汇分院成立盛会一传开，大人小孩都知道，哦，书画！这也是一种神奇的力量。

书画分院的作品一展出，从几岁到老者驻足观看，可能一些青少年记住一生，这就是教化的力量。

## 三、乡愁

三汇这三个月怎么了？

6月，远在广东的中山市，作家黄河创办《三汇文学》，呼啦啦把天南海北的文化人都聚在群里，成为三汇文人的一个平台，天天见面聊文学。我说叫她《三汇文学》集结号。第一期纸质刊物即将出炉，更值得期待。

黄河之水天上来。今天，凌晨2点，黄河从广东中山市匆匆赶来了。

9月17日，今天书画分院成立，又一个平台，文人书家画家齐聚，三汇的节日。

这是乡愁，更是乡恋。

今天到会的李明荣兄，在达州日报社长任上，建了岁寒三友亭（张爱萍、杨超、魏传统）。来的李本华与我在达县新达农机厂共事12年。我一个工人，刚落实政策，到行署当10个月工业秘书。杨超一个的一个“乡愁”，在家乡找秘书，点到我。一下子，我从达县到成都，当省委书记秘书。

一个重要原因，我是三汇人，他有表兄唐尧衢等亲戚在三汇。一个“乡愁”，我下决心书作，为家乡人传承杨超，不到4年，记了14本，出了三本书。我没给家乡人丢脸。一级画家王朝兴来了，1983年，杨超题字鼓励他。也是因为“乡愁”

张爱萍的草书、魏传统的魏碑、杨超的草书，书法各有特色。达县文化馆龙馆长来了，他们三人给文化馆共写一幅《岁寒三友》诗，是为珍品。

张爱萍，开国上将，国务院副总理，国防部长；魏传统，解放军艺术学院院长，开国少将；杨超，省委书记，毛泽东叫他黑格尔，哲学家。

他们都有“乡愁”，一辈子说达县话，同是达县中学同班同学，与李冰如、梁上泉同校。

关于诗，陈毅说张爱萍是马背诗人。郭沫若说魏传统是灯光诗人。杨超自小痴迷于诗词。

我与三友在一起的几个小故事，给大家分享下。

诗书画，本是一家。邓小平说，四川文人多，怎么不搞个书画院？谭启龙力促，创建四川成立诗书画院。张爱萍提出，加个诗字。于是，在全国独此一家，由邓小平题写院名。杨任院长，张、魏任名誉院长。

三人一见面，魏给张打电话："张二，老三来了，今天吃豆腐连渣闹，来呵。"如同邻居老大爷。

魏传统对我说，你这个三汇人，小老乡。我告诉你，1929 年，我在三汇教小学，搞地下党，被追杀，躲到丰乐去了。"秦家""冉家"现在如何？我说，冉秉双老师是我中学老师。我给三汇小学、三汇中学题写了校名。

我对张爱萍说，张老，你给我写的字，裱好了，谢谢你。他摸着我的脑瓜儿说："写个字嘛，日马谢啥子？""日马"有点不雅，他就是这么说的。一个国家领导人，对一个晚辈这么关爱，一个乡愁。

我在想，字如其人，这就是乡愁的力量，书法的力量，人格的力量。

一个书画分院成立，田道荣、田龙刚、唐中华主其事，熊克志、罗学闰、郑六秋、王兴力促、马家骐、赵燕紫、张成芳、李晓红、郭武助阵，魏华（母校三汇中学校长），88 岁寇森林、75 岁覃孝章、78 岁张人俐参加。好一个书画盛会，三汇书画明天一定会更美好！

（2017 年 9 月 17 日）

# “三汇文学”发刊词

## 1

我创办这个文学公众号，只为三汇文学乃至文化而生，也必然为三汇而死！

我死而文学号不死，必是三汇人文历史振兴之时；我未死而三汇文学已死，必是三汇人文历史湮没之时！

因此，我辈青云之志，乃后辈文化勃兴之势！

三汇的文化振兴，必然依赖成林成军的文字铁骑！

## 2

我所谓的三汇，她首先是个地名。如果从行政上说，她是指三汇区或三汇镇。当三汇区撤销之后，她就特指三汇镇了。

但人文上的三汇，远不是这个概念。她首先是巴河、州河、渠河的交汇处，然后三江沿岸的土地、人口、风土、文化、历史、人文。甚至，她孕育的人物，她衍生的故事，她孕育的文人。

我渴望有一天，三汇不是现在的三汇镇，她至少是三汇市；那时，她不至于如此单薄，弱小，没有底蕴，没有力道，甚至，没有爆发空间和爆发力！

如今的三汇，确实犹如巨龙被腰斩，气若游丝！

## 3

而今百度百科上介绍的三汇镇，简称“三汇”，隶属于川东渠县。始建于北宋仁宗景佑年间（1034—1038），距今已有近千年历史，被评为“四川四大经济重镇”“全国重点镇”，素有“小重庆”“香港”的美称。

三汇镇历史文化悠久，自先秦就有古代賨人在此活动，是渠县的历史文化古镇，拥有深厚的近代城市文化底蕴和众多历史文化遗产，其中三汇彩亭、三汇川剧、三汇旱船尤其著名。三汇镇曾被授予“中国民间文化艺术之乡”，享誉全国已有 200 多年历史的“三汇彩亭”是国家级非物质文化遗产。

三汇镇属亚热带湿润季风气候，温和湿润，冬冷、春早、夏热、秋凉，四季分明，日照充分，雨量充沛，无霜期长，年平均气温 17.6℃，年平均降雨量 1068.5 毫米。

三汇镇是渠县北部的经济、交通、金融、矿产、水电、商贸、物流、航运、文化中心，同时也是四川省首批100个试点小城镇之一，“达州市工业重镇”，渠县副中心、渠县“一主一专两辅”工业园区之建材园区所在地。

三汇2013年成功申报为全国重点镇。

三汇镇矿业资源特别丰富，曾是川东工商业重镇。

三汇有三江六码头、农乐小三峡、明代文峰塔、大青山、白腊坪，舵石鼓、石佛滩、安汇寨、三角寨等知名景点。

## 4

美丽的三汇，历史悠久，人杰地灵。

清朝末年，一位不知名乞丐临死前在王爷庙的题壁诗至今仍为人津津乐道：

铄笛鼠晓映残具，歌板临风唱晚秋。

两脚踏遍坚岨路，叭情擅尽害琴愁。

从今不受嗟来食，村犬何须吠不休。

料想此丐绝非等闲之辈，从文字内容上看，此人历经坎坷，但胸襟却非常人，虽暗示自己的归宿将“落难而亡”，但“晚秋”仍歌，颇有苏轼豁达之风。

三汇的文学源远流长，犹如滔滔渠江水，奔流不息。

从这里走出的文化人，远的不说，就当代而言就有：

胡春浦、陈清泉、杨牧、李明春、贺小雍、杨森林、秦锋、周建华、唐中华、胡光秀和我本人。

当然，这些人大都出于大三汇，要么出于州河边上，要么出于巴河边上，要么出于渠河边上。而且，都跟三汇中学多少沾点儿边。

三汇有没有旷古文人？是否出过旷古篇章？是否还有更多风流人物？

全都淹没在历史的沙层里，需要后人去挖掘与擦拭。

还有更多的故事，需要后人去整理、丰润和塑造。

## 5

我曾经说过,一个地区没有文人就没有历史;没有作家，就没有秘史。

因为，所有辉煌与沉落最终都将被岁月垫进沙尘，最终都将被流水冲刷干净。

因此，当今天我们盘点三汇的历史人物时，发现竟然烟波浩渺，无法钩沉。面对浩浩州河，汹涌巴河，滚滚渠江，顿时心生悲凉。

一个近千年的文明古镇，烟云般浮华了一个又一个朝代，除了毁于““文革””的文化古迹，竟然没有自己的文化史、商业史和名人方阵留存于世，这是多么大的遗憾！

## 6

我深信，三汇的千年历史，绝不是今天百度百科的区区文字可以概括的，绝不像那么单薄，绝不会没有自己千古自豪的名人文士，没有自己的千古文字，没有自己源远流长的文化传统，不然也不会留下那么多非物质文化遗产，那么多名胜古迹，那么多风土民俗！

然而，它又确实出现了巨大的断层，表现得无以名状的单薄和苍白！

这片土地上究竟发生了什么？是无以言说的灾难？还是近乎破败的没落？还是子孙不肖到丢弃所有？还是缺少自己的文胆与自信？

## 7

俱往矣！爱与哀愁都化为滔滔江水滚滚西去！

我们只能执着于信念，把双脚踏进深深的泥土。

从我做起，从现在做起，头仰望深邃的星空，笔挥舞于纷繁的尘世。

“雄关漫道真如铁，而今迈步从头越！”

2017 年 6 月 27 日，广东中山古镇，路灯城

# 见证文化三汇

## 1

2017 年 9 月 17 日，岩渠书画院三汇分院成立，盛况空前。

成立、开业庆典我见多了，但这一次，还是令我非常动容。

我忽然发现，我自以为很了解的三汇和三汇文化，其实还非常陌生和肤浅！

一般来说，一个地方的文化维度，我们是从三个方面来感受的：她留下来的文物古迹、民间习俗；她曾经出过的名人，留下的名作；她今天依然健在的文化人的数量与质量，耕耘领域的宽度与深度。

## 2

如果用一个词来形容当天我在现场的感受，那是“坐不住”；如果用两个词来形容：应该是：立正，致敬！

现场来了两三百人，涵盖了老中青和少年。那些老人，大多是在诗书画艺四个领域浸润很深的人。很多人，吹拉弹唱，琴棋书画，都是他们的终身爱好。他们中的大多数人，从来没有把爱好当职业或事业，但却须臾不离，有的甚至造诣很深。所以当这么多老人冒雨坐在会议现场一动不动，有的饶有情趣，脸上浮现着幸福与忧伤；有的壮怀激烈，像是在缅怀过去的罗月；有的抚今追昔，凌云之志不减当年；有的风轻云淡，绅士淑女一般安静，但内心有清流荡漾；有的矜持自重，凛然不可侵犯；有的恃才傲物，目不斜视；更多的低调自在，不嫉妒别人，不轻视自己，但不放弃自己的爱好和责任……

面对这样一个三汇，面对这样一个庞大的群体，你难道不会对她肃然起敬？

听杨牧先生说，二十世纪五六十年代，每当傍晚时分或夜幕降临，沿河两岸，满城回荡着悠扬的琴声和不息的歌声。那是多么令人向往的一座城，多么令人怀念的一个时代！

## 3

三汇真是一个藏龙卧虎的地方，但是如果你浮在水面，不潜进这片水里，你绝对感受不到魅力的存在；而且，潜得越深，你越不敢翘你的猴子尾巴！

当主席台上李学明先生一句“三汇娃儿李学明回来了”，我顿时有一种落泪的冲动。李学明何许人？他竟然如此谦虚，几乎把身子贴近了这片土地，以儿子的身份和这片土地的父老乡亲对话。他对坐在前排的老人如数家珍，用眼睛、手和语言向他们致意，讲述友情、乡情、才华、成就与贡献。从他的问候与致意里，我们知道了一个个优秀的三汇儿女，虽然已经七老八十了，然而他们依然健在，三汇的百年故事就活在他们的记忆与往事里。对三汇来说，这是多么幸运的事！

在李学明、杨牧、王忠英的介绍下，我认识了 1939 年出生的张人俐。他一直从事戏曲创作、表演与导演，对川剧的造诣尤其深。谁也看不出他是一个近 80 岁的老人。虽然他自称“张哈声儿”（三汇话，哈声儿特指声音沙哑），但声音一点儿都“不哈”。他当着众人的面给三汇镇委书记提意见，帮三汇川剧团要经费，购买道具，招募人才，改建舞台。他慷慨激昂，声嘶力竭。其实这些事跟他一毛钱的关系都没有。他只是在尽他的道义。这就是三汇文人，什么时候考虑的都是三汇文化的事，都是文化三汇的事。

张人俐写了一部三汇大剧——《风雨三江镇》，已经出版，但据说至今还未拍出来。跟好几个投资方谈过，但没有谈妥。张人俐不想因为利益牺牲自己的创作立场与审美追求。

白胡子郭清发找到我，说他有写鹞子寨的古体诗词，问我“三汇文学”可不可以发？我说当然可以发。

还有一个写少儿歌曲的老先生田超，77 岁了，问我怎么把他的歌曲结集出版出来？

鄢国灿，已经出过一本旧体诗集，生活极其简朴，但还在准备出第二本诗集！

我所写的只是九牛之一毛！

到老都做着文学或艺术梦，这是多么可敬的三汇人！

就是这些普通人的文学艺术梦，造就着三汇的伟大文化复兴！

## 4

李学明先生在发言中讲到敬畏、教化、乡愁；杨牧先生讲到自己这只小鸭子与母亲三汇的血浓于水，他说三汇的每一块青石板，每一条石头缝都浸染着他的感情。他说，三汇就是他最初的录音带，随机播放，沁人心脾。

然而，他每一次离去，都是带着遗憾走。因为三汇已经没有过去的美好味道。他希望书画三汇，书香三汇，文化三汇，能够带给未来新的希望！

9月17日的三汇，无疑是一次书画传承的盛会。很多书画界名人慷慨陈词。他们都憋着一股劲，要重振三汇的辉煌！

连三汇镇委书记王兴也参加了，足见其暗含的自上而下的力量。

所以我说，仅仅是一个开始，精彩会接连不断。

而晚上那场川剧汇报表演，或许是一个未来的美好注脚！

2017年9月9日　中山古镇

# 三汇究竟是被破坏了，还是继续被糟蹋着？

## 1

三汇被破坏了是事实。但三汇被继续糟蹋着也是事实。

向阳门被撤除了，大石盘被占用了，神坛庙宇被损毁了，吊脚楼所剩无几了，这些都是被破坏的铁证。是拜10年“文革”所赐。

然而已经剩下的、硕果仅存的白塔、王爷庙、惠园，该如何保护和发扬光大，谁有更好的策略和办法？

人心不古，谁又来收拾残局？谁又来扭转乾坤？谁又来重振和复兴？

躺在冷月、夕照、残垣、断壁里哭泣、哀叹、痛骂，注定于事无补。

人类几乎所有文明都经历从荒芜到繁华，从繁华到废墟，从废墟到重建的轮回。我们是否清晰与清醒？

## 2

远的不说，就说叙利亚，我们无法忽略她也是人类文明的发源地之一。联合国教科文组织的世界文化遗产名录中，叙利亚就有 6 个：大马士革古城、布斯拉古城、帕尔米拉古城遗址等，如今它们都被战争损坏，被战火焚烧。

阿拉伯人中流传着一个谚语："人间若有天堂，大马士革必在其中；天堂若在天空，大马士革必与之齐名。"而今的大马士革就是现实版的地狱，高楼大厦桥梁房屋，全被一场战争变成废墟。三汇所遭受的破坏，与大马士革相比，简直不值一提。

## 3

今天大家看到在世界范围内高度发达的德国首都柏林，历史上曾多次被夷为废墟。柏林的起源可以追溯到 12 世纪末。它是由施普雷河畔北岸的柏林和博物馆岛现今所在地的集居区组成。1307 年，人们将此两部分合并在一起，由此诞生了柏林。这一天也是柏林的生日。

经过多年的动荡不安，选帝侯于 1451 年将波茨坦和柏林两座城市宣布为其治下之国都。此后，接连不断的自然灾害、瘟疫和战争一直阻碍着柏林的发展。19 世纪中期以来，柏林不但在经济上得到了突飞猛进的发展，而且人口也呈急剧上升的趋势。

二战后期，由于盟军的空袭和苏联红军的进攻，柏林市遭到毁灭性的破坏。1943 年 11 月 22 日，英国皇家空军派出 764 架轰炸机，展开大规模轰炸柏林的“柏林战役”，炸毁了东起蒂尔加滕和夏洛滕堡、西至斯潘道和西门子施塔特的整片区域。从 1943 年 11 月到 1944 年 2 月，“柏林战役”一共对柏林发起 13 次大规模空袭，其中 9 次的轰炸规模在 500 架以上，摧毁了柏林四分之一的市区，摧毁了市郊和市区内的 150 多座电气、军火、通讯设备和轴承工厂，炸死 1 万多人，并使 150 万人无家可归。市区 90% 的建筑被摧毁，树木全部被砍光，水电系统也遭到破坏。

然而，战后记者在废墟上看到一个德国老人，儿女全死了，家也没有了。他没有任何抱怨，也没有任何悲伤，只是一砖一瓦地重建自己的家园。这位记者受到巨大震撼，他认为德意志这个民族一定能够重新崛起。果不其然，战后的德国迅速强大起来。

不知道这个故事，是否对今天的三汇人有所启发？

## 4

南京，古称金陵，是中国四大古都，中华文明的重要发祥地，历史上曾数次庇佑华夏之正朔，是四大古都中唯一未做过异族政权首都的古都。南京有“六朝古都”“十朝都会”之称，有“天下文枢”“东南第一学”的美誉，明清时期中国一半以上的状元均出自南京江南贡院。

但南京是在抗日战争中遭受重创的城市，至少有30万人被屠杀，大量文化珍品遭到掠夺。日本侵略者占领南京以后，派出1000多人，花费一个月的时间，每天搬走图书文献十几卡车，共抢去图书文献88万册，超过当时日本最大的图书馆东京上野帝国图书馆的藏书量。

南京31%的建筑被烧毁，日军损毁及抢劫造成高达1亿法币的直接损失；南京周边公路沿线的农村地区被洗劫一空。日军在全城纵火造成全市城内房屋24%焚毁；城外62%的房屋被烧毁，通济门外被烧房屋高达78%。倾巢之下岂有完卵。三汇跟南京相比，有什么理由在风中悲鸣？

## 5

成都，大家都知道它是天府之国。然而又有谁知道，成都在历史曾三次被屠城？

第一次在西晋东晋之交。事起于公元301年，蜀西氐族豪强李特，纠合流民二万左右，在绵竹扯旗造反，陷广汉，围成都，入城大屠杀。为成都第一次大劫。

第二次在宋元之交。公元1279年，元朝灭南宋，两度陷成都，先后大屠杀。“城中骸骨一百四十万，城外者不计。”“蜀民就死，率五十人为一聚，以刀悉刺之，乃积其尸。至暮，疑不死，复刺之。”元朝八十余年，成都残破不堪。

第三次在明清之交。这次最为残酷，远胜过前两次，空前绝后。事起崇祯十七年（公元1644年）阴历八月初九，张献忠陷成都。成都城墙坚固，起初久攻不下。后张献忠军在城外隐秘处挖地洞，打隧道，掏城墙根，埋入火药。又以竹竿捅穿竹节，竿竿相连，内装置很长的导火线，悄悄点燃。守城兵丁见贼兵撤退一空，正要欢呼，忽然惊天爆炸掀垮城墙。入城，张献忠下令屠城三日。三日过了，停止大杀，只每日小杀百人以树威。成都遭遇灭顶之灾。战乱过后，成都原有住户“十不存一”。那百分之九十哪去了？杀死了，饿死了，拖死了，病死了，还有百分之几可能流落异乡再不归了。

如今，成都又崛起了，人口达到1600万以上，历史文化依然源远流长。反观三汇，又有什么值得幽叹的？

## 6

历史坚持铁的法则，旧的不去，新的不来！

人类在地球上，就像蝼蚁一样，洪水是猛兽，战乱是猛兽，地震是猛兽，火灾是猛兽，疾病是猛兽，岂可能千秋万代无虞？最重要的是信念不倒，屡毁屡建，生生不息！

因此，三汇诸如我辈者，最重要的不是悔青了肠子，不是抱怨，不是唾骂，而是从我做起，从现在做起，发愤图强，奋起直追！

古城毁了可以重建，1000 年以后又是一座古城；人心乱了可以扶正，只要古道热肠还在，信念还在；文化散落了，可以拾遗、可以钩沉，可以恢复，可以重树。因此，我们没有理由一直埋怨、叹息、咒骂。

我们必须越过千年月光，像夸父一样向着新世纪的太阳，永不停息地奔跑；像精卫填海样，周而复始，乐此不疲！

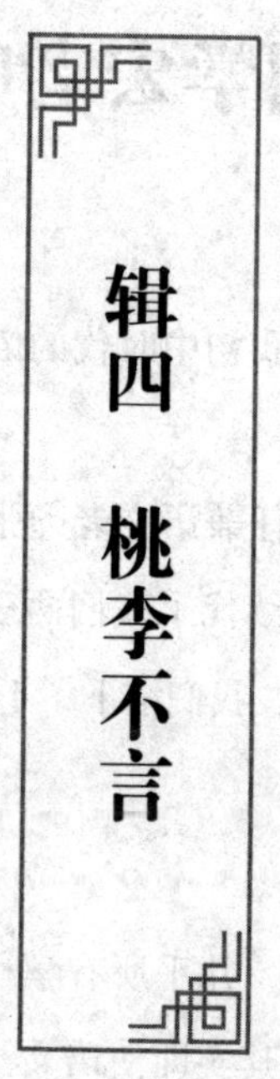

# 辑四　桃李不言

# 刘学宏老师

## 1

刘学宏先生只是我初中时代的语文代课老师，但又确实值得我这辈子铭记。

那时，我的班主任兼语文老师张本然先生夫人生病，刘学宏先生便断断续续代了我们两三个学期的语文课。然而就是这两三个学期，我们结下了不解之缘。

## 2

我那时除了语文，几乎所有学科都很糟糕。因此，在学校我属于差等生。其实即使语文，我也不算特别出众，稍好点而已！大家后来的印象，只是觉得我初中期间的作文还可以，其实我的作文也很少受到表扬——但刘学宏老师除外。在他那里，我每篇作文都可以成为范文，因此很受偏爱。这几乎是我唯一值得炫耀的地方。

我引起刘学宏老师关注的第一篇作文是《课间十分钟》。一如往常，我的作文总是写得出人意料——别人的《课间十分钟》大致都写课间活动，而我的则是一场有关“代数绝对值”的讨论。刘老师沙里淘金，很快就发现了我这篇作文的别出心裁。于是，下一节课，理所当然这篇文章便成为了课堂上朗诵的范文。

刘老师还在作文后面写了一大段评语，大意是说我很有写作天赋，只要不断努力，一定能迎来满天彩霞！

这无疑是一个巨大的鼓舞。在我自负复自卑的中学阶段，每一点儿肯定都非常重要。

或许由于爱屋及乌吧，我对刘老师的语文课也越来越上心。

## 3

小小的汇北中心校，现在想来，那时还是能人辈出的。我的班主任张本然当然是才高八斗的，很多古文他都熟读能诵，上课旁征博引，精彩迭出；张本毅虽然并不是口若悬河的，但他的严谨细致也不乏粉众丝多；李曰国深受旧学浸染，讲起课就像说书一样引人入胜；王代清和王志刚则是青年才俊，那时便在《通川日报》时有文字发出，并且是特约记者。他们曾经都直接或间接成为我的领路人，对我有耳濡目染的功效。刘老师的语文课在汇北当然排不上第一的水平，但心诚则灵，我也受到很深的感染。刘老师讲得最好的是杨湖的散文，不管是《香山红叶》《荔枝蜜》还是《茶花赋》，他都声情并茂、抑扬顿挫全文朗诵。而我，往往陶醉其中不能自拔。虽然后来散文界对杨朔散文颇有微词，觉得它结构单一，创作模式化，难免矫揉粉饰，但我那时却深为杨朔散文的赤子情怀所打动，觉得文中充满了浓浓的正能量。

因此，受刘老师影响，杨朔的散文我基本能全文背诵。这对我后来的文学创作其实起了很大潜移默化的作用。

多年以后，从化我去了，香山也去了，昆明也去了，并且都留下了自己的文字。我后来发现文字对一个地方的传播，确实具有不可替代的神奇力量，它甚至可以影响很多代人。

刘学宏老师不仅在我们班上夸我，而且也在老师们面前极力夸我，让我的写作特长能为更多人认识到。王代清老师大约也是这个时候注意到我的。

学校有一块黑板报，由王代清老师主办。我给他投了篇稿件《界线》，写男女同学间那种“三八线”的，主旨是呼吁男女同学间要保持美好的友谊，不要因为封建保守、人言可畏而彼此隔离。这是很敏感的话题，但王代清老师很快把它发出来，并且加了“编者按”。这确实令我在汇北中心校声名鹊起。不管王代清老师后来的命运如何跌宕起伏，但在校期间他还是我们的楷模。多年以后我的师妹朱茂英、胡光秀、万玲对我多少有点儿印象，大致源于这篇小小的文章。

这背后，其实也还有刘学宏老师的功劳。因为他的鼎力推荐，汇北的老师们知道学校有我这棵文学苗子。

## 4

我离家闯荡之后，由于颠沛流离，生计多艰，多年不曾回家。但只要回家，我便要打听刘学宏老师的身体和生活情况。而由于自身处境尴尬，也多年不曾前去看望刘老师，于是心中惴惴不安。大约是 1992 年，我回了趟母校，杨光忠老师接待的我，当时本来最想看望下刘老师的，不巧他不在学校，只得惆怅离去。

1995 年，我的处境好些了，我专程去了趟刘老师的家。虽然没带什么值钱的礼物，但感觉心里很踏实。我们天南海北聊了很多话题，很愉快，末了依依不舍告别。刘老师拉着我的手说：“黄河，你要多回来坐坐！”我频频点头。

后来，刘老师的女儿刘曼在深圳龙华打工时来看我，本来是很高兴的事。结果在龙胜路口碰到治安队查暂住证——而刘曼刚好没有，被带到派出所。我费了九牛二虎之力把她保出来，但她已受到惊吓，已经没有任何心情和我聊天了。后来，刘曼很快回家，似乎再也没来过深圳。每每，我一想起这件事就觉得揪心。

这是我很大的一个遗憾。虽然当时我在深圳同样小有名气，但却无法保证我没有暂住证的小师妹不受惊吓——这就是人生和社会，不管你处在哪个层次，都有很多自己无法把控和周全的事。

再后来，刘老师已经不住在青梁，而是住在罐垭口了。我也去看过他几次，他要照看儿子的店面，顾不及跟我多谈。

这又是人生的另一层困窘，我们上街了，都成为“城里人”了，然而我们又不能像过去一样悠闲而放肆地活着，只能忙碌于市！

祝愿刘老师健康长寿！

2018年1月18日，江苏常州，凯旋门

# 张本然老师

## 1

张本然先生是我初中时期的班主任兼语文老师。

我前文说过，我在汇北中心校学习成绩很差，并不是一个容易引起老师注意的学生。

我引起张本然老师注意的也不是因为我学习好，而是贫困和表现突出。贫困当然不是什么值得骄傲的事，特别是十一届三中全会之后的社会转型期。然而，对汇北的一个中学生来说，贫困又是他无法改变的惨痛现实。

这就是我初中阶段的真实处境。

我初中的表现好是因为我热心公益，是个活动积极分子。所谓“又红又专”，我只有“红”的那一面，而没有“专”的那一面。

初三时，我还成为了 86 级二班的副班长和团小组长，这对学习成绩很差的我来说，确实算个奇迹。

然而，不管今天回忆起来脸红不脸红，我那时就是这么个“偏才”。

## 2

1981年，我父亲在沙田沟修公路时，有一天乘拖拉机回家，司机皮元成开翻了，滚下了崖。一拖拉机人，全部跳车逃了出来，只有我父亲，随拖拉机翻下了崖。父亲在达州市人民医院昏迷了7天夜被救醒过来，又在医院躺了3个月才出院。那时正逢包产到户的“水统旱包”试验阶段，对于缺少男一号（主要劳力）的我们家，无疑是致命一击。不久母亲也得了肺病，全家的处境更是雪上加霜。虽然已经到了20世纪80年代，过去的亏空未填平，新的灾难又降临，一年至少有三个月处于缺粮状态，更谈不上吃好穿暖了。

13岁的我和11岁的弟弟、9岁的妹妹，自此开始支撑残破的家。当然，主要担子还是落在我和弟弟肩上。我们要耕田犁地，抬粪灌溉庄稼，要挑水做饭，推磨喂猪，洗衣浆衫……总之，一切的轻重活计，我们全得自己当家做主。

有相当长一段时间，我一直不承认我的学习成绩差与家庭环境有关，但现在仔细思忖起来，还是多少有点儿关联的。很多时候，回旋在我脑海里最多的一个问题就是：

“怎么办？怎么办？怎么办……”导致上课老是精力不集中，一不留神就灵魂出窍了。所以，盯着黑板也罢，盯着老师也罢，盯着窗外也罢，其实眼里经常空无一物，只是在走神和发呆。老师讲了什么，自己听了什么，全是一片空白。更多的时候，便开始在课堂上打瞌睡——不留神就迷糊过去了。

不管我怎样貌似倔强与坚强，终究还是个孩子，能够承受的劳作强度和压力是有限的！

因此，那时我经常很厌恶自己，一上课就打瞌睡，一下课就开始懊悔。很像罗大佑《童年》里唱的那样，越是懊恼，越无法自拔地陷落。

当然，也不能把自己的学习成绩差完全归咎于劳累，还是跟自己的资质愚钝有关系的。不然，这个世界所有努力的人都会成功了——事实上，同样努力，人跟人也是有较大差异的！资质愚钝的人比聪明的人，成功确实需付出百倍乃至千倍的努力！牛顿、爱因斯坦、童第周、陈景润，大致都属于后者！

当时的86级二班，虽然大约只有48个学生，但也可谓人才济济。像张力、郭琪、张勇、张小兵、徐义明、刘长渠、胡启林、姚敏都是学习成绩非常拔尖的。相比他们，我确实只是倒数几名。要在强手如林的班集体脱颖而出，引起班主任关注，是很不容易的！

而我的班主任张本然老师，他是个举重若轻的人，他虽然可以基本做到一碗水端平，但要想他把精力过多投入到差等生身上，那也是不可能的。

我之所以不厌其烦描述这么多，只是想说，我是汇北中心校 86 级二班的一粒微尘，能够获得张本然老师的关注非常幸运。

## 3

张本然老师出身是否贫寒，我不得而知。我只知道张老师天生聪明，资质极高，一直是“学霸”级别。如果不是因为高考时体检没过关，他绝不会只上个师范，而一定是国内某所名牌大学的高材生。他博闻强记，过目不忘；他风度翩翩，口才极好；他智商过人，情商更高，通权达变，和蔼可亲。如果不是环境和时代限制，我们班主任确实有可能成为一方有为领导！事实上，张老师后来也成为了汇北中心校校长，为当地教育事业办了很多实事。他的敢想敢干，至今仍为汇北人津津乐道！

张老师教我们语文，我当时并没有什么特别的感受。他讲课是很洗练的那种，并不偏离课本引申太多东西，因此总是让人觉得不是很过瘾。唯其因为不常延伸，或许偶尔冒出的一些东西印象才更为深刻。

比如虽然他是教语文的，他却经常讲："学好数理化，走遍天下都不怕！"

比如他的"皮鞋草鞋论"。他经常告诫我们："背时的娃儿，好好学哦，这是决定你穿皮鞋还是穿草鞋的关键。学好了，去城里工作，穿皮鞋；学不好，回家修理地球，穿草鞋！"这简单明了的成功失败对比法，确实也给很多人敲响了警钟，促使一批贫寒子弟发奋攻读。

他也给我们讲过杨牧，说他在三汇中学上学时家庭很困难，连份肉都吃不起。后来奋力拼搏，如今已是新疆著名作家与诗人。我不知道这个例子对于别人的反应怎样，但对我来说是最好的励志。

他也给我们讲：穿西装是很潇洒的。那时大家都穿中山装，所以我们很不以为然。但不久，西装就在所有正式场合流行了。我后来不得不佩服我们张老师的前瞻性。

他总是漫不经意提起一些东西，这些东西在当时似乎不大合时宜，但却几乎能直接洞悉本质。

这就是张本然老师的睿智与超前。十年二十年后回想他所讲的所有东西，你依然能有所启发与印证。

## 4

正因为我有一位才高八斗的班主任兼语文老师，所以我自以为是的文学特长在他那儿实际上是不值一提的“小儿科”。因此，我的作文也没获得张老师的特别关注。因为他随手划几笔，也比我们写得好。

有一次，大约是国庆节，我写了个自以为是的“相声”稿子去向张老师请教，希望在国庆汇演中能够获得演出。张老师大致看了下，轻描淡写的给否了：“你这哪里是相声！”我脸涨得通红，不好意思问为什么，悻悻地退了出来。

多年以后才明白，相声讲究“说学逗唱”，我那个稿子连点儿边都不沾，不被博学多才的张老师否掉才怪！

也正因为如此，我的初二之前，我跟班主任张老师其实比较“隔膜”，我很少向他请教问题，也从来不向他报告我私下里在写东西。

这一切，初二下学期因为一件特殊的事而发生了质的变化。由于母亲病情加重，家里决定让我终止学业。我虽然成绩不好，但仍然不甘心离开学校。于是我把我的内心冲突写成了一篇作文《不平静的夜》，交给张老师。文中大致写：由于家中变故，虽然不舍，但我不得不告别亲爱的老师和同学们，提前投身社会生活。

那天下午上语文课，张老师破例充满感情地在班上朗读了我这篇作文,并表示很同情我的处境,希望我振作精神,不受暂时困难的干扰,努力完成学业,不要半途而废。他谆谆告诫:“你现在回家解决不了任何问题,不如安心读书,静观其变!”

我失声痛哭,然而内心却得到很大的慰藉,并坚持上完了初中。

上完初中本身并没有改变我什么,但张老师对待困难冷静客观的分析却影响着我后来人生很多关键路口的决策。

这是我要感激张老师的。

## 5

从1990年冬天离家,20多年里我没有再跟张本然老师见过面,也没有什么联系,直到2015年春节期间的87级同学聚会,众学弟学妹邀请我这个学长出席,也郑重邀请张本然、张本毅、杨光忠三位老师一起出席。会上,我们百感交集,深感青春易逝,友情珍贵。

张本然老师作了即席发言,依然是激情充沛,文采斐然,声音洪亮,中气十足,让我们印象深刻。我惊诧于张老师的旁征博引,思路清晰,语速明快,似乎比我中学时更加挥洒自如!他的讲话,既有激励,又有期望;既高屋建瓴,又很接地气,领导风范十足!

看来，张老师退休之后，子女成才，生活优裕，身体健康，心态豁达，状态远超从前了！

人生如此，复有何求？我很为张老师现在的生活状态高兴！

2018 年 1 月 19 日，常州邹区灯具城

# 张本毅老师

## 1

张本毅老师是初三才开始教我们语文的。

张本毅老师教我们之前，我已经从高我一年级的学姐那里知道他了。学姐对他推崇备至，说他教学方法独特，跟他很能学到东西。及至教我们时，我很庆幸能得到他的教诲。

然而最初领教时，我却大失所望。总的说来，他不是感性教学，而是理性教学，因此跟那时的我不是太对路。他的声音也不是极富感染力的，而是有些缓慢与平淡。然而慢慢地，我们就发现了他教学的独特之处。比如教古文，他并不是全文翻译出来，而是只讲关键字句，鼓励我们自己去慢慢啃。比如一个字在不同语句里的解释，他可以举出十几个例句，并不局限于课本。这确实让同学们受益匪浅。

那时语文老师教学，通常是依靠教学参考书，此外并不购买和使用别的工具书或课外读物。而张本毅老师不同，他自费购买了多种古文译读本和工具书，用于辅助教学，从而给我们打开了宽广的视角。

## 2

张本毅是我们汇北中心校当时学历最高的老师，因为他依靠函授拿到了本科文凭。这也给我们树立了良好的榜样。以至于，初中毕业以后，我是我们县第一个农民参加高等教育自学考试的人，只是遗憾没有全部学完我就外出谋生了。

张本毅老师不主张对学生进行严加管教，而是施行引导性教学。这并不是说他不批评管教学生，而是说他主张适当从宽。当有同学实在不自觉时，他这样警告：“同学，响鼓不用重锤。三味书屋私塾老先生手里的铁戒尺不是不用，偶尔也会用一下的！”

对于课堂打瞌睡或看小说的学生，很多老师是用粉笔头掷过去，而张本毅老师是走过去把他们叫起来，让他们小站五分钟，然后再让其坐下去。总之，他是用温和办法进行教学，像极了一个谦谦君子。

我们初中时期的语文教学，朗读已退居次要了。至少我的其他两位语文老师是这样教学的。而张本毅老师不同，他经常会抽我们朗读他讲解的其中一段。一来增强互动，二来也检查有些人的学习效果。他很多时候让大家举手朗读，有时也会打破常规，抽那些不认真学习的人，让他们小小尴尬一回。这一切告诉我们，他是个很有办法的老师。

我虽然学习成绩不好，但很喜欢表现自己，经常举手申请朗读。张老师一般会满足我的请求。为了显示自己与众不同，我常常用普通话朗读。我的同学们很看不惯我的作派，常常嘘声一片，认为我是半天云牵口袋——装风(疯)。张本毅老师并不打击和阻止我，反而会轻轻鼓励一句："他用普通话朗读，很好！"

## 3

张本毅老师也知道我的作文写得不错，甚至偶尔会问下我都写了些什么。我总是笑笑，不置可否。我实在没有勇气把自己的习作给张老师看。

其实，我那时至少有两个手抄本在学校流传。一本叫《隆冬到来时》，一本叫《先春》，主要是写学生时代的鸡毛蒜皮；还有一篇写成人世界的小说，《山茶花》，大约5000字。我自己的主要工作，根本没有花在学习上，主要是用来写作。我给自己立下规矩，每天写一篇文章，写不完就不要睡觉。我的眼睛，大致就是这样近视的。除了每天一篇文章，我还坚持写日记，从不间断。从小学到初中，厚厚的至少十几本。我的文字功底，大致是这样练出来的——虽然现在看来那些文字幼稚得不忍卒读，但那种日积月累的训练也至关重要。

我还抄写了庄之明的《哦，十四岁》，龙新华的《柳眉儿落了》，丁阿虎的《今夜月儿明》。现在看来，我中学时代确实是多么不务正业，但那时，这是我极其看重的工作。

当然，这些事，张老师是不知道的，我也几乎不让我的同学们知道。

## 4

我毕业后跟张本毅老师的交流反而要多一些，我也把我写的一些东西给张老师看。表面上，我是说让他给我提意见，实际上是希望得到他的肯定和鼓励。事实上，我也屡屡如愿。张老师看完之后说："我不懂创作，无法给你更多意见和建议。但我觉得你有一定的基础，可以按照自向去努力！"

终于，1990年春天，《巴渠青少年》发表了我的第一篇散文诗《十八岁的哥哥》。我欣喜如狂，张老师也很高兴，连声祝贺。

后来，我又在汇北成立了绿野文学社，创办了社刊《绿草地》。文学社的核心成员，一开始是我、张力、胡光秀、李文莲，后来加入了唐中华、张权、曾祥群、张成芳、张慧、刘宏、张登红等人，外围还有青岛的徐晓美，河北的谷月敏，三汇中学的杨森林。《绿草地》一开始是手抄，后来我自己买了钢板和蜡纸刻写，拿到乡上去油印。那时的乡团委书记张泽勇还给我们提供了很多方便。

1988 年，因为文学荒废农事，父亲撕掉了我的书和本子。我负气离家出走，在外浪迹 40 多天。第一站，我去找了张本毅老师，告诉他我要只身追求我的文学梦想。张老师问我有什么谋生打算，我说不出个所以然。张老师没有深问，留我在他家住了一晚。临走时，张老师给了我十元钱，让我出门在外多保重。他说："黄河，你是个含而不露的人，久后必成大器！"这让我深受感动与鼓舞。

如今，30年过去，我确实小有所成，经历了很多人和事，也忘记了很多人和事，但始终没有忘记张老师的资助与话语。每当夜深人静，这一幕电影一样浮现在眼前，我就想：什么时候回去看看自己的老师，请他们吃个便饭，当面道声谢！

其实，老师的恩情，是永远感谢不尽的！

2018 年 1 月 20 日，邹区凯旋门

# 她把一生都嫁给了文学

## ——王忠英老师小记

认识王忠英老师，源于唐中华兄建的一个三汇文友交流群。群中有一女性文友，名叫“三江草”，非常活跃。那日，我发了一篇稀奇古怪的文字：《牛奶尖，青春的荷尔蒙在天地间飞舞》。不想“三江草”率先发声：“黄总，什么时候回来，老妪陪你再爬一回儿牛奶尖！”

我很诧异：什么样的人敢在一个中年男人面前自称“老妪”？既然是老妪，为什么微信玩得这样溜？而且还爬得动牛奶尖？

于是便对这个“老妪”的动态多留意了几眼。

2

熟悉我的人都知道，我一贯对东家长西家短的八卦深恶痛绝。甚至，我在我们单位，严禁任何人背后议论人，否则将受到严厉批评甚至处罚。

因此，除了我自己留意，我没有向任何人打听过“老妪”的情况。我亲自问了“老妪”，她说她叫王忠英，年近七旬了。我吓了一跳。七老八十，便只能安度余生，到一个文友群来干什么？更不可思议的是她还如此敏捷，还有如此精力与活力！

后来听说，她还在三江中学教过书，还是唐中华的老师，于是我们便又近了一层。再后来听说，她竟然跟我景仰的前辈杨牧是至交，深为惊骇：三汇真是藏龙卧虎啊！

于是我贸然向王忠英提出，想在适当的时候见一下杨牧老师。王忠英没有马上答应，只说杨牧老师身体状况不适，也很忙，但她可以试试。

我于是没再提这件事，也没太放在心上。彼时，“三汇文学”公众平台已经办起来了，而且每天发一期，几乎成为“文学日报”；三汇文友交流群也很活跃，大家其乐融融——我是一个说干就干的人，很少顾忌什么，跟我们三汇想得太多的传统不是十分吻合；但是也有好处，那就是动作快，当然缺点也多。我还有一个特点，那就是很能坚持，奉行开弓没有回头箭，因此“三汇文学”公众号至今已出 150 多期了。

## 3

这可能是当初很多人没有想到的。

没想到王忠英也并不是一个说说而已的人。不久，就接到她的回信，说杨牧老师回话，愿意接见我们三汇文友代表了。她并且力促约上李学明先生，说他也是我们三汇的名人，而且跟杨牧私交极好。我当时对学明先生还不是十分了解，但后来的交往证明，王忠英的眼光是多么独到！她让我多了一位“一见钟情”的忘年交！

我们本来没抱太大希望，不想这事竟然成了。我们都欣喜若狂！

当时，王忠英的腿伤还没痊愈，不知她要不要跟我们一起去见杨牧，她说到时看情况。临近时，她又果断答应跟我们一起去，并落实了很多细节。

## 4

成都一个名吃店，何本禄老师做东，王忠英一眼就认出了我。我也一眼认出了她。满头银发，身板硬朗，话语朗朗，笑声朗朗。

李学明说，王忠英的一生嫁给了文学，但生不逢时；三汇四个小右派，她嫁了两个，但两个都走在了她前面。

我的眼睛霎时湿润了。这是一个怎样坚强的女人啊！

需要什么样的信念才撑到了今天？更重要的是，她活得一点儿都不阴郁，而是充满了阳光！这需要怎样的豁达与乐观！

她重重地震撼了我的心灵！

我后来把杨牧、李学明、鄢国灿、王忠英、张人俐称为我们“三汇国宝级的文化名人”，很多人不同意，说我拔得太高。事实上，他们确实是三汇的宝贵财富。他们的健在，对于我们三汇，对于三汇文学，是何其幸运！

王忠英一生都在写作，虽然成就不算特别突出，但功力不差，有些文字还相当读得；她嫁给了跟文字有关的两个“子虚乌有的小右派”，其实代表了一代三汇人的良心；她至今还关照着唯一幸存的“小右派”鄢国灿，更彰显着她身上卓越的人性光辉！

## 5

三汇文友成都跟杨牧、李学明见面之后，我跟王忠英的交流就多了些。我们一起从成都回三汇，吃心肺汤圆，去拜访和看望鄢国灿。虽然腿伤未痊愈，她依然自己攀爬梯子，不让他人搀扶。她人缘很好，沿街都是她的熟人，无论男女老少，她都能搭上话。她饭量很好，能吃一碗汤圆。这些都让我打心眼里高兴。

在鄢国灿家里，她帮他整理杂物，烧开水招待我，忙进忙出。她力劝鄢国灿搬出现有住处，为他的安全着想。但鄢国灿不愿意搬，淡淡地说：“自己现在住得很好，可以看书，写文章，欣赏风景。”于是她又叮嘱他注意安全。从她的言谈行动里，我感受到她巨大的善良与热情。这正是我辈很多人缺少的。

三汇书画院成立，她在台下跑前跑后摄影，像年轻人一样。那种状态，那种心态，真的让人动容。后来，我去渡江街，去参观三汇中学，她不仅是一张活地图，而且是一本活历史，还是像树一样呵护着我们。我深深感觉到，有这样一位大姐罩着的幸福。

## 6

我回了广东，她知道我很忙，叮嘱得最多的就是让我注意身体。我离开家乡 20 多年了，对家乡很陌生，资源很薄弱，而要办好三汇文学，需要大量资源和人脉。王忠英给我们团队提供了大量帮助，包括寻找书籍，联系作者，组织作品，宣传推广。她先后帮我找了渠县作协主席李明春先生的作品，贺享雍先生的作品，杨牧先生的作品，李学明先生的作品，还有大量文史资料，让我对渠县的写作界有了从无到有的了解。有些著作，还是她上网购买的。

我要把书钱给她，她坚持不要。

“三汇文学”公众号需要大批让后人了解三汇历史文化的稿件，王忠英老师不仅四处约稿（鄢国灿的稿件，有很多是她代约的），还亲自动笔写作。我不知道她是怎样一字一句敲打这些稿件的，但我相信对一个年近古稀的老人，一定付出了艰巨的努力。而且，她从不爽约，基本能够按时把稿件交给我。她写的《三汇镇四个小右派的命运沉浮》，长达15000字，让那段悲惨的经历得到历史再现，是三汇宝贵的文史资料。

三汇文学，正是在这样一批奉献者的支持下得到大力发展的。

有一次，我对王忠英说：“王姐，我非常佩服你的坚强、豁达与奋发！”

她说：“没什么，我这也是给自己找快乐！”

好，我宁愿这是一个资深美女的人生快乐。我甚至愿意，所有人都像王忠英一样，把人生过得像花儿一样！我自己，也将践行这样的人生！

2017年12月19日

# 为严师王道秀正名

1

王道秀老师已去世多年了，但围绕她的争议、牢骚与抱怨还没有完全消散。前几天三汇文学群有几个文友也偶尔对王道秀发了几句戏谑性的牢骚，引发了大家对王老师的又一轮争议。网友“回到屋溪”劝大家心怀感恩，放弃抱怨。我深以为然。

我知道，很多人嘴里不说，但心里多少有些不以为然。可见，少年时期老师给我们刻下的印痕是多么牢固与深刻！

2

王道秀既是老师，也是我们汇北乡中心小学的“行政干部”。

自从我进入中学，王道秀就是我们中心小学的教导主任，我们称她“王主任”。以至于我毕业以后她升任副校长了，我们还是改不过口来，依然叫她王主任。

王主任身上有一股凛然的正气，属于不怒自威的那种女领导。只要她迎面走来，或者我们从后面看到她，虽然并没有犯任何错误，但我们会立即放轻脚步，屏息静气，心里发紧，手心出汗。

其实她并没有双目圆睁，也并没有吼声如雷，也不可能无缘无故喝斥我们。大不了碰到我们时，职业性地绷紧了脸，但多数时候也并不是这样，还是面带笑容。

可是我们总感觉到一种无形的压力。

或许，围绕她严厉批评或处罚学生的传说太多了？

或许缘于有她在的场合，总是由她来宣布或重申校规校纪？

或许，我们只是在犯错时才与她面对面，接受她的批评教育？

或许，因为其他人亲和力强，是老好人，她才显得愈发严厉？比如当时我们的校长蒲少恒，就是一个老好人。

## 3

我与王道秀老师的正面接触大约是初二，她教我们政治：社会发展简史。虽然是个女士，她却声震屋瓦；虽然是个政工干部，但她的专业功底一点儿也不逊色。她的教案条理清晰，重点突出。对于需要考核的核心部分，她总是反复强调，几乎让我这样自以为愚钝的人也可以倒背如流。这也是我社会发展史与法律常识基础牢固的起因——很多条目我至今可以默诵出来。

初中政治，学生最难把握的是阐述题和论述题。王道秀老师对这个难点胸有成竹。

她总是找很多参考资料和模拟试题反复测试我们的专业功底和分析问题的能力，并对各种参考资料的答案进行反复比对，划出核心部分和异同点，甚至把历年哪些考题哪些考生的得分以及判分标准告诉大家。

她教学上的呕心沥血，确实显而易见。

## 4

整个初中阶段，我跟王道秀老师是有一定的“私交”的。

我这个人身上有很多奇特的东西，几乎与生俱来。比如对人的评价，不喜欢人云亦云，也不喜欢以个人好恶作为评判标准。以至于我创办企业以后形成了自己独特的用人观：“举人不避亲，用人不避仇”。这对我企业的发展和人才观的形成起到了至关重要的作用。

由于出奇的天资愚钝和青春期倦怠综合症（上课就打瞌睡），我总是每天最后一个离开教室，星期天也不休息，但是却一个字都没学进去，一道题都没有解出来，只是坐在教室发呆和胡思乱想。我陷入了一种奇特的青春期沼泽，焦虑而胶着，茫然而无助，努力而困惑，奋发而空茫。

很多次，我都想逃离学校，去社会闯荡；很多次，我都想数学、物理、化学、英语，什么都不学了，只读我想读的书，只执笔我的文学创作。

然而我又不甘心，觉得自己没那么差劲吧？动不动就退却！

但外人永远看不出我内心的挣扎——似乎我永远在奋笔疾书，永远把头和眼睛埋在书本里，永远在托腮沉思。当然，学习提升永远没有进度。

王道秀老师已经留意我多时了——她看到了我表面的努力。她从班主任和科任老师那里早已了解到我的情况，成绩很差，老打瞌睡，也知道我要用稚嫩的肩膀承担很重的家务。

有几次，星期天，我在空无一人的教室里自习，她都在窗外默立几分钟，注视着我。我便假装不知道，依然埋首书本，念念有词。其实鬼知道，我早已灵魂出窍。

她然后悄然离去，并不打扰我。有时，她提高脚步声踱过来，叮嘱一句：“注意休息，保重身体！”

我于是很惭愧，也很感激。

还有几次，到了吃饭时刻，她过来让我去她家里一起吃饭。我忐忑着不敢去。她就过来拉我：“走吧，多个人多双筷子！”

我于是扭怩着跟在她后面，来到她就在学校的简单的家。王主任帮我装了碗绿豆稀饭，豆芽、凉面，我们一起吃起来。一碗吃饭，她丈夫姚大成老师又给我添一碗。然后，我道了谢出来。那一刻，王道秀在心目中的形象突然改变了，不像传说中的“母老虎”，更像一位普通的慈母。

其实，她远不止照顾了我一个穷学生。我们村的张安兵，当时家庭极其困难，她给予了他很多帮助。

有一天，听说她病了，阑尾炎，开刀后住在三汇医院。人心都是肉长的，我突然心颤颤的，产生了强烈的要去探望她的愿望。于是，我买了包两斤装的白砂糖，没有告诉任何人，独自过河去看望我尊敬的王主任。

她躺在医院的病床上，见了我和手里的白糖，眼睛湿润了。

从此以后，她每每见到我，眼里就多了一层温情，就像我的一个亲人一样。

人心都是肉长的，我又一次这样想。

## 5

我想王道秀之所以遭人记恨，大致上还是因为她嫉恶如仇，眼睛里容不得半点沙子。对于校规校纪，任何人触犯不得，否则她绝不轻饶。她对一些现象的评判与剖析，无疑是尖锐的；她对学校和社会上一些错误言行的批判，无疑是严厉的。有时候，甚至可以用毫不留情来形容她对缺点错误的“雷打火烧”

禁止黄色书籍的动员大会上，她振聋发聩，谆谆告诫：“看了《少女之心》，不达目的不甘心，千万碰不得！”

禁止中学生早恋的大会上她斩钉截铁“一经发现双双对对开除！”

一言既出，她说到做到，只要学生有丝毫这种苗头，她都会立即找男女双方谈话，警告他们悬崖勒马。学生们当然嘴硬如铁。她则不依不饶：“有则改之，无则加勉。”

客观上说，王主任的强势和严厉让汇北中心小学保持了良好的校风，让社会上的歪风邪气远离了学校。当然，也让她个人背上了很多误解。致使多年以后，很多学生在谈到她时依然不能释怀。

但据我所知，直至我初中毕业离开学校，汇北乡中心小学并没有因为“早恋”开除或劝退任何一个学生。我离开后有没有，我就不得而知了。

我最终得罪了王主任，是一件很乌龙的事。我毕业后当了乐江村团支书，组织、排演了一场春节文艺晚会。由于人山人海，踩倒了好些操场的树苗。后来有人添油加醋汇报给王主任，说我不听他打招呼，故意破坏乐江村小学的绿化。王主任听了很生气，对我的印象大打折扣。以至于我给我妹办理转学时，王主任狠训了我一顿。我妹转学的事，她也不肯通融。

但我一点儿都不怪她。只怪自己不善于处理人际关系。

至于她后来原谅我没有，我真的不知道——外出他乡谋生后，我很少回家，再也没见过这位严师慈母。

## 6

站在今天的角度上来回顾，同学们对王主任的误解究竟是怎样形成的？该如何来评价她的教育风格和教育成就？

她肯定是正气凛然的，一切违背校规校纪在她那里都是一票否决。

她肯定是严厉的，有时难免做过了些。

面对各种社会风潮，她无疑是保守了一些，无法宽容和理解。甚至有低年级学妹抱怨，说王校长（她后来升任为汇北中心小学副校长）看到我们胸脯挺得高点也看不惯。或许这是低年级学妹一种目以为是的误解，但可以当做她跟年轻学子之间误会的一个注脚。

但王主任的严和慈绝对不是割裂开来的。我听说有一次，几个社会上的小混混想欺负学校的几个同学，王主任挺身而出喝退了那几个混混。她舍身护“犊子”的精神赢得了同学们的极大尊重，冰释了很多人的误解。

人无完人，金无赤金。

这个时候，“母老虎”的称谓不是贬义，而是一种崇高的褒义！。

2017 年 9 月 10 日，江西南康

# 我的启蒙老师罗佳俊

## 1

上下锣岗坝，罗佳俊老师是乐江、金鸡两村的名人，琴棋书画，样样精通；为人处世，低调随和。

非常幸运，我的启蒙老师是罗佳俊这样一个多才多艺的人。他对我潜移默化的影响，无疑是巨大的。

我的天资愚钝，几乎伴随着我的整个中小学时代。唯一可取之处，是我比别人努力十倍百倍。但这并不是说，我不调皮。恰恰相反，我的调皮捣蛋几乎贯穿了我的整个青少年时代。

小学一年级刚开学没几天，我就给全班留下了深刻的印象。我和张少中在柏林地的机耕道上挖了个坑，然后把铁尔巴刺插秧一样种在坑里，铺上伪装的浮土，然后躲在树林里等着高年级的学长落入我们设下的圈套。

高年级的学长果然没有提防，踏入了我们的陷阱，然后刺深深扎进他的脚里。我们禁不住乐出了声。高年级学长当然不会轻饶了我们，理所当然告到我们班主任罗佳俊老师那里。

罗老师并没有因为我们年龄小而对我们网开一面，首先给了我们一人一教棍，然后非常严厉地批评了我们："你们知道你们这是什么行为吗？是特务、搞破坏！如果是在铁道上放石子弄翻了火车，那是要敲你们沙罐钵钵的（枪毙）！"

"特务"是那个时代所有文学和影视里的最凶恶的反面人物，是我们深恶痛绝的。想不到我们竟成了这样的角色！我们觉得简直是奇耻大辱！

我们没有想到我们闹着玩儿的后果这样严重——那时，哪怕是成年了的大哥哥大姐姐也经常在沙坝上玩这样的挖陷阱捉弄行人的游戏

我们羞愧得无地自容。自此以后，我们开始懂得了敬畏。这是我启蒙的第一课。

## 2

我的作文才华，大约是从一年级下学期开始显露出来的。当时的命题作文是《上学路上》，所有人第一句都是"开学第一天"，而我是放假前的"最后一天"；大家都是表

扬自己的，唯一我是批判、检讨自己“埋刺事件”的。

罗老师很快发现了我这块“金子”，把我的作文当范文在班上朗读的，并夸奖我“知错能改，是个好孩子”。

这让我的虚荣心得到很大满足，也对写作产生了强烈的兴趣。

不久，我先后写了《养鸭日记》《养兔日记》，因为深厚的农村生活功底，很是生动，便一次又一次成了范文，让老师在班上朗读。

现在想来，我的整个小学阶段，罗老师几乎很少命题作文，多数时候是让我们自行命题。这就极大地拓展了我们自由发挥的空间，不用绞尽脑汁写自己不熟悉的东西，很少去生编硬造，而可以去观察、去体验自己熟悉的生活，记录自己独特的感受。

这是我自小热爱写作的另一个缘由。

## 3

我上小学三年级的时候，我们班上出了一件大事，听说罗老师被一个同学张奎的父亲打了。我们人心惶惶，不知道罗老师伤得怎样，也不知道这件事的处理结果会是怎样的。

我们突然感觉到天塌下来一样，整个下午，我们都无心上课了。

下午上第二节课的时候，罗老师回来了，我们都鸦雀无声，等待罗老师给我们通报这件事的经过和处理结果，并猜测他会不会以此迁怒我们的同学张奎。出乎意料，罗老师非常平静："同学们，我知道大家很关心我。这只是一个小纠纷，没有对我造成伤害。只是张奎同学的父亲比较冲动，打了我两下，撕烂了我一件衬衣。张奎同学的父亲已经认识到他的错误，当着公社领导向我道了歉，愿意赔偿我的衣服。我已经原谅了这位同学的父亲，不要他赔了！"

教室里响起了热烈的掌声。我打心眼里钦佩罗老师的心胸与气度，并从他身上学会了得饶人处且饶人的宽容。

## 4

罗老师一生命运多舛，但他始终乐观豁达。

罗老师有四个孩子，第一个妻子很早撒手人寰；第二个妻子后来患上精神病，成为了一个生活不能自理的"疯子"。他独自带着四个孩子，凭着微薄的工资养活他们。他要给我们上课，要带妻子去治疗，要照顾孩子吃喝拉撒，还要在自留地种蔬菜弥补口粮不足。我们都不知道，他那些年是怎么过来的！

但罗老师却从容而淡定，就像没事一样，脸上时常挂着微笑，很少阴沉着脸。罗老师歌喉很好，他唱歌时极富感染力；他能吹笛子，能拉二胡，能弹风琴。他喜欢在中午或下午放学后独自唱《四季歌》《天涯歌女》《牡丹之歌》《九九艳阳天》，通常是边弹边唱，旁若无人。听到他激情、忧伤或高亢的歌声，我经常痴在座位上。我常常想，罗老师是否在歌里抒发自己的悲苦与不屈呢，是否借歌声慰藉自己内心的伤痛与对美好生活的向往呢？

多年以后，我在异地他乡，只要是情感挣扎的时候，耳边总会回响起罗老师的《天涯歌女》：

天涯呀海角
觅呀觅知音
小妹妹唱歌郎奏琴
郎呀咱们俩是一条心
爱呀爱呀郎呀
咱们俩是一条心
家山呀北望
泪呀泪沾襟
小妹妹想郎直到今
郎呀患难之交恩爱深
爱呀爱呀郎呀

患难之交恩爱深

人生呀谁不惜呀惜青春

小妹妹似线郎似针

郎呀穿在一起不离分

爱呀爱呀郎呀

穿在一起不离分

## 5

小学毕业前夕，我们面对未来的升学压力都有些紧张与忧伤。因为那时，我们是 8 个村 9 个小学班只能考两个初中班，就是说有 70% 的小学生都没有机会上初中。罗老师知道我们的担忧后，给我们朗诵了陈毅《梅岭三章》的第一首："断头今日意如何？创业艰难百战多。此去泉台招旧部，旌旗十万斩阎罗！"激励我们背水一战。

最后，罗老师告诉我们，我们的《国歌》又要改回《义勇军进行曲》了，国家都在居安思危，我们更要奋起拼搏。

当雄壮的《义勇军进行曲》在教室唱响的时候，我们感受到了巨大的鼓舞。

我至今仍然认为，那是我们小学时代最好的毕业典礼。也因为那壮烈的旋律一直在心中激励我，我也成为了我们班 11 个考上初中的同学之一。

## 6

小学毕业后，我跟罗老师依然保持着密切的来往。罗老师的毛笔字写得非常棒，因此每年春节前都有大量乡友买了红纸请罗老师书写对联，他一概来者不拒。农村的人请罗老师写对联，无外乎就是为节约几个买对联的钱，所以罗老师每年春节期间就成为了锣岗坝最忙的义工。有些乡友实在过意不去，就邀请罗老师前往家里吃顿便饭。罗老师也不刻意拒绝，就像自己家人一样。

罗老师就是这样有才和低调。

初中毕业后，有一次从三汇赶场回来，我们一船过河。在江箭坎我也特意等到走在后面的罗老师，我说："我立志当作家，罗老师您觉得怎样？"罗老师笑笑，没有说话。也许，他觉得我是随便说说而已；也许他觉得作家这个梦想太难实现了，他很难表态，也不想虚与委蛇。总之，他只是笑笑，没有说话。

这就是我们尊敬的罗老师，不愿意说哪怕一句假话。

罗老师有一句经典的名言："我们做老师就是摆渡的，一船一船送过河，我们的任务就完成了。孩子最重要的是成人，真正出人头地的毕竟是少数，那得看造化！"

这朴素的教育理念，其实埋藏着多么深刻的人生智慧！只不知，今天的我，是不是罗老师值得自豪的学生？

自从外出闯世界，我已经很多年没见过罗老师了，只是听说他在“疯妻”去世后又找了个伴，如今生活还是比较幸福祥和的。

上天对命运多舛的他，总算老来眷顾了一回儿！

2017 年 9 月 9 日，广东到江西的火车上

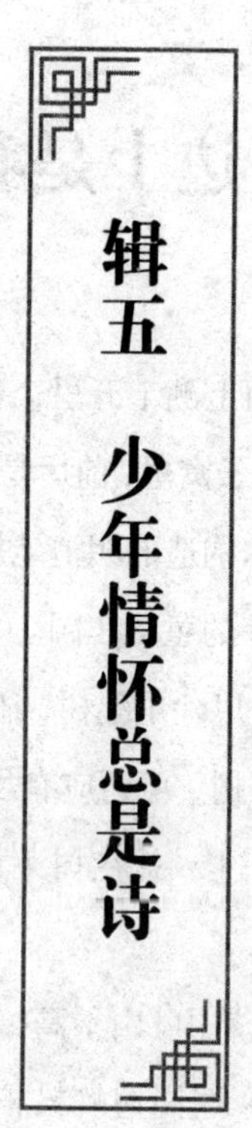

# 辑五　少年情怀总是诗

# 巴河边上是我家

过三汇镇，顺巴河上溯十五里，就是我家乡汇北了。

我的家，坐落在柑子窝里，前后是橘树，左右也是橘树，把这个古色古香的竹木构造的明清老屋，掩映在碧荫丛中。远远看去，简直就是梦的童话庄园。

那时候，我家院子里除了醋树，还有李树、桃树、杏树、枇杷树、核桃树、柿子树，可谓应有尽有，鲜果四季不断。每每人们从院子前经过，总在树下流连难返，馋得直流口水！

门前是巴河，背后是山。山不高，却有一个灵性的名字：四龙。早年的四龙山，遍岗遍岭松柏。不知松柏们前世造了什么孽，在那个早来的冬天齐刷刷挨了钢斧锯齿；又一把荒火，连草也烧没了。从此，四龙山夜里不再闻松涛协奏曲；从此，五月不再有雨后蘑菇，只有巴河水泪一样地流。

春雷一响十数年，春雨一下十几载。有个太阳含羞的季节，老支书的拐杖点上了四龙山。后生们又扛着大旗上得山来，斗大的字在石岩上神采奕奕：“绿了荒山头，干沟清水流！”

放炮打坑，挑水运树，忙乎了整整一个春天。苍溪雪犁、巨丰葡萄、双流锦橙，一窝窝都在四龙山上安下了家。四龙山，又回复了春的萌动，夏的繁茂。

太阳升起来的地方叫三角寨，在我家的东面。那是传说中的古战场，和北面的鹞子寨称兄道弟。1935 年红军进川，在这儿安营扎寨。穷人们知道红军专打地主武装和土匪，是他们的救星，就趁夜黑悄悄送些谷粮支援他们。后来红军走了，北上打鬼子去了。他们就主动掩护和照顾伤病员，埋了再不能笑的同志哥。有位团长，姓高，生前待老乡们特别好，后来在战斗中牺牲了。乡亲们冒着生命危险偷下他的遗体，埋在一个向阳的寨坡上。穷人们不会识字，也不会刻碑，他们自有他们表达爱的方式。他们在团长长眠的地方种上一株黄桷树，永远怀念这位好心的同志哥。几十年过去，如今这株黄桷树已枝繁叶茂，冠盖四野了。每逢清明，那枝上挂满素洁的花，行人路过，总要驻足凭吊许久。

当夕阳西下，点点金光绽满巴河的时候，姑娘小伙们的笑声也在河面上荡漾。美丽的巴河，水质清冽，河草芳美，盛产鲢鲤。逢场天，三汇的菜市场琳琅满目，最鲜活耀目的，莫过于河鱼了。红翅的高鲤吐着泡，黑脊的鲢巴浪牵着髭须，还有一刻也闲不住的老鲫壳，跳呀蹦的直撒欢，真真美煞了三汇人！

溯河而上，两岸甘蔗成帐；顺河而下，水上江帆点点。纯朴的乡人颔首而笑，祖祖辈辈流连着这金色的河。

坐车而游，四野君树含翠，庄稼吐绿，乡人们荷锄而歌，令人心生亲近。这时倘是落霞时分，你会看见金鸡展翅欲飞。哦，金鸡石，难道你这石头也有灵性么？

1992 年，深圳　龙华景华新村

# 映山红

## 1

不知道为什么，我对映山红有一种与生俱来的好感。在我的老家三汇，映山红不叫映山红，叫艳沙红或艳山红。你可以想象，这是一种多么神奇的山花——可以鲜艳了沙土，鲜艳了青山！

## 2

我清楚地记得，我第一次知道映山红，是幺爸从曾家沟挑煤炭回来。那煤炭挑子上搁着一束紫色的花朵，虽然因为路途遥远有些蔫了，但色彩依然绚烂迷人。幺爸说，这花是可以吃的，而且味道不错。这让我更觉得神奇。我扯了几片花瓣放在嘴里咀嚼，果然有酸酸甜甜的味道。

于是那一刻我有了很深的向往，有一天我一定要上山去采摘映山红。

然而一想到映山红，我的心就会微微颤抖一下，有一种无法言喻的美好。

彼时，是我的童年。我生活在巴河边的一个小村，我的生活总是跟捏泥巴团、打水漂、割猪牛草联系在一起。山离我很远，映山红离我也很远。我只知道映山红开在春天，而所有跟春天有关的事物，都是美好事物，都令我的心颤动。

## 3

是的，那年头山离我很远；山外的世界，也离我很远。我住在锣岗坝，巴河深处（离河边五里地）的一个小村。背后是四母梁，又叫四龙山。站在四龙山上可以远眺赛鼓岭上的锣田，巴河对岸的小河口，龙溪洞，也可以近眺金鸡石、大石头河边，石佛河与三岔溪。

那时，我视力还很好。

年复一年，我可以看着远山在春天变得苍翠；年复一年，我可以看到夏天的云在山顶堆积，变化，山忽然在云层后隐藏起来，忽然在云层前展露出来；年复一年，我可以看到炙热的秋阳把山路晒得像白练一样蜿蜒山间，甚至可以看到山人像蚂蚁一样移动；年复一年，我看到冬天烧荒，旺盛的大火在山间蔓延，然后熄灭。

那时，山是多么神秘啊！

而映山红，更是只有在梦里才能相见的神物！

## 4

“知者乐水，仁者乐山；知者动，仁者静；知者乐，仁者寿。”

大致意思是，智慧的人喜爱水，仁义的人喜爱山；智慧的人懂得变通，仁义的人心境平和。智慧的人快乐，仁义的人长寿。

我后来性格的形成，是否冥冥中早已注定？

小学快要结束的时候，我带着弟弟不顾一切地上了一回山——去烂泥湾寻访我六姑和六姑父。30 里山路，我们两个十岁左右的孩子，没有跟父母打任何招呼，偷偷去了烂泥湾的小矿山。我凭着三四年前跟我幺姑去了一次烂泥湾，就勇敢踏上了远征。我们一路走一路打听，一路歇息一路喝山泉水，胜利到达了我六姑父的宿舍，让我六姑和姑父惊得一愣一愣的。

至今想起来，我仍然佩服我童年时天不怕地不怕的勇气。我想我后来无所畏惧地走南闯北的胆魄，大约从那时已经开始培养出来了。

那是一年最热的农历七月，我和弟弟一边饮着山泉水，一边欣赏着州河两岸雄奇险峻的山石，只遗憾没有见到念念不忘的映山红。

又一年，我们忽然发现我山上还有一门亲戚，我幺姨的养父母。于是我们便多了门心思，想去山上走亲戚。正月初三四，我们提着面条或腊肉，去给山上的外公外婆拜年。其实，我更直接的目的，还是想和山亲近。

虽然后来有人说，我们那里也算半山区（丘陵），但在我心目中，离真正的山，确实是相差太远了。

我发现，我一进山，立即雀跃起来。那种奔放，就像多年后见到初恋情人一样。

不过，春节是料峭的早春，不要说映山红，连草也是枯黄的。尽管如此，我依然有说不出的欣喜。

## 5

我进山放牛的第一年，就碰到了我美如天仙的邻家表妹。她也有一个红字。她也喜欢映山红。

那个晚霞飘飘摇摇的下午，我表妹燕子一样从山顶飞下来，直呼着我的小名。我的小心脏依然颤颤的，然而这之外又多了一层心思。不知道为什么，我就那么想亲近我这个表妹，然而又故意装得满不在乎。

然而只要她在我身边，我就希望牛儿不要那么快吃饱，太阳不要那么快下山。然而表妹像小鸟一样，飞来又飞去，飘浮不定。于是，我的心和眼睛，也像她的心和行踪一样飘浮不定。

我在表妹面前总有显摆不完的显摆。我那时的歌声像百灵鸟一样清脆，而且一首接一首，不知疲倦且永无止尽。我想用我的歌声把表妹留在我身边。有时我表妹似乎听得很入迷，有时也似乎全不在意，跟那些女孩子一起有说有笑，打打闹闹，根本没有朝我看一眼的意思。更可气的是，有一次我在溪边唱歌，表妹一边放牛一边拾干柴。她实在不耐烦了竟然说："术全，你唱得那么卖力，是不是要我用烂簡箕给你录下来？！"那明显的揶揄，让我脸红筋涨，恨不得挖条地缝跳下去。

自此不敢再显摆唱歌。

但我还可以显摆我的学习好。这也是她的弱门。但我发现表妹除了做不来作业时央求我，其他时候对我一概不理。甚至后来，我们渐渐大时，她便作业也不找我帮忙了。

我便只能看她跳绳，跳皮筋，跳房，踢键，但那些都是女孩玩的，跟我这个男孩基本无任何关联。我便只能眼巴巴看着她灵巧的舞姿，心里充满无由的惆怅。后来很长一段时间，刘欢的《弯弯的月亮》总让我怦然心动，因为表妹就是我心中的"阿娇"。我的惆怅不止于"只为今天的村庄，还唱着古老的歌谣”。

这时，我就会颤颤地想起春风里绽放的映山红，很艳丽，但很遥远。

以后几年，我总是碰不上表妹。直至我在遥远遥远的龙华打工时再遇上她，已经人是事非了。

## 6

有一年，我忘记是不是已经上初中了，我组织几个同学还有我弟弟去白腊坪春游。我们游了干龙洞和仙居洞，风景令人新奇，就是没见到我朝思暮想的映山红。或许，我也忘记映山红长什么样子了。只记得，它应该开在山坡上，火红火红的；或者，紫红紫红的。

已经是半下午了。我们顺着小路下山，途径一处山坡，突然，大片娇艳的映山红映入我们眼帘。我们欢呼雀跃着，飞奔过去，一束束采摘着。那种狂喜，多年后想起来还心潮澎湃。

后来，我们简单商量了下，去山民家借了锄头来，挖了几丛映山红，想带回家去种在自己院坝里。提着带着泥土的映山红，穿越 20 多里山路，十分辛苦地回到了家，不敢怠慢，连夜种在院坝里。

浇水施肥，经历过整个炎热的夏天，映山红似乎种活了，不过总是不够旺盛，干巴巴的一副即将枯萎的萎靡样。几场秋霜下来，叶子脱落，枝干焦枯，终于死去了。总抱着一束希望，第二年春风拂过映山红就要发芽开花，但这愿望最终化了泡影。空留下年少的我满腔惆怅。

## 7

我初中毕业后，山上的外婆家就去少了。

而我表妹，随着年龄增大，也逐渐少跟我一起玩了。只记得有一年，我们在山上放牛，坐在后山的枯草上，聊了很多话题。聊我们的爱好、理想、愿望、为人处世原则，很投机，心贴得很近。一种朦胧的美好，在心底升腾起来。多年以后童丽有首歌叫《春光美》，大致描述了当时我的心境。

来年又去外婆家，没有碰到红表妹，直到几年后外出打工前，再也没碰到红表妹。但那时的我，不知道为什么没有勇气去打听她的行踪。每次从外婆家出来，都充满无以名状的失落。

这时发现，自己上山，惦记的绝不仅仅是映山红。

很久以后，我在深圳的一个小镇邂逅了已经成年的表妹红。她出落得更加漂亮，而我，已经恋爱了。

那时，南国依然山花烂漫，山坡上开满了映山红。不过，深圳管它叫勒杜鹃。

## 8

太阳转了又转，我跟红表妹再次山水相逢。这时，我已成家，儿女绕膝；她也已成家，人生波折很大，但倔强地生存着，就像有些褶皱的映山红，迎风起舞。

经历很多人生的起洛，我们渐渐风轻云淡。我们在起工作，有快乐也有烦恼，有时甚至产生争执与冲突，但是也更加珍惜友情与亲情。

清明节前后，我特意到白水带、釜山公园、东湖公园，一遍又一遍地去领略映山红的魅力。我不知道，我为什么这么喜欢映山红，我只知道，其实在渠县，喜欢映山红的似乎远不止我一人。我朋友万玲，似乎在少年时期就写过一篇叫《映山红》的文章。而就是因为这个原因，我们成了惦念很深的莫逆之交。而渠县著名歌手黄英，也是因为民歌《映山红》出名。不知道她是不是也有我同样的情怀？或许，多年以后，我也会因为写了这篇《映山红》而让人历久难忘。诚如是，那也是一种天意。

南国的映山红年年花开似火，只不过，它叫勒杜鹃。

2017 年 4 月 2 日，江门白水带

车车灯，又名车灯戏，是川东地区的一种民间“社戏”。逢年过节走家串户，是正月拜年的重要民俗文化形式。

# 车　车　灯

## 1

整日忙于文山会海，难免头脑昏昏沉沉，思维老在一个地儿打转儿。有时会突然莫名的情绪低落：这样辛苦究竟为个啥？如果说为了生存，家乡的农民比我们过得滋润多了，除了春耕秋收，就是喝酒打牌。这寒冷的冬季，他们多半喝着热茶，打着扑克和麻将。如果说为了爱好，仿佛也不是，因为要肩负沉重的经营压力。如果说为了行业使命，行业缺少了一个小小的行业媒体，也未必不能兀自发展！

何不任性一回，在大战来临前写点儿自娱自乐的文字！

## 2

忽然就很怀念年少时的乡村生活。怀念青青的草，红红的花，碧绿的水，靛青的菜籽角儿，悠闲吃草的黄牛，寒冷的夜晚眨着眼睛的星星，动人的晚霞，或浓或淡的炊烟，过年的鞭炮，还有充满神秘诱惑的车车灯……

车车灯是什么东西？如今已经很少见到了。似乎像一顶轿子，但似乎又不是。车跟轿，原本就有一定渊源。不然，“轿”字怎么有个“车”旁呢？

车车灯确实很像一顶轿子，但似乎又像一部轿子形的花灯，用大朵花绸装饰起来，很炫，很耀眼，很喜庆。

家乡的车车灯是扎起来的。

四个人抬着，四个人跟着，八个人候着，浩浩荡荡，好不威风。车幺妹，或是坐在轿里，或是站在轿里，跟着车灯移动。锣鼓“车车车车锵，车车车车锵”，有一种特有的诙谐，听了让人很想笑，听了也让人很想跳。就像让人发笑的车幺妹一样。因此，那年头车车灯对年少的我总有一种神奇的磁力。

川东农村的新年，拜年的形式主要就是耍狮子与耍车灯。狮子一般是白天耍，车车灯一般是夜晚抬，但为了赶正月十五前拜新年的趟，车灯白天也要唱。

狮子主要是舞，车灯主要是唱。

## 3

“车么妹”虽然听起来似乎是个豆蔻年华的幺妹，但实际上是五大三粗的大男人扮的，颇像二人转里反串的小妹、媳妇角色。车幺妹在车灯戏里，就是要承受各种男人挑逗和戏耍的“女人”角色，就像一个历经风月的风骚熟女，怎么搔怎么酸都满不在乎。如果换在泰国，就仿佛大家戏弄的“人妖”一样。

我偶尔也突发奇想，如果“车幺妹”真的变成大姑娘与小媳妇，会让那帮无聊的男人多么疯狂！

然而，那是不可能的，因为没有人舍得自己的大姑娘或小媳妇去被那样“作践”！

捉弄车幺妹的基本上是三花脸或那些喜欢恶作剧的乡村男人、妇女与好奇的小孩——当然，车幺妹脾气是很好的，并不会恼怒。因为他就是乡村的“假想公众情人”，是可以承载所有人的快乐——哪怕低俗、猥琐的快乐。

三花脸捉弄车幺妹最经典的桥段我不妨摘一段：“（独唱）：车幺妹，你长得高又高喔喂，胯脚嘛夹个金钱梅豹喔，马皮苞哦嘴嘴海棠！（众和）：马皮苞喔嘴嘴海棠！”

懂得三汇话的人可以充分领略到三花脸唱腔里的低俗与猥亵意味。但同时，在古老而神秘的三汇乡村，它充满巨大的欢快、调侃与释放。

## 4

车车灯最吸引人的是“三花脸”的唱曲。因此，三花脸是车灯戏的主角加主唱。

三花脸一般有四到八人，轮番上场。

三花脸的脸上打看花子（曾经一直沿用锅烟墨，后来也用粗糙的化妆颜料），手里拿着打狗棒，见啥唱啥。比如：“（独唱）天上落大雨，地下亮堂堂喔喂，银河涨大水，菜籽花儿黄，金钱梅豹喔，新年好风景啰嘴嘴海棠！（众和）好风景啰嘴嘴海棠！”

车车灯有着固定的曲谱，恒久不变，但唱腔根据每个人的嗓音而变化很大，有高亢，有低沉，有浑厚，有嘶哑，千差万别。在那个娱乐匮乏的年代，每个唱腔都会带来巨大的乐趣甚至震撼。

三花脸也因此很受欢迎，有些三花脸甚至唱着唱着就悄悄打动了姑娘的芳心。

由于车灯戏的三花脸是见山唱山，见水唱水，见人唱人，情景交融，具有巨大的随意性、原创性和互动性的，因此三花脸的唱腔与原创能力就显得极其重要。唱腔好，原创力强，粉丝就多，会被观众一层又一层地围着，从上湾跟到下湾，从这村跟到那村，而且总被惦记着期待着，希望尽快轮到他唱。如果唱得不好，观众就总希望他早点结束，快些换人。

三花脸一般都有点儿小坏小坏的，总爱逮着谁家小媳妇、大嫂唱酸曲，唱得小媳妇面红耳赤，甚至躲到屋子里拴上门。也有大嫂小媳妇很不怕事，不断嘻哈不断笑骂。但不管是大嫂还是小媳妇，似乎也很少有人真的生气，大家都当着一种娱乐。

当然，约定俗成，三花脸是不敢拿任何一家的大姑娘戏唱的——每家的姑娘都是受民俗深深保护的。

## 5

车车灯是群众参与性和互动性很强的一种民间娱乐活动。通常一个人唱，几个人、几十个人、甚至几百个人一起和，声势浩大，惊雷滚滚，把山乡煮得沸腾。

我少年时候总是跟在众人后面一村又一村地跑，希望听到更多精彩的唱段。每每听到“上湾耍了耍下湾啰喂，道谢嘛老板金钱梅豹喔茶和烟啰嘴嘴海棠”就知道这里结束了，得赶下一家，心里便怅惘，便生满新奇的期待。

我父亲是很好的三花脸，唱腔和编词都是一流的。因此，耳濡目染，我也有了一流的唱腔与编词能力。当然，由于年纪关系，我那时从没上场当过“三花脸”（三花脸都是成年男人），只跟小伙伴一起自娱自乐。

后来，我当了一段时间乐江村的团支部书记，办过一届乡村新年文艺联欢活动，并把车灯戏搬上了舞台。我把《牛郎织女》改编成车灯戏，四个三花脸唱了半小时，成为轰动一时的举动。那是后话了。

车车灯作为三汇的年俗娱乐，总是挥发着神奇的力量。那年头，它让三汇人苦中作乐，释放生存的恐惧和压力，成为乐观主义精神的重要组成部分。我为什么至今对车车灯念念不忘，其实也是在怀念一种释放压力的娱乐方式，给自己找魂儿。

**（2017 年 12 月 26 日，写于第九届世界照明灯饰行业年度品牌风云榜颁奖前夕）**

# 连 环 画

## 1

我文学的重要启蒙是听我奶奶讲民间传说，听我父亲讲评书、看连环画与读文学期刊。

听民间传说、评书培养的是我朴素的善恶、是非观，更重要的是扩大了我的视野，丰富了我的想象力。那些天马行空、纵横驰骋的神话人物、英雄美女，猛将侠客，无疑给生长在乡村野地的我打开了一扇连通古今、洞见无限未来的彩霞满天的窗。

## 2

那时，我们管连环画叫画本。

大约是小学第四学期吧，班上有个同学带了连环画《李自成》来，指着其中的某几个画面天马行空地胡侃："这里，李自成打马上山来了；这里，李自成的箭朝敌人射去了……"

那位同学周遭围了厚厚一圈人，我实在看不太明白，以为那连环画上的人物也像电影里的人物一样可以动，自此对它神往起来。待围着他的人散去，我就走过去向那位同学告借，说只是翻翻就行。

那位同学很果断地拒绝了我。我那位同学是个很骄傲、很自负的小男神。他那时打心眼儿就没有瞧上我这个“小土老帽儿”。当然，更重要的还是，我们那时还没有建立可以分享图书的交情。

我红着眼睛，差点儿把嘴唇都咬破了。因为我也是个很小气、很自尊的家伙。

打那以后，我决定一定要报复他！

很久以后，我好不容易借到多半本连环画，前后都被撕掉了，没有书名，只有中间部分的那种。

我如获至宝，先逐字逐句读文字，再翻来覆去看画面，简直恨不得把它嚼碎吞下去。我至今仍没有弄明白那本连环画的书名，甚至无法完整理顺它的故事情节。

似乎是一个民间传说，讲一个很勇敢的孩子独自去山林寻找他父亲。那片山林很神秘很恐怖，有山妖树熊什么的。可惜那些怪物还没来得及出场，后面就都没有了。

这是一件很吊人胃口的事情，我的激情火一样燃烧着，把整个黑夜都照亮了。我的想象力潮水一样铺天盖地，汪洋恣肆，然而仍然无法弥补不知确切结局的遗憾。

## 3

也就是从那一刻起，我决心要拥有自己的连环画。

那时家里的经济很吃紧，全靠父母起早贪黑种点菜蔬、自家母鸡生几个蛋卖了补贴家用。父母要上地挣工分，卖菜的任务自然就落到我和弟弟身上了。

卖完菜后，我和弟弟开始实施预谋已久的计划，烧饼不吃了，买连环画去！

那一天，我和弟弟在三汇新华书店权衡了很久，最后选了本《包公三掷砚》。虽然从封面上我们看不出里面讲了一个什么故事，但包公是我们崇敬的，他的故事我们都爱看。那本连环画花了我们七分钱，而当时吃一个烧饼也刚好是七分钱。剩下七分钱我和弟弟一致决定：留到下次买连环画。

远远闻着烧饼的香味，我和弟弟都不自觉地咽着口水。我们手里攥着七分钱的硬币，一步三回头地离开了烧饼摊。

当然，还没有走回家，画本已经被我们翻看完了。我们的心里充满了欲罢不能的惆怅。希望能有更多画本能填满回家的路。那种奇痒难耐和无能为力，仿如昨日。

大约，这就是求知欲与好奇心吧？

我们渴望下次上街，能买更多的画本。

于是，慢慢地我们就有了更多的画本，《渡江侦察记》《江南一叶》《青龙山》《战长沙》《石碣村》《血战法卡山》《孤胆英雄岩龙》《哪吒闹海》。总的来说，战斗故事与传奇要多一些，这也符合我们当初的年龄和性格特征。

我清楚记得，我们当时头的最贵的一本连环画是《渡江侦察记》，二毛钱。

不久，我们就发现了更好的看画本的办法，租着看。那时，三汇电影院那条街有很多租书摊，大约坐在那里看一天，看得头晕眼花也不过五分钱。当然，今天是全没有了。今天，你即使免费，也没人看书了。

## 4

我们把我们买来的画本跟同学们交换着看，于是我们就可以看到了更多的画本。这个过程中，逐渐让“交换”的思维根植进了我们的血液。

我们也把画本借给同学或邻居阅读，但“约法三章”：比如有借有还，再借不难；比如爱惜书籍，损坏照价赔偿，并且没有下次了；比如你有画本必须借给我看，不然我也不借给你看。

我们班那位小男神，早就被我日新月异的连环画弄得抓耳挠腮、如坐针毡了，很后悔当时没有把连环画借给我这匹拥书自重的黑马，开始不断向我巴结讨好。在经历最初的冷落与报复之后，我最终心软并原谅了他，所有画本向他开放。后来,他也成为了我青少年时期最好的朋友之一。

而我们村的另一个小女孩，历来以小气和自私著称，她从不把她家的画本借给我们，我们也不借给她。直到有一天，她实在按耐不住我众多图书的诱惑，终于小心翼翼提出“我们能不能换着看”？于是我和所有的小伙伴全都欢呼雀跃，终于把最保守的一个家伙征服了

这个过程中，我因为画本就交到了大量良师益友，也看清了“损友”，懂得了规则与交情的重要，奠定了走上社会后更重要的交际原则。这大约是连环画为我人生埋下的更深的伏笔。

1995 年　草于深圳龙华三和村

2017 年 2 月 19 日，江门帕佳图增补

# 收 音 机

我已经很久不见收音机、不听广播了。

年少时，曾经有那么一段日子，我总是把收音机抱到田边地头去，让声音陪伴一个无所作为的我。

那时，我在巴河边的一个小村耕田犁地，过着背太阳望月亮的生活。我和外界联系的唯一重要的纽带就是听收音机。那是一台大功率的天府牌收音机，远在几百米开外，它的声音依然声如洪钟。它是我们全家四口人的宝贝，无论天晴下雨，我们总是把它抱上坡去，选好频道，声音开得大大的，让远近干活儿的人都为我们逍遥的享受而自豪。太阳很大的时候，我们让它置身树荫下；下雨的时候，我们把它的两头垫在泡沫板上，用雨布遮盖着。它成了我们全家人最亲密的伙伴，一刻也离不了的亲密伙伴。每逢天空电闪雷鸣，父亲总要跑步前去关了它，让它免受雷击之灾。这时，我们的心总是骚痒难耐，诅咒老天不遂人愿。

我们那时听得最多的是中央台的新闻半小时，长篇评书连播及广播剧。听新闻弥补了我们不能远足不能接触报纸的孤陋寡闻。听评书是民间最古老的娱乐方式，承袭了爷爷奶奶的天赋，在古典的传奇里天马行空，现实的琐碎的苦难渐渐远去了。广播剧对我们的震撼无疑是巨大的，它使我们总有一种去广阔天地创造自己传奇的激情与冲动。

多年以后，除父亲外，我们三兄妹都踏上了异乡的土地，开始闯荡别样的人生。毫无疑问，收音机是当之无愧的启蒙者，使我们义无反顾地扑向山那边更绚丽的天地。

我们也听四川本地台，特别是郭红、楼梦主持的文艺听众之家。他们用荷叶托起我梦的雨珠，在我人生的初夏滚来滚去，使我的心跟着声音不停地颤动。

我多么想我稚嫩的文字能随电波在空中回荡呵！然而我深知，在偌大的四川，在高手如林的写作大军中，我的手在手的森林中只能被淹没，是无法冒顶的。就这样徒劳地在自卑的海洋中挣扎，直至我离开生我养我那片土地，我也始终没向文艺听众之家投寄过一篇稿子。

然而，我又怎么能拒绝她那声音的诱惑呢？我总是在12点至13点那一个小时里守在收音机面前，无论是洗碗还是做别的什么，都边做边听，尽情接受声音的抚摸。很多很多年以后，我对别人说女人的声音也是有磁性的，别人总是笑我发痴，认为我一定是中了邪。然而，我情愿珍藏我曾经的感受而不去理会别人的哂笑。的确，文艺听众之家当时的两位节目主持人让我觉得她们之间有着天造地设般的和谐。郭红的温和敦厚，楼梦的善意脉脉，无法不令人想起冬日的阳光，夏日的凉风和干旱的雨露。

也就是从那时起，我开始对有魅力的声音有了一种无与伦比的崇拜。我甚至虚妄地认为，有着天使般嗓音的男人和女人也必然有着天使般的心灵。

后来有一天，我的朋友李文莲过来告诉我，她从电视上看到了主持春节联欢晚会的郭红和楼梦，似乎不像她想象的那般魅力四射。我没有细问下去。我害怕打破了我心目中的偶像。人在成长中总是需要梦想的，这梦想可以支撑你跨越很多障碍，到达许多年以后令人匪夷所思的高度。然而过早揭示了真相，你却可能什么都没有了。

这就是人生，影响你一生的常常是盲目和虚无缥缈的东西。

1992 年我去到成都红星中路，离郭红、楼梦工作的四川人民广播电台只有几步之遥。我在雨中徘徊，却始终没有迈进电台的门。我不是在想能否见得到郭红和楼梦，而是那一刻我的心态已变了。

美是需要距离的，太近了美就被破坏了。对于优秀的电台节目主持人，我们的心灵能够接受他们声音的慰藉就够了,不一定要跟他们面对面。那天我在细雨中久久地徘徊，心中有一个声音近乎悲壮地响起：“你知道，美丽从不曾也永远不会为谁而停留。你能拥有的，只能是记忆的颤动和对梦想的渴求！”

2000 年前后　写于深圳沙井

# 露天电影

## 1

现代科技的发展只用不到 30 年时间，几乎把影响我们 5000 年的媒介全部颠覆了。我们很多人，几乎不再看报纸，不再看纸质书籍，不再听收音机，不再写字（再过些年，大约很多人都不会用毛笔、钢笔写字了）；甚至不看电视（看电视也是用手机，我们称之为视频），不上街购物，吃饭可以叫网络外卖，工作也可以在网上完成了。大约再过些时日，街也懒得逛了。

有人问我，作为一个文化传播者，你感觉悲不悲哀，感觉忧不忧虑？

我说，我有什么好悲哀的？我相信人类社会有先天的自净基因和自我免疫功能，我更相信我们的子孙后代总会比我们聪明。到了那一天，如果确实觉得这样不行，他们自己知道该怎样变革。至于这其间需要付出的代价，我们可以看作是,人类每前行一步,都必须付出代价——只不过，是主动付出，还是被动付出罢了。

我说，我有什么好忧虑的？我不喜欢“人生不满百，常怀千岁忧”。我们这一代人，只把自己该做的事做好，该过的生活过好就足够了。

## 2

我无法形容我对露天电影的感情，因为它是我整个青少年时期成长的摇篮。我的欢笑与泪水，我的开怀与苦闷，甚至我对青春与爱情的理解，都在这些与露天电影相陪伴的日夜里！

不管我们承不承认，艺术都是哺育人类的精神源泉。而整个 20 世纪，电影、电视，几乎是除书籍以外最重要的渠道。

我们那时还没有电视，甚至也还没有普及收音机。在一个连电灯都没有用上的边穷地区，露天电影是我们接触外界最直观的途径。

当然，今天这样的情景再也不会出现了。家里的电视都没人看了，更遑论看露天电影！

那年头，我们锣岗坝的电影大约是每月一场。那时，我们村不叫乐江，叫群乐，隔壁村不叫金鸡，叫群联。我们跟群联，一个放上半月，一个放下半月。所以一个月至少可以看两场露天电影。如果加上石燕（那时叫三合）和乡政府（那时叫公社），如果愿意跑，就可以看上三四场了。

每每有露天电影放映，我们小孩都像过节一样。早早吃了晚饭，把板凳端去抢占最好的位置，等大人们忙完了白天的农活一起过来享受视觉盛宴。

孩子们最喜欢的当然是战斗故事片，最讨厌的是科教幻灯片——我们那时不懂农事，很气愤为什么要放这索然无味的东西！像《南征北战》《平原游击队》《董存瑞舍身炸碉堡》《地道战》《碧海虹波》《从奴隶到将军》《陈毅出山》《黄桥决战》《万水千山》《梅岭星火》《花枝俏》，都是我那个阶段印象深刻的战斗故事片；我也喜欢看生活片，尤其是反映有女性爱情生活的片子，比如《哑姑》《流泪的红蜡烛》《山道弯弯》《天云山传奇》；更喜欢传奇，比如《宝莲灯》《追鱼》《哪吒闹海》《白蛇传》。每看到入迷处，心总是被揪紧了，手心里全是汗。随着剧情一起悲，一起喜，一起哭，一起笑，忘记了置身何处，也全不管露天场上的嘈杂与咒骂；直到夜深回家，躺在床上辗转反侧，为剧中人物的命运庆幸与扼腕，久久不能入睡。

稍大了些，可以动笔了，就在日记里记录自己的这些感想。

### 3

我的青少年时期，看露天电影是很辛苦的事，但乐在其中，而且乐此不疲。

夏天，操场上热浪袭人，加上黑压压的人群，散发着各种人体的气味。有小孩在场内拉屎拉尿，有父母在场内呼儿唤女，有人在旁边兜售各种小吃……而我，心无旁骛，目不斜视。

冬天，寒风刺骨，冻得直跺脚。有时冷得实在受不了了，就起来走几步，呵呵手，算是一种安慰。

纵是这样，也挡不住千百人想要看露天电影的渴望。那些年，露天电影的场子总是满满当当的人，从来不像今天装修豪华的电影院，有时就几个人、十几个人在里面观赏。

有时，我们为看电影要走十里八里路。呼朋引伴，三五人、甚至十数人一组，去时一起去，回时一起回。一般领头者都很有责任感的青年大哥，绝不拉下一人。打着稻草扎的火把或手电，一路星火不断。偶尔也有孤胆英雄独自去看的，但那就得承受独走夜路的恐惧了。

那时由于没有电，农村的夜晚很是神秘，遇鬼的恐怖传说很多。我同学的姐姐兴珍，据说就是看完《追鱼》以后回来的路上遇到鬼，回家后就疯了。

而年少的我，既怕鬼，又挡不住电影的诱惑。有时候实在找不到伴，就独自去着。当然，我怕鬼，也有壮胆的办法，就是经过坟林时高声唱歌，或用英雄人物给自己打气。不管是下坝七队的古山（坟林）、周家湾的古山、肖家林坝的古山，官大田最歹的三岔路，我都深夜独自穿越过，这无疑训练了我后来的胆气。我也打造过一支锋利的竹箭，恐惧时在夜间挥舞、刺杀。

有时实在太害怕，我也可以打嘞哨唤我家的大黄狗出来作伴走夜路。只要能听到我的呼唤，再远，它都会出来接我。

而有狗的壮胆，是那年头看露天电影走夜路最大的安慰！

## 4

我必须承认，对于我来讲，我早期的文学养分，一部分源于听评书和看小说，另一部分来自看露天电影。《董存瑞舍身炸碉堡》，让我看到英雄的悲壮与果敢；《雷锋》让我看到平凡人的闪光；《平原游击队》让我看到一个父亲面对自己儿子被枪杀而不能相救的无奈；《白莲花》让我看到误解有时是最毒的药；《陈毅出山》让我看到领军人物需要什么样的气度、机智与忍耐；《白蛇传》让我看到爱情有多不容易以及一个女人的坚贞……

这些影片逐渐把我变成了傻气加灵气、善良加敏感、的真加丰富、奋发加无门、拼搏加无助……总之，成就了今天的我，加深了当时的我的苦闷、孤立和痛苦。

这究竟是幸还是不幸？

如果相对于今天的成就，我是幸运的；如果相对于昨天的经历，我是不幸的。幸与不幸，都只因为选对了出口——1990 年南下深圳，通向了看似逼仄但却无限可能性的外部世界！

“人不出门身不贵”，这是我今生最宝贵的启示。

## 5

我对于露天电影，跟别人经历和感受不同的是，由此展开了我别样的人生追求。

年少的我，深刻感受到我家乡的落后与闭塞。我那时认为，家乡面貌的改变，要从精神面貌开始。而那么贫穷落后的故乡，通过电影接受改良是最简单、便利的方式。于是每有露天电影放映，我便四处通知我能通知的人，包括上下锣岗坝两个村（那时叫大队）。通常，天黑之前，我便爬上宝辉梁，面向整个群联大队，用我认为最大的声音通知："今晚群乐放电影，大家过来看哈！"多数时候是没有人应声的，只偶尔，会有个把人确认在哪里放，放什么片子。

现在想起来，我当时多么幼稚，多么二，多么像许三多、堂吉诃德和阿甘！如果换作今天，你即使借我一百个胆，我也不可能做这样一腔热血的事了！

但当时，我是怀着很庄严的使命去做这件事的。现在回想起来，我的整个中学时代，我都这么二；甚至，我的整个青少年时代，似乎都这么二！傻得有点儿纯真，纯真得有点儿傻的事，在我身上比比皆是！

这或许是露天电影的副产物？

不过机缘巧合，如果没有过去傻得可爱的黄河，可能也没有今天在文字领域纵横驰骋的黄河；你大致能见到的，要么是一个老实巴交的农民，要么是一个锱铢必较的势利小商人！

历史在一个人的成长过程中，往往预埋了惊人的成长契机！

2017年1月22日，江门帕加图·观园

# 梦回三汇彩亭

三汇彩亭有多少年历史，我说不清楚。我甚至也说不清楚彩亭的渊源。我只知道，别人若让我回忆三汇的风土人物，我断断少不了要向他们谈起三汇的彩亭和特醋。

我大姨叔廖子高家住渠县卷峒，离三汇大约百十里路吧。我母亲去做客前问他需要带点什么，大姨叔说别的就不要了，给我带壶20斤的三汇特醋就行。大姨叔有气管炎，特醋泡大蒜治气管炎效果非常不错。大姨叔说他30年不到三汇了，梦里都咂着三汇特醋。

农历三月的三汇，大麦已经吐穗了，小麦正在拔节，淡紫淡紫的豌豆花鬼精灵般把芳香洒进空气里，清甜的气息依稀而来。巴河此时水清藻绿，好一派春光明媚。

是清晨，浓雾弥漫了田野乡村。太阳正从地平线上笑呵呵地走来，把雾和露水灯都收进隐身的口袋里。

“看亭子啰！”不知是哪个后生吼喝一声，大路上顿时热闹起来。踢踢踏踏，踢踢踏踏，这脚步声像青春的歌唱一样动人。

周围百余里的人们从四面八方涌来，把个小小的三汇镇挤得水泄不通。渡船被压得超过了警戒线，喘息着向对岸划去。街上挤满了人，摩肩接踵。从向阳门向河街望过去，黑压压一片全是涌动的脑袋。所有临街的楼，窗户、阳台都站满了观众，很优越地俯视着街上蠕动着的芸芸众生，仿佛他们不是其中的一份子，让童年的我好生羡慕这城里的人。

女人们的衣服像彩色的旌旗，飘到哪里，哪里的男人就充满焦渴的憧憬。这青春的海，这涌动的潮，让古老的三汇也年轻了。

撩人的锣鼓忽远忽近，有鞭炮在空中骤然炸响，滚成一条龙。年少的我对鞭炮总有一种难耐的激情，总愿有些畏惧地追着它的声音而去。那电光闪闪，那呛人的火药味，就像醇酒一样醉人。

彩亭抬出来了，高的有三层楼那么高。底座是笨重的八仙桌，但愈往上就愈精彩。每一台都有精美绝伦的造型，每一台都讲述着动人的故事：水漫金山、三打白骨精、三圣娘娘出世、梁山伯与祝英台、天仙配、穆桂英大破天门阵……三汇人民的传承能力与创造能力，不由让人叫绝。

我惊奇的不是三汇人的想象力，这些故事书本上都有——我惊奇的是这“扎”的艺术。平地直立起数米高的亭子也许并不难，难的是这亭子竟能走，而且是让几个人抬着走，这需要多高超的技艺和把持能力啊！我仔细观察这亭子，选用的也无外乎竹子、铁丝、纸、布料等简单的材料，却在民间艺人手里变换得鬼斧神工，实在匪夷所思。

你看那“穆桂英大破天门阵”，穆桂英头戴凤翎、英姿飒爽；杨宗保威风凛凛，很有些所向披靡的霸气。

你看那“水漫金山”，百娘子和法海斗法时一脸悲壮和坚毅，现代人也能读出她把爱情进行到底的决然。

你看那顽劣的孙猴子，几分志在必得，几分调笑戏谑，乘着风车滴溜溜旋转，神了！

这些栩栩如生的造型既有戏曲脸谱的夸张，又有世俗生活的逼真，无不透露出三汇人民的智慧和审美心态。他们对善良亲民的三圣娘娘崇敬而好感，让她仪态万方而不乏端庄；他们同情、赞美白娘子对爱情的坚贞不渝，因此赋予其悲壮而智慧的神情，而令法海狼狈不堪；他们对白骨精憎恶、鄙夷，因此让她的目光妖冶、闪烁而恐惧……读着这一抬抬亭子，我年轻的心震撼着，感动着，渐渐明净起来。

这都是我早年的印象。记忆中我只看过两三年三汇的彩亭，后来的一次印象似乎很模稠。只记得彩亭不再是单纯的彩亭，有了许多商业化的气息。旧中国的彩亭大约是由一些行业协会主办的吧？我没考证过，不是十分清楚。新中国成立后的彩亭大多数是由文化部门牵头，邀请民间艺人来绑扎，由政府买单。但我第二次观看彩亭时这格局已经发生了一些变化，牵头的还是文化部门，但出资的似乎就是各个行业协会和企业了。像三汇醋厂、糖厂、酒厂、火柴厂、百货公司，每个单位都有长长的仪仗队，举着巨大的广告宣传牌，俨然是对企业的检阅了。当时我总感觉有些兴味索然，但后来想想也释然了——三汇这座老城毕竟苏醒了。那时大约是 20 世纪 80 年代末，经济的热风已经刮进三汇来。当然，如今有很多企业也不在了，市场竞争让三汇有些凋敝的感觉。

我离开三汇十多年了，以后再没机会去看三汇的彩亭。1991 年我在成都时，电视里晃过三汇彩亭几个镜头，突然感到非常亲切，但隔着电视，实在太遥远了。

2000 年 3 月 18 日　广州　天河猎德村

# 牛奶尖，青春的荷尔蒙在飞舞

1

牛奶尖有几个似是而非的名字：牛奶尖、牛乃尖、牛奶涧。

“牛奶尖”究竟叫“牛奶尖”，还是牛乃尖？抑或牛奶涧？

似乎没有人能说得清楚。

我少年时倾向于它叫牛奶涧，青年时倾向于它叫牛乃尖，如今倾向于它叫牛奶尖。

2

这篇文章动笔之前，我在网上看到一个达州小学生的作文：今天我们去征服牛奶尖。我们问一位老奶奶牛奶尖怎么走？老奶奶告诉我们，你如果远看山顶像小牛在吸奶，近看山头像个战神，那就是了！

作文结尾：大自然真是太伟大了！

我禁不住扑哧出声：这简直把牛奶尖形容到家了！

## 3

牛奶尖是我年少时继青山、白腊坪之后要征服的第三座大山。

三座大山中，牛奶尖离我们最远。如果走路，得过两次河，先从下坝过巴河，再从沙湾过渠河；如果是坐船，得沿着州河先到舵石鼓，再转到烂泥湾。当然，这还只是到了山脚下。

我是个天生的冒险家，因此总是选择从号房过河到火柴厂，然后沿着充满悬崖峭壁的峡谷公路徒步。为了让行程更加刺激，我们就从三汇火车站沿着铁路行走。铁路，在那个时代，就是现代文明的象征，也是通向未来的时光隧道。它的神秘与刺激就像多年后的初恋一样。

那时从三汇火车站到牛奶尖脚下，大约要过园子沱和华蓥山 1 号隧道两个洞子，要过至少两座铁路桥。这充满危险的经历，是我们 13 岁前的宝贵体验。

行走的时候，我们很害怕与火车遭遇，但又渴望与火车遭遇。特别是当火车隆隆驶过我们身边时，我们往往紧紧抓住栏杆，害怕被卷走，同时又很享受那惊心动魄、心惊肉跳的感觉。这是青春的荷尔蒙第一次勃发的时候。

当我们走进隧道,如果这时与火车相遇,那就更刺激了,我们会把身体跟隧道壁紧贴在一起，享受着呛人的浓烟和呼啸的狂风。那时，除了些微害怕，丝毫不为吸进大量废气而担心。不像今天,时髦者在街道上行走也要戴着口罩,提防 PM2.5 的侵袭。我经常想，男人大白天在大街上戴着口罩，大致上是荷尔蒙分泌很微弱的那种。所谓那种无知者无畏，当今时代是如何难得呵!

## 4

我记得第一次去牛奶尖春游是 4 月 15 日，跟第一次上青山是同一个日子，只不过晚了几年。

我们起了个大早，但到牛奶尖山下已经是上午九点多钟了。太阳还没有出来，牛奶尖浓雾紧锁。那漫山遍野的乳白色的雾,像牛奶一样覆盖了山,覆盖了树,覆盖了河,覆盖了路和草。

我们踩着潮湿,沿着陡峭的山路蜿蜒而上。没有虫鸣,没有鸟叫，只有松针和着晨露簌簌下落的声音。我们几个少年，谁也不说话，牵着手，努力上攀。

突然，太阳不知道从什么地方冒了出来，白白的，躲躲闪闪地拍打着海一样的雾。

我们欢呼着，内心充满惊喜。至少，今天我们爬上牛奶尖的时候，应该可以看到它的全貌了。

然而，很不幸，它很快又裹进了厚厚的云层中。于是，那次爬牛奶尖，我们视线很不好，几乎什么都没看到，只能看见近旁的松树和杉树。

到达山顶，雾轻了些，然而依然只能看到几十米远。天阴下来，似乎要下雨。虽然是暮春时节，山顶却像冬天一样冷嗖嗖的。

牛奶尖的山顶其实并不尖，它只是一个不大的有点儿凹凸不平的坝子。绝不像我们小时候远远看到的，乳白的云雾牛奶一样包裹着它，碧青的山尖锥子一样直插蓝天。那种景象，永远只可以远看，不可以欺近。

我们多少有点儿失望。它就像你青春期看到的一个少妇，远看近看都可以，但千万别剥开她的衣服。否则，少年旺盛的荷尔蒙分泌，必然瞬间降到极致！

## 5

第二次去牛奶尖，好像是秋天。依然浓雾弥漫，但中午时分，雾渐渐散了。远山近壑，清晰地展现在眼前。谷底是州河，河对面是白腊坪。那黛青色的山，似乎比牛奶尖还高。背后据说是伍家山，伍家山那边是青山——究竟是或不是，我也没有考证过，只是听说。

山下有个乡，叫木头乡。为什么叫木头乡呢？是不是曾经，所有山上砍伐的木头都要拉到这个乡场去卖，所以叫木头乡？恍惚记得，三汇当场是三六九，木头当场是二五八。

但乡民们都叫它木斗石。据说州河里有个石头像棺材一样，故名木斗石。小时候我一听到这个名字就骇怕。因为跟棺材和死人沾边都是令小孩恐惧的。长大以后，不再害怕了，就只觉得那个地方很神秘，也是因为那个像棺材一样的石头。当然，由于陌生，我至今也没见过那个石头。只是一直充满好奇。

据说木斗石的历史很悠久，清乾隆建场，属翠屏乡，民国元年改为木头市，1940 年置木头乡，1958 年改公社，1984 年复还称乡。木头石位于达县西南部，州河东岸，距县城 32 公里。面积只有 17.6 平方公里，人口只有 8000 人。襄渝铁路过境，州河常年通航，算是水陆码头了。木头辖新安、五星、前锋、清水、钟咀、红旗、星火 7 个村委会和 1 个居委会。乡镇企业涉及采煤、印刷等行业。

那些年，上述那些山村大致都留下了我青春的足迹。名为社会调查、磨练意志，实为苦行僧般的游山玩水。在那些大山深处，每当长途跋涉迈不动脚步时，每当干渴难耐掬饮山泉时，每当大步流星把手甩得跟头一样高、让后面的二杆子恨不得一石头砸过来时，每当山民们为我的毅力翘起大拇指称赞并拿出腊肉、山货犒劳我时，我青春的荷尔蒙就在大山深处喷薄而出！

## 6

第三次上牛奶尖是我当乐江村团支部书记的时候，组织了乐江的一批热血青年去牛奶尖春游。团旗迎风招展，好像不久就上了山。说不久，只是一种感觉，其实也花了一两个小时。

很久以后想起这次春游，忽然悟到人生的两个维度：激情和信念。当一个人有激情的时候，怎么累也不觉得累；当一个人有信念的时候，怎么难也不算难。

那一次，我已经开始有意识观察牛奶尖。在三汇人眼里，牛奶尖应该是三汇最高的山。然而，站在牛奶尖上我们发现，山外有山，天外有天。牛奶尖外是神奇的华蓥山，神秘的大巴山；天外不知是哪里的天，达州？重庆？还是万源？那一刻，我只觉得云卷云舒，苍山如海，大地如歌，我愿化只雄鹰，展翅去天外翱翔！

后来想想，或许那一刻已埋下了我要外出闯世界的种子？

地上断垣石墙，仿佛诉说着山顶的沧桑岁月。这里曾经是山寨？庙宇？还是兵营？已无从考证。只有山风呜咽，松涛潮涌。我握紧旗杆，朝着山下奋力摇晃，如有千军万马跟随身后掩杀！

霎时，我再次感觉到荷尔蒙自体内聚集喷发，热血贲张。

## 7

牛奶尖确实是个好地方！一脚踏三界——渠县、大竹、达县，清河、木头、庞家嘴。

牛奶尖确实是个好地方，可以寻古思今，荡气回肠。

## 8

下山时，一个婶娘级的大女人让我陪她去木斗石走一趟亲戚。再二推却不过，只得陪着她。

她是我们村数一数二的大美女，但因为年龄大我们五六岁，跟我们这些后生患总有点儿距离。但直觉，她对我非常关心和照顾。我却总是不敢直视她，一直视自己便要脸红筋胀。

下坡的路有些陡，一不留神就会蹭蹭往下狂奔。她让我用一根杂木棍拉着她，以防收刹不住。每一段下坡，我都要被她带很远。而她，则笑得花枝招展。我心里像揣了只兔子，又慌乱又紧张。

有一刻，她突然猛一拉，扔了棍子，我就倒在她怀里了。我急忙爬起来，还没站稳，她抱住我就吻了一个！我挣脱一个箭步跑开，又气又恨又羞地瞪着她。

她却满不在乎地哈哈大笑。

自此，我开始跟她保持距离，一直到她走完亲戚从木头石回来。而她，却像没事一样，跟船上所有的人有说有笑，并不正眼看我一下。

而我迎着江风，五味杂陈，开始了遣不散的忧伤！

2017年4月15日，中山古镇，灯都国际路灯城我的青山是我的故乡。我的青春梦想总是像江河暴涨。故乡那座山回望了又回望，梦想的风帆总是指向远方。于是故乡的朵朵乡愁化为股股豪迈，心灵的鼓点总是擂响：哪儿的水土不养人，哪儿的青山不埋骨！

# 我的青山我的梦

## 1

我本来想写《我的青春期我的梦》，结果却写成了《我的青山我的梦》。也好，青山与青春，本来八辈子打不着，但在我身上却有一种必然的联系。

## 2

青山，在中国名不见经传；但在三汇，它却是三大名山：青山、白腊坪、牛奶尖。

记忆中，我上学时春游首选的不是青山，而是白腊坪，但记忆最深刻的确是青山。

青山给人最大的遐想是“青”，比如青春，青草，青涩，青翠……

因此春游不去青山，总会心痒难受。

## 3

总共去过几次青山？我确实记不得了。但印象深刻的至少有两次。一次是我上初中期间学校团支部组织的，一次是我自己办绿野文学社时组织的。

学校组织那一次，是我第一次去青山。当汽笛鸣响，当汽船离开三汇码头，我的心立即飞扬起来。是的，在农村而不是城里，如果我们要去一个不是城里的地方春游，在乡人眼里总有点儿怪怪的。一开口就是“吃饱了撑的”，或“一天到晚爬坡上坎还没够？有病！”

是的，年少时的我们，就是“吃饱了撑的”，就是“有病”。

年少的心，总充满无穷的好奇心，总渴望放飞青春，总在别人认为无聊、无用甚至不屑的事上下足功夫，让世人很无奈。

这就是年少的青春。这就是青春的年少。与是非无涉，与对错无关，谁也挡不住。

水划子在嘉陵江的上游渠河里破浪前行，两岸如画的景色飞一般掠去。江水碧绿，河岸如茵，油菜花金子一般灿烂。白塔在水中摇曳，火车在桥上呼啸。

一切的一切，对于年轻的我们，都在内心掀起滚滚波涛。

左面是汇南，右面是汇西，白塔在波光中变幻。阳光倾泻到江中，万千金梭子在水里翻滚。我用右手捋捋额角的青春的发丝，瞬间有了船长的感觉——虽然开船的并不是我。

船一靠岸，就是汇南岸的沙滩。大片的鹅卵石各得脚疼，但挡不住我们青春的脚步。穿过铁路桥下，两边堆满了煤渣，才到了青山脚下。我们一点都没觉得这些污染物如此肮脏，反而无比新奇。

## 4

一条深深的峡谷，有溪自上而下，两边苍翠欲滴，便是这青山的路。那时我们穿的大多是凉鞋，有一种想脱就脱的畅快。不像如今在城里，长年累月套着皮鞋，把脚都捂出霉来了。那时不长脚气，不怕蚊虫，不惧扎脚。我们提着鞋，赤着脚，踩在卵石或石板上，有时疼得微蹙着眉，但勇猛顽强。那年月也不像如今的城里，铺条鹅卵石道可以按摩脚底。格脚的鹅卵石还是年少的我们走路比较头痛的问题。

当然，我们就是不害怕，哪怕各得忍不住叫出声来。

看到山泉水就用黄水壶灌满，见到小溪就想跳下去洗个痛快。当然，这不可能，因为有纪律，更有女同学。

青葱年少时，我们自觉男女有别，尊重与羞涩比法律更有约束力。

青山脚下有多少个潭？我如今已记不清了。只记得至少有一大两小三个碧清的潭，看着就想流口水，想跳进去涤荡满身臭汗和尘埃。当然，最终我们还是破不了“清规戒律”，只能用溪水洗洗脸，泡泡脚。

不过，这已经足够了。

## 5

青山的路有时舒缓有时陡峭，女生们不时发出尖叫。很多男生这时想跳出来搭把手,女生通常脸红红的拒绝了，男生只能悄没声息把手缩回去。那份尴尬，多年以后成年了想起来还会“哎呀”出声来，后悔自己当初为什么那么冒失，颜面尽失！

当然,女生们长大后早已忘却了。对于这样无厘头的事，女生总比男生沉得住气，毫不上心。

而青涩的男生足够终生铭记。

那年和我结伴而行的女生是我们班的巧玉，和我错肩而过的是隔壁班的张琴。所谓结伴，是指一小段路。聊了什么记不得了，好像后来日记里记着，但也不胜明了。只记得她沙沙的嗓音，很善解人意的表情。在山路的崎岖里，在藤蔓和浓荫下，在正午的阳光和风的抚摸中，两个少年，有一句没一句聊些闲话。但青春期特有的感动，还是深深印在记忆里。让一次普通的同学间的春游，有了彩色的记忆。

那年流行韩宝仪的《粉红色的回忆》和罗大佑的《童年》，还有不知是谁的《同桌的你》。总是唱得我们如痴如醉。午夜梦回，便屡屡回肠荡气。更有郑智化《水手》和三毛《橄榄树》，雄性与阴柔，缠绵与豪气，如野马一般在胸中奔突。

## 6

青山其实就是一座普通的山。它就是我们春游的一个去处。

这座山里，山路、溪流、树荫、藤蔓、鸟唱、虫鸣、山花、野果，应有尽有，但如果你一定要说它还有什么特色，似乎也没有。它不像牛奶尖，有让人远看的遐想；不像白腊坪，有干龙洞和仙居洞，还有直通州河底的神秘天坑；也不像达县凤凰山，有众多人文景观。

青山则更像我们梦里屋后的那片山，高耸入云，苍翠欲滴，但它就是我们耕种打柴、放牧牛羊、靠山吃山的山。那里没有栈道，没有石刻，没有开发，甚至当年我们连水和零食都买不到。但那时，我们可以在山脚的小店买好零食，灌满山泉水，甚至可以背着锅到小溪边野炊——当然，今天是不可能了，防火甚于防盗。

那时，游客很少，我们想怎么玩儿就怎么玩，不像今天很多景点游客多得像下饺子。我们可以在林间穿行，如入无人之境；我们可以在峡谷间大呼小叫，没有人会干涉你，骂你神经病；我们可以在山坡上纵情高歌，让山谷间都是你的才情；我们可以躺在草地上，嘴里叼一株青草，闭上眼睛，让正午的阳光和黄昏的风并肩；我们可以趴在树丛中观看小鸟嬉戏、打斗，也可以聆听万虫鸣唱，演绎天籁之音。

这是当年青山在我心目中的魅力。

## 7

我离家前最后一次去青山应该是1986年。那时，绿野文学社刚成立，几个文友呼喝一声便上了青山春游。我妹那时还小，硬缠着我们带上她。我们一时豪气，就把她捎上了。结果给我们惹了很大的麻烦。

那天春游是什么情景我忘记了，只记得我们背了一口锅一些米，在山下煮了一锅夹生饭，没吃多少几乎全倒掉了，成了路边蚂蚁的粮食。

由于贪玩，我们下山时已经迟了些，已经没有水划子了。

我们也不信邪,沿着汇南到火柴厂的河边一路往回走。那时,渠河涨大水刚退潮,原本干爽的河边到处是潮泥,好几个溪口水还很深,我们不敢贸然涉水,要绕很远的路才能过去。我妹妹一路走一路哭,最后干脆要赖不走了,怎么吓唬她也不管用。于是,我们几个男生只得轮流背着她走。

我们同行的一个女生,也自告奋勇跟我们接力背我妹。我们推辞,她怎么也不肯,一定要背。看着她很吃力地背着我妹,但却故作轻松地迈开步,摆摆手,我心里陡然升起一种深深的感动。这个女孩后来成为了我青春期最重要的朋友,她就是李文莲。虽然后来我们都经历了成长期的各种波折,也几乎很少见面,但一直用特殊的方式支撑着对方,并且很深地惦记着对方。那是一种精神的力量,也是一种友情和信任的力量。

我在深圳沙井开书店时,李文莲忽然来了深圳龙华。来前我们曾约好,我去龙华接她。但我前妻很吃醋,坚决反对,并表示如果我要去,便与我决裂。在家庭和友情间,我妥协了,选择了前者。结果,我对女同学背信弃义了一回。我想,我的同学一定失望到了极点。

以后多年,我不好意思再联系她。她也未再联系我。

但是经历了一些事,我和我前妻还是分道扬镳了。

这让我非常沮丧。

早知道是这结果，我当初就应该勇敢去接我的女同学。反正我和我前妻都要分手。反正又没什么，只是见一下自己的同学。

我想，或许我天生就是一个叛逆狂。

人生很多事，就像弹簧一样，越在意越预后不良。

2014 年，我们还是约了一回。在成都一个叫川西坝子火锅小聚了一下，重温年少时的经历和友情，依然被浓浓的温馨包围着。

不过，我们都回不到从前了。

## 8

离家之后，如同故乡的很多景点一样，我再也没有去过青山。好几年春节回家，我想去青山故地重游，不是因为人情应酬，就是因为下雨天气不好，始终没有去成。因此，青山就只能在梦里见了。

后来想想，其实一定要去也是可以去的，时间要挤总能挤出来，只是觉得其他事可能更重要。

或许，更重要的原因也不在这里。而是心境变了。心境一变，重要的就变成不重要的了。但又要时时怀念。这就是人生。

2017 年 4 月 11 日　贵州都匀

# 白塔往事和白塔往梦

## 1

白塔无疑是三汇的一大标志。

除此之外，三汇留给我们的风景名胜就只有大自然的馈赠：青山、白腊坪、牛奶尖三座大山了。

向阳门当然是三汇镇的标志，但它已然只剩一个门了。它独有的庄严、宏伟、古韵，都已成为过往烟云。

这是令人扼腕，但又非常无奈的事。

幸好三汇还有白塔。为古镇留下了重要的一脉。

## 2

小时候，我母亲对我说起白塔时，总是充满无限神秘。

我母亲是汇西肖家寨人，出生在那里的一个大户人家。母亲说，白塔建在一个石盘上，是镇水妖的。自从有了白塔，嘉陵江上游的81滩每年少打烂了多少船只，少淹死了多少人畜，少发了多少回大水……

那年头，母亲说什么我都深信不疑——没有一个少年，他的童年时期是不相信自己母亲的话的。母亲的话，就是少年的圣经。

母亲说，那时塔顶每一只角都有一个硕大的铜铃，风吹过，叮叮咚咚就像唱歌一样。

母亲说，那时白塔每一层都有木楼，因此可以从一层爬上十三层。那时，母亲跟在外婆的身后，每上一层都像转山一样，充满了紧张和兴奋。待转到塔顶，宛如置身江中央了。母亲深信塔是倾斜的，如果有人从塔顶纵身一跳，一定不是掉在石盘上，而掉在江中央。母亲说她每每想到这一层，她就开始浑身发抖，几乎站立不稳，哭闹着要外婆带她下去。

这感受我是至今没有过。

那以后，母亲再也没有去爬过白塔，直到后来所有门板拆除，她也就至死没有去过了。

母亲说，白塔修在石盘上，石盘下压着水妖或恶龙什么的，总之万世不得翻身。不像西湖的雷峰塔，白蛇总能获得大家一掬泪水——三汇的水魅和妖龙是万恶的化身，不值得分毫同情。

母亲说，河中央有类似乌龟的石头，也是一并被白塔镇压着的恶龙与水妖的虾兵蟹将。因此，她深信，白塔是三汇的圣物，必须得到万代瞻仰。

## 3

这就是年少时我心目中的白塔，很早已经在我灵魂中种下了不灭的种子。

我从来不把白塔叫文峰塔，白塔就是白塔。就像我从来不把我外婆那个村叫深进，只叫深井一样。深井就是深井，不像神经一样的深进。深井多有人文意义啊，哪像深进那般倒土不洋的！

全中国的文峰塔多了，你见过几座白塔？因此，白塔就是三汇的圣物，三汇的灵性，白塔就是三汇的独特的魂！

## 4

我家虽然离白塔不远，大致也就十五六里路，我外婆家离白塔更近，但十六岁之前我确实没有去过白塔。穷人的孩子早当家，除了上学，放牛割草，喂猪养羊，煮饭洗衣，确实没有时间去游玩。也许，正因为我乖巧，所以孤寂中聚集着丰富的想象力，才有今天泉涌的文思？塞翁失马，焉知祸福呢？

确实，自从我上了初中，我的所有时间都集中到胡思乱想中去了。书是读不好的，想象力是喷薄的，青春的苦闷是空前的，上课时间是困乏的，下课之后是万般后悔的。那时只恨一切太平淡，只希望生双翅膀飞出去！三角寨、二蒿岩、鹞子寨、马家岩、金浪子、王尔边、李家寨、金鸡石、大石头河边，只要一切课余可以游玩的地方，都成为了我脚迹窝。直到一切乏善可陈，枯燥得令人厌倦了之后，我才把眼睛埋进书本里。

那是一个多么无聊而又精力旺盛得冒烟儿的时期呵！

然而，我唯一没有去过白塔。是遗忘了，还是离得太远了？

青春似乎专门把白塔留给我做成年礼了。

## 5

我第一次近距离接近白塔，是我坐在去青山的船上。离白塔越来越近，我呼地站了来，快步走向船头，向白塔行注目礼。朝阳如火，把万千光栅甩进渠河里。水划子箭一般飞驰，两岸油菜花和麦苗渐次退去，一江春水翻滚。岸上的白塔俊逸潇洒，水中的白塔变幻万千。仿佛，白塔并不是只矗立在岸上的，而是岸上江里，首尾相连，跟母亲的传说交相辉映。有一刻，我灵魂出窍，觉得塔不是造在岸上的，而是造在水中的，不然怎么可以镇压恶龙水妖、死鬼魍魉呢？

夕阳西下，我从青山返回来时，依然坐在水划子上，万丈金光下白塔依然如白面侠客，仿佛挥挥手里的铁扇就可以击退万千强敌。江水这时逐渐变得墨绿了，白塔的背景似乎也开始深起来，有一种携带着朝气的厚重。

于是，我暗下决心，总有一天，我一定要去白塔朝拜。

## 6

中学毕业那一年，17 岁的我组建了绿野文学社。绿野文学社的第一次徒步活动，我们就选择了白塔。

我记得大约是暮春时节，油菜已经熟了，豌豆和胡豆都长出了丰满的豆荚。我们挽起裤腿，穿着凉鞋，满腔赤诚扑向白塔的怀抱。

近距离接触白塔，反而没有了想象的浪漫，甚至充满了失落与伤感。白塔不像远看那么白，布满了岁月的烟尘，有点儿微微发黑了。塔外粗粝，有些地方塌陷了，连个干净的围坐的石阶也难以寻找；大小便的味道随处可闻，有点儿臭熏熏的；塔内已经拆空了，没有楼板，更没有楼梯可上。

苍山如岱，江水如染，映着冷冷清清的白塔。

这就是我梦中的白塔吗？

那一次，我们在那里待了十几分钟就仓惶逃离，似乎连日记的心情都没有了。

离家之前我再没去过白塔。不忍心看到它的破败和没落。听说后来有人来维修过，甚至想把它打造成为风景名胜区；后来又听说有些利益没谈妥和摆平，投资者哭着逃离了。

总之，白塔和故乡的坏消息，这些年总是更多一些。贫穷和计较，似乎在这片土地有些根深蒂固了。

## 7

我近几年，因为一些机缘，跟故乡就近了些。住在镇上，早晚散步都可以走到白塔附近，有时还专门去塔下坐坐。

这时，白塔于我是一种风景，相伴而立的风景。我也更愿意把它当一位长者，有时可以静静对望，有时可以慢慢交流，有时则握手而立。

人到了一定年龄，开始风轻云淡，不再那么感物伤怀，也不再那么壮怀激烈，甚至不再那么思潮翻涌。更多的，是相伴相生，相濡以沫。

或许，这是关于白塔的另一种感悟。

2017 年 8 月 1 日江门白水带

# 梦中的白腊坪

## 1

离家日久，我已经忘记白蜡坪的模样了。至少置身其中的模样，我是真的忘记了。

然而我经常梦回白腊坪。梦中依然是那苍灰的山，青青的草，红红的花，漫山遍野的马尾松；梦中依然是少年或青年时期的那些小伙伴，在嬉笑打闹，面红耳赤；梦中依然永远是在爬山的路上，身边不是悬崖就是悬崖下的河流。

## 2

其实，白腊坪悬崖很少，河流也很远。

白腊坪是三汇三大名山中唯一可以在百度上搜索到的山，不过只有一句话：白腊坪，位于四川渠县三汇东部，山上有著名的仙女洞、干龙洞等。

我曾经非常武断地说过：对于一个地区，没有文人就没人文史。尽管三汇人杰地灵，并不缺文人，包括杨牧杨森林、贺小雍、郭光权、秦锋、我本人，或许还有更多文化人，都是从三汇走出来的，然而真正写三汇的文字似乎并不多，特别是写青山、牛奶尖、白腊坪的文字似乎更少。三汇唯一很值得一提的乡土作家是周建华。不管他的文学成就如何，但他深耕故土文化的坚韧与执着是很值得赞赏的。

所以，三汇一直在呼唤属于她自己的文人。

## 3

如果没有记错，我去白腊坪春游依然是我的中学时代。

从我家锣岗坝绕道号房，经过汇东乡人民政府，再从汤家坝上山，是那年我们上山的路。

从锣岗坝到汤家坝，已经是20里地了。我们通常已走得大汗淋漓，口干舌燥，不得不脱掉毛衣，让单衣在山风中飞。记不得第一次跟我上山的是哪几个人，反正我弟弟是肯定有的。我们一路走一路问，从芦坪开始有了上山的感觉。

沿途，好像有红日喷薄而出，不久就隐没进云雾中去了。经过较长时间的攀爬，我们终于到达了干龙洞。干龙洞也不大,大约就我家堂屋三倍大小吧,里面也没什么奇特之处,不过有几条钟乳石，弥漫着一股臭熏熏的味道而已。那时对于我来讲当然还是很稀罕的,不过因为不习惯那种味道,便不想做久留。岩燕在洞里来回穿梭，而我那时更倾向于那就是蝙蝠。

遍地马尾松，跟阴冷潮湿的天气黏在一起，总有些让人提不起劲的感觉。

有一时，我们就感觉要下雨了。于是，心急火燎地希望下山，真是失望到了极点。

直到下山时突然看到漫山遍野的映山红，兴致才又燃烧起来，觉得没虚来白腊坪一趟。

## 4

我们一直知道,白腊坪是有两个洞的,一个叫干龙洞,一个叫仙居洞,或者仙女洞。据说白腊坪还有些神秘的东西:比如万人坑与漩洞。

我一直弄不明白白腊坪的万人坑是哪朝哪代留下的,是谁挖的，埋的又是谁？白腊坪的漩洞又是怎样形成的,真如传说的那样，是从山顶通向州河深处吗？如果是，那也未免太让人胆战心惊了。

我们很轻易地就找到了干龙洞，但我们似乎没有确切地找到仙居洞。因为我们无法准确地知道仙居洞的样子，也不知道仙居洞有什么景物。我们只听年长的人传说，仙居洞里有石桌子，石碗筷。想来，那仙居洞就很神奇了。要么很大，要么很深，要么蜿蜒曲折，像楼一样有很多层。

当然，后来我去了很多地方，看了很多风景，石钟乳、千奇百怪的像生石也见怪不怪了，至于龙洞、仙居洞，在云南、在广西、江西，甚至在我们渠县賨人谷都见多了，再也没有过去那么好奇和充满疑问。当然，这是后话。

而当年，我们始终没有找到这样一个洞。那年头，我们没有能力也没有勇气去找向导，也没有碰到一个很淳朴同时精通山里掌故的毛孩子结成朋友的传奇。因此我们只能自己瞎撞。撞来撞去，最终也撞不出一个名堂来，只得作罢。

有一刻，我们似乎发现了一个天坑，深不可测，洞口长满了青草和藤葛。我们没有带绳索，没有带电筒，谁也没有勇气下去探个究竟。于是我们寻着几块石头，接二连三从洞口打下去，听着石头咕咚咕咚向洞深处掉下去。听着那声音，依然腿脚打颤。后来看到《血色湘西》那部电视剧关于天坑搏命那一段，恍惚觉得我的少年时代跟石三怒比起来，确实是太柔弱、太逊色了。

## 5

我一直弄不明白，少年时代那样平淡无奇的白腊坪，为什么老在我梦中反复出现？难道因为我现在离她远了，她就要让我魂萦梦绕？还是因为，我现在已经不容易稍一冲动就千里万里要去爬山登顶而在梦里反复盘桓？

是不是人到了某个阶段，所有身边的人和事都不再梦见，所有见不到的人和事却夜夜入梦来？

我很想再爬一次青山，一次牛奶尖，一次白腊坪。然而它总在臆想和犹豫中作罢。仿佛总有一种沮丧的力量让我自己觉得还没开始就很没趣，于是还没出发就开始妥协了。

我发现，很多时候，我们老去的往往不是年龄，而是心态——当我们的筋骨还不十分衰老时，我们自己往往已经不想动了。

心生畏惧的，往往不是真实的山，而是心中的山；觉得苍老的不是真实的年龄，而是我们的心理年龄。当然，更可怕的是看破风景的淡漠。这是一种巨大的破坏力量，它往往令我们的激情摇摇欲坠。因此，我经常要用信念去征服我心中的大山，去战胜我的惰性和淡漠。

2017年4月23日　江门白水带

矮婆湾其实没有水，所以本来应该叫矮婆弯更合适。她只是我故乡黄泥梁背风的一弯。但我更喜欢叫她矮婆湾。因为，她是我们童年天然的小港湾。

# 我那遥远的矮婆湾

1

如果不是那个时代我们一起经历过，你无论如何也不能想象我童年所经历的荒诞与神奇。也许，那就是万古长存的童趣。

2

我很小很小的时候，似乎就注定这一生会与众不同。我的天生敏感,我的想象力丰富,我的组织能力与领导能力，似乎都跟这个小村毫不相符。我唯一跟这个小村很相符的是我在陌生人与女孩面前的出奇腼腆。

我、弟弟和皮兴国,是我童年时期的第一个核心朋友圈，几乎形影不离。我们活动的半径大致是黄家林坝、四母山、小寨子、黄泥梁、矮婆湾、肖家林坝、木耳山、石佛河。

我们在那里放牛、割牛草、割猪草、拾地木耳，这是童年枯燥而无聊的事。然而于我们，却是天马行空的神仙生活。

我们经常长时间地研究，巴河对岸三岔溪那像古堡一样的山寨，不知道寨子支出来的部分是石崖还是巨大的墓碑？直至现在，我依然没弄明白我们童年看到的景象究竟是什么。

我们经常长时间地研究，段家湾的渡槽为什么那么笔直与高挺？

我们经常望着川东水泥厂那冒着白烟的巨大烟筒发呆，不知道得多大的烟筒，我们在二三十里外还能看到那么大的白烟？

我经常仰望着天上的云层思考：为什么它有那么无穷的变化？是谁在掌控着它们的变化？

我经常在夜晚让月亮跟着我一起奔跑，疑惑它为什么始终跟我保持着不变的距离？

我们经常为远处白腊坪“烧荒”而担忧，会不会把整座山燃烧起来，甚至烧了山民们的房子？

我们经常研究玉带一样的山路，人怎么能站稳？

这一切，大约是成就了我神奇的想象力和巨大的活学活用能力。反正，童年的伙伴只要跟我在一起，就有无穷无尽的乐趣。

## 3

矮婆湾，是我们童年巨大的乐园。

矮婆湾在黄泥梁的南侧，今大看起来没有任何特别之处。但在我们的童年，她就是我们的神庙。

矮婆湾有一座不高的黄土屋，我们的工程是把它修造成可以遮风避雨的“屋檐”或巨大的洞穴。

对于我们，这是一个浩大的工程。然而我们没有觉得丝毫畏难。我们用手和镰刀，也用锄头，一点儿一点儿地开挖，要完成一项伟大的工程。

我们每挖开一捧泥土，每搬开一块鹅卵石，都感觉获得了巨大的快乐和满足。

渐渐地，黄土崖被我们挖出了巨大的豁口，可以容纳我们半个身子了。为了庆贺胜利，我们用不知从哪里找出的搪瓷缸，用三个石头垒个灶，煮了一搪瓷缸蒜苗红薯汤犒赏我们自己。在那个冬天，这是最美味的佳肴。

有一天，当我们扩大战果时，我们挖到了很多个洞。经过初步分析，我们认为那是田鼠洞。一时间，群情振奋，感觉到为民除害的机会来临了。果然，我们挖出了好几只田鼠，把它们消灭在逃跑路上。继续深挖，我们就挖出了一条蛇，我们也把它打死了。田鼠我们不敢吃，但蛇我们把它刮皮做了烧烤。那美味，也一直停留到现在的记忆。

我们开始觉得这项工程越来越神秘了，开始漫无边际的想象：是否可以挖到地宫？是否可以找到宝藏？是否会出现妖怪？是否会出现仙女？

## 4

那时，《牛郎织女》《天仙配》《宝莲灯》三部神剧正在露天电影场热播，几乎提供了我们所有的想象素材。

于是我开始像模像样地演绎我们童年的神剧，设计6个月后神仙姐姐会来一个神秘的地带接上我们。我们甚至分配了，哪个仙女姐姐做谁的老婆。

于是，我们一边挖掘风雨廊，一边扳着指头盘算日子。

终于有一天，我们的工程被老队长发现了。他极其严厉地斥责我们："你们想把崖坎挖垮吗？你们想把自己埋在里面吗？"

于是，我们惶惑地停下了我们的工程。然而，这时它已经完全可以容纳五六个人遮风避雨了。从此以后，在矮婆湾无论是放牛割草，我们再也不用淋成落汤鸡了。至于仙女什么时候来接我们，我们似乎早已忘到九霄云外。

## 5

但矮婆湾带给我们的乐趣还在继续。冬天了，我们可以掏芝角吃，可以下水田去捉黄鳝，在水田边打水漂，或者寻找野兔洞穴。

芝角是什么东西？我实在说不清楚。但吃在嘴里，确实有芝麻的奇特香味。

刺骨的寒风，我们不怕；冰冷的田水，我们也不怕，指头顺着气眼下去，夹住黄鳝一拉就出来了。虽然是一边放牛一边拉黄鳝，但一个冬天下来，第二春的学费就不用愁了。

冬水田边打水漂，是我们每天必玩的项目。矮婆湾有的是扁形鹅卵石。我们让鹅卵石在水面燕子穿云一般翻十几个跟斗，有时甚至翩飞到田坎上或另一块水田里去。那些水漂高手们，总能赢得小伙伴们雷一样的喝彩。

我们计划，如果寻找到野兔洞穴，就把一端堵起来，另一端用烟轰。结果是徒劳的，我们找到的多是野兔的伪装洞，浅得一眼就能看穿。或许，野兔的精明在于，我们压根就不容易找到它真正的住处。

## 6

矮婆湾的春天，山花烂漫，但那时可供我们在野外弄来吃的东西似乎并不多，只有窄耳根可以立即凉拌；臭黄荆可以做凉粉，但工序繁多；地木耳可以开水烫过后凉拌或炒来吃，但在野外也不现实；像蒲公英、过路黄、夏枯草、车前草、艾蒿，这遍地的可食草，原本也可以当野菜吃的，只可惜那时的我们还没有今天大家这种口福，还没有被我们开发出来。

我们只能每人从家里偷一小块儿腊肉出来，用柴禾烧烤。物质匮乏时代，这是怎样的美味啊！

春夏之交，生胡豆和生豌豆就可以吃了，但也只能偷偷悄悄嚼几颗在嘴里。不能被大人们发现，当然不能多吃的另一个原因是吃多了必然会打枪（拉肚子）。

## 7

夏天是繁忙的，但夏天也是多彩的。白天看着大人收割大麦、小麦，在梁盖此起彼伏的声音里，在红花大太阳下，我们的乐趣是可以灌饱　肚了糖精水。不像今天，不要说糖精被严禁使用，即使白糖水，青睐它的人也越来越少了。物质越丰富，人的食欲就越差，乐趣越少。

夜晚托着腮帮仰望星空，辽远的天际总让人幻想不尽宇宙的奥妙。星星点点的萤火虫漫天飞舞，我们把它们捉下来装进豌豆荚或玻璃瓶，于是田野里就晃动着一个个奇异的灯笼。

偶尔，也有流星拖着雪亮的尾巴划过，惊呼之后，更加感觉夜空的神秘莫测。

农历的五六月是我们孩子的黄金季节。这时秧苗已经长高了，暴雨一阵接一阵。雨后拾地木耳我们已渐渐失去了兴趣，便选择了更刺激的捉泥鳅、黄鳝和鱼。夏天的电闪雷鸣，让稻田里的泥鳅、黄鳝和堰塘里的鱼魂飞魄散，晕头转向，它们千方百计跃上岸边或随流水四下奔逃，横七竖八躺在雨后的田埂、崖坎、路边或水洼里，我们呼朋引伴，穿上蓑衣戴着斗笠，提着篼篼和黄鳝篓，赤着脚，天蒙蒙亮就出发了。

借着暗暗的天光，我们把路上、田埂、崖坎上的黄鳝、泥鳅赶进篼篼，装进黄鳝篓。泥鳅、黄鳝虽然有点儿晕，但对人等天敌还是保持着本能的警觉性。通常一见到人就猛逃，我们于是要跟它斗智斗勇拼速度。不管逃掉了多少，一上午我们总能捉它半篓甚至多半篓泥鳅、黄鳝，够美美的吃几顿，或换 10 元 8 元家里的零花钱。

至于鱼，它们的反应似乎比泥鳅还敏捷，因为它们都是在有水的地方，几跳几跳就逃走了。当然，我们也有办法，把篼篼接住水田缺口守株待兔，待它们被冲进篼篼，就成为入网之鱼了。

遗憾的是夏天的雨说停就停。雨一停太阳就出来了，晕菜的黄鳝、泥鳅也迅速苏醒，哧溜哧溜回到了秧田里去。

这是我们非常沮丧的事。我们多么希望风雨不要停，这样我们的战果就会非常辉煌——但那是不可能的！

## 8

矮婆湾的秋天，大人们都在收割稻子，我们戴着草帽翻晒稻草，被太阳晒得蔫绵奄绵的。如果真有惊喜，那就是大人们突然暴喝一声：“秧鸡！”我们立即像打了鸡血一般一跃而起。紧接着，便有很多男人从长湾丘、烂田、官大田健步追上来。而那些还没有长出翅膀的小秧鸡，以飞一样的速度向前逃亡。小秧鸡虽然善跑，但毕竟没有人的耐力，最后就成为人的美餐了。于我，对吃秧鸡的肉远没要把秧鸡抚养大更有趣味。但直至我长大成人，也没有养大一只秧鸡，它们不是绝食死了就是被猫吃了。现在想起来，确实非常罪过！

## 9

冬天的矮婆湾多数时候跟寒冷连在一起，我们总是很渴望太阳出来。但那时的太阳很金贵，不像今天，大家把温室效应的调子唱得很高，仿佛不这样，人类有一天就会变成地球的烧烤。

撬凌冰是我们冬天的一大乐趣。

撬凌冰就是从水田撬一块浮冰出来，嘴衔竹管吹出一个小眼，用稻草穿起来玩耍。有时一路走一路敲，有时挂在树上看它一点儿一点儿地融化。反正，成人们看起来尽是些很无聊的事，但我们却乐此不疲。

阴冷的冬天，总是渴望哪怕一丁点儿乐趣。比如，能够见到水鸟就是很大的乐趣。白鹤总是在冬天结伴来到我们的冬水田洗澡与觅食。当然，白鹤的警惕性非常高，我们永远别想抓住它们。但可以远远看着它们在天空飞翔，在水里嬉戏，追逐鱼虾。

有一天，一只不知名的水鸟在我眼前蹦跳。我很欣喜，很希望离它近点——如果能抓住它据为已有当然更好。但我知道，这是不可能的。自从小鸟有了翅膀，人类几乎没有任何机会追得上成年的鸟类，除非暗算。而那时，我还没有暗算小鸟的智商。

它在我面前蹦跳，突然一头栽进水田里，几个沉浮，死了。一只水鸟，竟然淹死在水田里。我不知道它是病死的，还是老死的，亦或，是饿死的？

反正，那一刻我充满痛惜。也突然打了一个寒颤，觉得生命是如此无常！

冬天和春天，我们的一大任务是驱赶鹞子。这些可恶的恶鸟，会眨眼间就把谁家的鸡抱走了。我们把鹞子叫磅头鹞。它们一个俯冲，只要撞上鸡的头，鸡就晕了，然后它们抱住鸡就走，防不胜防。

我们看到鹞子飞近了就往天上扔石头，嘴里模仿枪声“砰砰砰”个不停。你别说，这一招还真管用，鹞子于是不敢停留，飞得远远的。但一会儿，它们又贼心不死地再次飞回来，于是我们又反复重复刚才的动作。

我们跟鹞子的斗争,那些年必须持续整个冬天和春天。它同样是我们童年不可或缺的乐趣。如今，不知道它们死绝了还是飞走了，反正也很少能见到。

## 10

从离家打拼到现在，我离开矮婆湾已经 27 年了。如今我在异地他乡发展，回矮婆湾已经是一种奢望。

其实，即使我回去，40 多年前那种感觉再也找不回来了。农田已经荒芜，很少人耕种；从黄泥梁到矮婆湾，崖坎垮的垮，塌的塌，已经不是旧时模样；多数我年少时年轻力壮的父老乡亲,已经衰老或死去;水田里也没有了黄鳝、泥鳅和鱼，早被农药化肥毒死了。

矮婆湾，只是记忆里遥远的风景！

# 金　鸡　石

## 1

三汇有很多神奇的自然景观，金鸡石就是其中之一。

金鸡石座落在周家湾的后面。一个孤零零的寨堡上，很突兀地矗立着一个巨大的鸡嘴一样的石头。那石头顶上的杂树，仿佛鸡的冠子，熠熠生彩。那寨堡的层层梯地，一圈一圈盘旋着，上小下大，远远看去，就像巨大的鸡脖子。鸡身已融进大地，鸡脚深深没入地底，挥发着深厚的巨大的力量。

很多时候我甚至怀疑，“力拔山兮气盖世”，是否是金鸡石量身定制的写照？

它的脚下就是世世代代生活在这里的周家湾子民。周家湾世世代代都把金鸡石神一样供奉着。他们赋予它名字，赋予它传说，赋予它神力，像维护自己的眼睛一样维护着它。为了不让不知天高地厚的人们去损毁它，他们甚至生出传说：如果金鸡石被打倒，重庆就会遭火灾。小时候听到这个传言时，我们从没觉得它荒谬，只是心生敬畏。其实打掉它重庆遭火灾，跟打掉的人一毛钱关系也没有，他们怎会在意？

不，在意的是周家湾的子民，在意的是我们三汇人，它是我们的精神图腾，祖先图腾。

## 2

事实上，也从来没人去打过金鸡石的主意。哪怕是天不怕地不怕的““文革””时代，“四旧”破完，唯独没人动过金鸡石一指头。

金鸡石是我们祖先的图腾，是我们精神的图腾，它如果倒了，我们就像看不到太阳一样失落。

所以，我们必然像维护眼睛一样维护它。

金鸡引颈向东，向着太阳高歌。当阳光洒在它的鸡冠与脖子上，仿佛给它披上金鳞般的衣裳。它在晨光中迎风起舞，唤醒远山近村，给人无限遐想。

它就是我们的参照与希望。

金鸡石实际上是一种精神，一种象征。头永远向着太阳升起的方向，那是追求理想，追求光明；站立于高山之上，俯瞰四方，具有与生俱来的高瞻远瞩；远山近壑，尽皆麾下，具有海纳百川的胸怀与气度。

阳光下那满身金鳞，更是财富象征。象征总有一天，它的的子民会纳三江四海之财，造就金山银山之乡。

当我们的目光掠过三角寨，越过打石沟，越过鹞子寨，越过夏文庙，越过曾家沟，越过白腊坪，山外有山，天外有天，然而你自岿然不动，独具领袖霸气！

3

金鸡石是怎样形成的？没有人能说得清楚。我们只能说天地造化，鬼斧神工。

金鸡石在这里矗立了多少年？没有谁能说得清楚。仿佛，自从盘古开天辟地，它就寂寞而高傲地站在这里。

潮打巴河两岸，李家寨的打石号子从远古喊到今天。它孤独、坚毅、从容、淡定，既像一个睿智的老者，又像一个不知疲倦的青年，每天迎接日出日息，潮涨潮落。它跟着北风呜咽，跟着春暖花开，淡看洪水咆哮，映着秋水深邃，随着人声鼎沸，随着安歇宁静，当桐子花漫山遍野，它随着清风舞蹈歌唱，青山依旧在，大江浩浩东！

我经常想，金鸡石，兀立万年，你看到了什么？是幸福，还是离乱？是欢乐，还是忧伤？是奋发，还是消沉？是心痛，还是欣慰？

你在期待什么？是一场激情的碰撞，还是一场千年的约会？

2018 年 1 月 3 日，北京紫玉饭店

# 神奇诱人的三角寨

## 1

我很烦我们三汇那些没有一点儿人文意识和人文底蕴的改名者。好好的三角寨，他们偏偏改为“三合寨”；好好的金鸡村，他们偏偏要合并为乐江村，把一个地区的人文底蕴活生生给抹杀掉，真是可悲可叹！

我想问：三合寨有什么好的？难道就因为此寨在三合村？然而三合村不也改名叫石燕村了吗？难道是寨连青梁、吉安、石燕，三村联合拥有此寨？

“乐江”这个名字又有什么好的？乐江又不是“锣江”，难道取“仁者乐江”？如果真有这样的见识，倒也罢了，毕竟乐江村大部分土地都在巴河边上。然而，像金鸡石这样地球上罕见的活化石，全世界也找不到的，即使列为世界级地质遗产也毫不为奇的地理标识，我们为什么却偏偏硬要抛弃！

## 2

我的意识里，就只有三角寨，没有三合寨

三汇话里，三角寨不读（Sanjiaozhai）而读（sangezhai）

儿歌唱：三角寨，三个角，青梁吉安与三合。一通通到油坊河，二通通到毛蛋沱，三通通到燕窝坨，四通通到北坝坨。寨高路陡好软脚（jio），上蹿下跳哈撮撮。乱石林立崖巍峨，胆战心惊掉魂魄。三汇镇，大巴河，牛奶尖，白腊坪，尽收眼底心开阔。怼啵唾，怼啵嚯，麻鹞子，飞过河！

三角寨无疑是汇北的地标之一。我三姑父是吉安一组人，因此，去他家做客，三角寨是必经之路。经过双石坝儿的渡槽天桥下，再往前就是青龙嘴的黄葛树垭口了。去三姑父家要么走寨下大路，要么走三角寨上。

我们当然选择走寨上，因为少年的我天生具有冒险精神。那是一条羊肠小道，蜿蜒曲折，狭窄陡峭，时常走得人汗流浃背，气喘如牛。若是有老人随同，需要好长时间才能爬上山寨。而对于少年时代的我们，它就是我们的练脚场。

围绕三角寨凶险凶煞的传说非常多，比如土匪寨，古战场，杀人场，万人坑。所以，虽然寨腰有水田旱地，但多数时候依然人迹罕至。所以，走在山道上，总有荒凉肃杀之感。特别是冬天的午后，风萧萧，叶沙沙，若是胆小的人独自行走，总有阴风飒飒，毛发直竖的感觉。

我小时候走这条路，是既刺激又恐惧。所以，很多时候，不敢顾左右，不敢向后看，即使大冬天，上得寨来也是满头满身热汗，必须敞开棉衣接受寨风的猛烈吹拂。

上得寨来，并非立即就轻松了，因为寨上还有万人坑。

为什么是万人坑呢？我一直没弄明白。

万人坑是什么时候挖的呢？是谁挖的呢？都埋了些什么人呢？我也一直没有弄明白。

难道是八大王剿灭四川时张献忠挖的？还是土匪挖来杀人的？或是国内革命战争时期掩埋死难者的？

我还是一直没有弄明白。

我也不知道万人坑的具体位置。我只知道寨上有一个方形的灌溉池。每每夏天经过，可以去池塘里洗个脚。难道这是万人坑？仿佛也不像。但池塘里有水鬼的传说倒一直没有断绝。

三角寨的南面，右边通向刘家湾，左边通向吉安。两边都有黄葛树，下坡都很陡，都能看到如诗的村庄，如画的景色。两边的坡上都有房屋，坟林，都有水沟、沙凼，上山的路都很陡峭，下山时脚都直打闪闪。

不过，对于充满冒险、新奇的少年和游人，上下三角寨，都有经不住的诱惑。

## 3

打我记事时起，三角寨似乎就没有什么树，光秃秃的全是山和石头。这是三角寨最大的遗憾，又是它最大的诱惑。

三角寨的山，跟汇北所有的山一样，都是石头山，那种很突兀、很粗粝、很怪异、很坚硬、很冷峻、很厚道、很温暖的山。

很突兀，是说它多数时候独立成个，并不相连，突然从地底冒出来。很像特立独行的汇北人，倔强而个性鲜明。

很粗粝，是指很多时候它并不精致、细腻，很粗的棱角，很黑的容貌，很粗糙的质地，当地人都叫它泡沙石。它们或散落寨坡，或横亘路边，或分布田间地角，像山民一样粗犷、朴实，无华。

很怪异，是指形状怪异，或尖利，或驽钝，或狰狞，或淳朴，或精致，或奇特，让你置身其间，可做无尽联想——它们的前世今生，或是你，我，他，或是邻家父母兄弟姐妹，阿猫阿狗。这石头是如何有灵性！置身其中，物我两忘。

很坚硬，是指一踏上这片土地，你就能领略它质地的不一般。你只可以跟它服软，不可跟它碰硬，否则你必然皮开肉绽，伤筋动骨。这似乎也隐喻了这片土地的人民，你不要看他们看似平凡，实则处处棱角，处处智慧，不可轻辱，宁折不弯！所以，这片土地曾经虽然极度贫困，但人才辈出！

很冷峻，是指它们看起来冰冷坚硬，特别是那些连成一片的质地坚硬的石头，高大、威猛、冷傲，但它们就是三角寨的脊梁、脸面和胸膛。又冷又硬是它们的表象，质地坚硬是它们的身板，可堪大用是它们的品质。这很像汇北的精英类男人，颜值冷硬，内心强大，信念坚定，爆发力巨大！

坚硬、冷峻、厚道、温暖，这些词形容三角寨的石头看起来似乎是割裂、对立的，反差很大，然而我却能够感受到它内在的强大联系！这些表面坚硬、冷峻的家伙，内心其实都很柔软。把它们开打出来，成型很好，不会轻易断裂、破碎或风化，每当太阳一照，它们就自内而外散发出自己强大的热量！

这又多像汇北那些质地很好的男人，一旦你赢得他的信任，忠贞顽强，目不斜视，赴汤蹈火，万死不辞，堪当中流砥柱！

因为石头太坚硬顽强，所以不长杂树，这是三角寨的另类魅力！

## 4

三角寨是匪患无穷时代乡民避祸的福地，所以曾经寨墙森严，山洞无穷。只是今天那些山寨历经沧海桑田，已荡然无存，踪影皆无！

三角寨是八大王剿灭四川时重要的古战场，所以雷石林立，刀兵犹在，冷厉犹在，森然犹在！

三角寨是第二次国内革命战争时期的红色苏维埃据点，因此鲜血浸染，英雄辈出。枪炮声已远，号角声已远，但枪眼弹痕犹存！

三角寨的神秘与神圣，跟风物或风景无关，跟汇北先民的整个生存发展历史有关。事实上三角寨就是汇北先民的图腾，征战史和风情画卷，充满了传奇与故事！

凝聚着整个地区精神特质的三角寨，一草一木都关情，让我们如何不眷恋！

2018 年 1 月 1 日，北京首都机场

# 打锣、舞狮、说吉利与拆字

## 1

乐江以前不叫乐江，叫群乐。金鸡以前不叫金鸡，叫群联。

所谓群乐，最直观的解释是群众快乐；而所谓群联，就是群众联合。

群乐确实跟“乐”沾一点儿边，因为民间娱乐项目很是丰富。比如说每到过年过节，除了放电影，还有乡村组织的节目汇演，吹拉弹唱，多种多样；除了节目汇演，还有舞龙，耍狮子，唱车灯，唱川剧折子戏。

车灯前面我已经写过了，这里就不再啰嗦。而单就这耍狮子，跟别的地方比起来，就多了很多讲究与情趣。

## 2

如果把乐江叫“锣江”，其实一点儿也不为过。因为敲锣打鼓的人有一个庞大的团体，至少有十支八支队伍。每到红白喜事，过年过节，乐江的男人们便拉帮结派，组成一支又一支锣鼓队、舞狮队。

这打锣，看起来似乎很简单，实际上大有学问。喜庆不同，丧事不同，唱戏表演又有不同，舞狮唱车灯又有不同。

按照老辈子的说法，这打锣有18种引子，像曲谱一样，可以随意分拆与组合，可以顺着敲，也可以倒着打，还可以从中间往两头打，或从两头往中间打，敲打出千万种变化来。而每种打法，都代表特殊的含义，用于不同的场合。

我们三汇，每种打锣法的应用场合都约定俗成，不能乱来。如果打乱了，懂行的人就要找你说聊斋，你就猫抓糍粑———脱不了爪爪。轻则饱受批评与责备，声誉受损；重则赔礼道歉，收不到礼钱不说还得倒赔钱才能脱身。

因此，所有锣鼓队都异常严谨，容不得丝毫马虎。

乐江，打锣这一行有个专有名词，打耍锣。

打耍锣也是靠技艺吃饭，这大约算三百六十行之外的一行。

乐江人的耍锣打得非常出名，方圆三五十里有红白喜事都邀请他们前去打锣。

乐江的耍锣只有一样可以相提并论，那就是皮家湾的刀剪。而皮家湾的刀剪，又几乎可以跟阳江十八子媲美。

## 3

打耍锣也是舞狮的重要组成部分。

乐江的舞狮似乎乏善可陈。一般的大红狮子或金毛狮子，一人扮笑和尚前后左右跳跃与摇摆。跟广东的舞狮比起来，确实魂都被比掉了。广东舞狮，一般都是年轻后生，并且大多身怀武功与绝技，跳桩、上杆、踏球、戏珠、采青，易如反掌。而乐江的狮子，这些动作都省略了，只是一种普通的民间娱乐。

但乐江人耍狮子，自有他们的玩法——武的不行，文的却让人咂舌。比如说吉利，就是乐江舞狮人的绝技。

乐江的舞狮队，一般都有两个说吉利的，手持着大红灯笼，走在队伍的前面。一到恭喜的人家，持灯笼的就分左右站在主家的门口。等狮子耍舞完毕，说吉利的伸手一拦，狮子便停在他面前。说吉利的马上现编先说："哎，喜洋洋的笑洋洋，老板修了新华堂。自从今日朝贺后，又长钱来又长粮！"或者："哎，门前有水塘，门后有钱粮，狮子朝过后，儿孙都满堂。"如此这般。

每每此时，主家喜笑颜开，把烟和喜钱塞到说吉利人或笑和尚手里。

说吉利者越有才华越受欢迎，不但舞狮队争着抢着要，而且还能获邀成为支客师（司仪）一类的乡村名人。

当然，如果吉利说得不好，也会惹主家不高兴，从而被评头论足，甚至丢掉说吉利的资格。

我年少时乐江最著名的说吉利人是张德山和张赞忠，他们都以头脑敏捷、出口成章、声如洪钟著称。他们作古之后，乐江的说吉利者就大不如前了。

## 4

拆字大致相当于猜灯谜，但比灯谜难度大多了。

主家把竹篾片按笔画多寡切成段，然后摆成词组或对联，要求舞狮队根据主家的布阵进行“应答”。要求是，主家摆了多少个字，舞狮队要对应回多少个字，不但要应答得当，还必须笔画对等，不许多一笔一划，也不许少一笔一划。

这难度确实有些大，很考验舞狮队的文化底蕴和应变能力。舞狮队也可以认输，不过不但得不到主家的任何赏赐，而且会大失面子。因此，舞狮队即使使出吃奶的力气，也要应战。

于是，锣鼓紧一阵密一阵助威，狮子在笑和尚牵引下一圈又圈地转，舞狮队的军师们则不断抓耳挠腮，不断交头接耳，直至破解“谜阵”为止。也有破解不了甘愿认输的，就得灰溜溜退出村去。

当然，如果观众里面有高人，也可以自告奋勇前去破译，主家的香烟与赏金就归破解者了。

笔者少年时代曾经见到过拆字时很快破解的，也曾见过一直破解不了被迫退阵的。最有意思的一个场面是，周家湾一位博学的后生在凳子上放着一瓶水，请舞狮队破解。舞狮队当时的智囊是张德山，冥思苦想很久后一拍大腿："这不是说邓小平有水平吗？"

主家伸出大拇指赞赏。张德山手舞足蹈，却不小心打翻了瓶子，水汩汩流了出来。主家瞬即变了脸色："你猜邓小平有水平不假，但你打翻了水瓶，不就是说邓小平没有水平了吗？"

张德山被呛得面红耳赤，不知所措。旁边笑和尚一急，抓起赏烟狂奔而出。主家也不追赶，引得围观者哄笑不止。

这时，经过半下午的折腾，太阳已经下山了。乡村欢乐的气氛染红了晚霞，赶走了寒冷，使年变得分外炫彩。

2018 年 1 月 6 日凌晨，江门外海，帕加图

# 刀剪皮家湾与它的铁匠铺

1

我上文中说过，乐江唯一能跟耍锣媲美的是皮家湾的刀剪。世人都知晓阳江十八子的刀剪举世闻名，但是不知道皮家湾的刀剪同样声名远播。只不过，阳江十八子的刀剪日渐发扬光大，而皮家湾的刀剪却在上个世纪 90 年代彻底消亡了。

2

皮家湾的刀剪起源于何时，不见任何书面的记载。但皮家湾的铁匠铺和刀剪生意,在我少年时代是非常兴旺的。

那时，皮家湾分上湾和下湾，几十户人家清一色姓皮，是我们队最大的姓。皮家湾的铁匠铺至少有十几家，最有名的是皮长奎、皮培明、皮少成、皮培义、皮培仁、皮修国、皮培元、张云建等人的铁匠铺……

但皮家湾的铁匠，最出名的还是皮培六。据说这个人的剑削铁如泥，打的菜刀砍骨头不卷刃，打的斧头砍倒几人合抱的大树还锋利如初，打的犁铧从不折断，打的锄头挖着鹅卵石弹回来而不缺口，打的剪子深受奶奶大娘、小媳妇大姑娘喜欢……

传说皮培六虽然自幼家境清贫，但信誉良好。他曾经放言，如果他打的刀剪、农具不好用，可以无条件退回去，他不问理由，回炉再来。为了不耽误农事，他的刀剪、农具可以任选一件同类的带回，不满意再来退换。由此不难看出，皮家湾的先祖皮培六，那时就有“无条件退换，先行赔付”的概念了。

皮培六其人我没见过——我晓事时他已作古。现在想来，当时人们交口赞誉皮培六的时候，大约就是过去一二十年的事。距今至少60年了。60年一甲子，淹没了多少人，多少事，多少风华，多少技艺！

后来谁继承了皮培六的衣钵，我也不得而知。

## 3

现在仔细考究起来，皮家湾的刀剪其实根本就不止于刀剪，而是一个庞大的刀剪、农具产业链。极可能更早时候，皮家湾的铁匠铺同时还打造刀斧剑戟等冷兵器时代的武器也未可知。

只不过，相比其他器物，皮家湾的刀剪更为出名。

我的少年时代，也只见过皮家湾铁匠铺打过农具与刀剪，而没有见他们打过十八般武器——冷兵器时代早已过去，那些手段早已派不上用场了。只有一次，我见到了皮少成为自己打了一把健身的宝剑，出鞘一缕寒气，青光闪闪。

它证实了我的猜想，皮家湾的铁匠铺早先是可以打造兵器的。

皮家湾的铁匠铺，只要是小型的农具、铁器几乎无一不打，无一不精。

当然，皮家湾的铁匠铺，每家擅长是不同的，有的擅长镰刀，有的擅长菜刀，有的擅长剪子，有的擅长犁铧，有的擅长楔子，有的擅长钻子……

也正因为如此，皮家湾的铁匠都有自己的绝活，很少恶性竞争。按理，皮家湾的铁匠铺是最有可能把这个传统生意产业化的，但它为什么衰落和消失了呢？

我百思不得其解。

或许，年轻人早已不屑与方寸之间与烟熏火烤、煤灰扑面的生活为伍，没人继承铁匠的衣钵，再也传承不下去？或许，时代发生了变化，铸造和锻打早已被机械化、自动化代替，铁匠铺的生意如同水码头的生意一样江河日下，一去不返了？

那么，阳江十八子的生意为什么又传承了下来，这中间有怎样的密码？

## 4

皮家湾的铁匠铺，叮叮当当的敲打声昼夜不息。炉火通红，映照着皮家湾的半边天。夜行的人望见了这火光，心里便不再害怕（那时农村还很神秘，经常有人疑似见到鬼魂等灵异画面）；特别是冬天，还可以前去烘烘手，暖暖脚。因此，望见铁匠铺，油然而生的是家的温暖！

我那时少不更事，除了冬天烤火，绝大多数时候不喜欢铁匠铺，也不喜欢铁匠这个职业。缘由很浅薄，我认为那活儿又脏又累，永远围着脏脏的围腰；夏天汗流浃背，又热又臭，出门一身灰，扬头一脸尘，永远混不出个人样儿，我怎么与之为伍？

或许很多小伙子、大姑娘也是我这等的想法？不然皮家湾的铁匠铺为什么说没有就没有了呢？

当炉熄灰撤，废弃的炉子被扔在路边，从事了一辈子打铁活计的铁匠们如何栖惶？我确实不得而知，但又完全可以想象！

## 5

由皮家湾铁匠铺衍生的行业，有卖炭的，有挑炭的，有帮锤的，有卖刀剪农具的，有“老起磨”的……那时的皮家湾，真可谓人声鼎沸，商旅不绝啊！

我曾经在铁匠倒出的煤灰里拾过“二煤炭”。那带着温度的、从大量燃尽的煤灰里掏出的些微宝贝，也足够童年的我惊喜好一阵子的！

我父亲为铁匠铺挑过煤炭，帮补着贫穷一家的用度；我母亲也无数次去巴河边为我父亲接过炭，我们兄弟姐妹跟在后面周游山边田角，望断巴河的点点帆影。如今，这些与饥饿一起，已成为对少年的特殊记忆！

上个世纪，乐江年轻一代除了读书、当兵就只有做手艺才更有前途了。所以，乐江的青年，不管是铁匠、木匠、石匠、篾匠、砖匠，大多有一门手艺。而最不上趟的手艺，大约就是“老起磨”了。

“老起磨”是什么？

那是我们三汇的土话，实际上就是磨刀师傅。磨刀磨剪子，补锅补搪瓷缸子补盆子，他们大致上可以一站式解决，也是最不需要文化和技术的活儿，只要心灵手巧就行了。高峰期，乐江村没手艺的人七成在外面“老起磨”。不需要技术，不需要投资，扛着一条板凳就出发。

这些起磨师傅，下到合川、重庆，上到陕西、湖北、河南，可谓浩浩荡荡。开春就出去，年关才回来，挣到几块钱就带回来补贴家用，给婆娘娃儿扯几尺黑白素布或花布，缝几身新衣服，然后满怀喜悦与成就感地盯着自己的婆娘娃儿，充满期待地问："好不好看？"如果能够得到一个肯定，立即眼睛乐得眯成一条线，心满意足了。至于自己在外面经受了多少风吹日晒，寒暑饥饿，从来不提！

我父亲虽然是个石匠，没活做时也偶尔出去"老起磨"。"老"者，三汇话"扛"也！裕被背着杂物，蛇皮口袋垫在肩上，于是上宣汉、万元、汉中，走村串巷，年底方回，掏出一把零钞，于是一家人的柴米油盐就有着落了。那时我懂事早，看着又黑又瘦风尘仆仆的父亲，眼睛总禁不住一阵湿润！

2017 年 1 月 17 日　江苏常州，湖塘

# 辑六　家山遥遥

# 故乡的端阳节

自从离开家以后,我几乎再也不过端阳了。今天逛商场,不期然看到粽子琳琅满目,才知道“岁岁端阳,今又端阳”了。

我的家乡川东三汇镇，端午不叫端午，而叫端阳；端阳也不吃粽子，而吃果子、麻花和馓子。果子当然不是桃、李等水果，而是一种油炸的面食，绵软松泡，咬一口，芳香四溢。那时和面不用苏打粉和大碱，而用老面。老面又叫发面。夏天气温高，头天晚上揉好的面团，次日早上和匀在大盆面里，三两小时后整盆面都已自然发酵，面上全是气泡。

和面的佐料不算讲究，但颇具特色，通常有火葱、韭菜和花椒叶三种。火葱又叫小葱，和韭菜一样，大江南北都吃的。唯独花椒叶，外人未必吃得惯，三汇人却宠爱得宝贝似的。我年少的时候听过一则趣闻：有人给周家的女儿介绍了位男朋友，山那边的，并不了解三汇的饮食风俗。

五月五前来拜端阳，未来的岳父便支使他和自己一起去摘花椒叶。“新客”不知道这花椒叶的用途，便向未来的岳父请教。这周大伯的脾气偏执古怪，一声不吭，回家便把这未来的女婿给炒了。乡邻问其故，周大伯气哼哼地说：“连花椒叶是做什么的都不晓得，太没见识！”闻者全都掩嘴而笑。由此足见花椒叶在三汇人心目中的独特地位。

麻花和馓子是另一种类型的面食。和油果子的酥软恰恰相反，麻花和馓子都奇脆无比，咬在嘴里嘎嘣响。我在异乡也看到卖油果子、麻花及馓子的，但吃的时候都不是我记忆中的味儿。不知是做得不如我故乡的地道，还是我的口味变了。故乡的麦面是新麦磨出的，散发着淡淡的甜味；我们今天吃的是陈年的面。故乡的花椒叶在五月的清晨清香四溢，异乡也是品尝不到的。或许这些都不是，很多时候我们觉得异乡的没有故乡的好，只是一种固执的恋乡癖。

故乡的端阳节，吃的远没有玩的刺激。我小时候最神往的是去看龙舟赛。三汇是渠河、巴河、州河的交汇处，水到三汇自然平。龙舟的起点在塔角子，赛程全是逆水。三汇的健儿在喧天锣鼓中高唱“荷嘴花火红”，龙舟流星一般嗖嗖飞去。

三汇的龙舟赛更别出心裁的是，赛船后还有压轴戏：

捉鸭比赛。这些鸭们平时没下过河，一下河就兴奋得在水里扎猛子。更绝的是这些鸭下水前都灌过少许烧酒，下水后几乎所有的刁劲都被调动起来了，又敏捷又狡猾。几十条龙舟在河里打着旋围剿鸭子，但鸭们却并不惊慌，轻轻松松玩着游戏。通常是龙舟上的小伙子看看船划得离鸭近了，扑通跳下水去，满以为捕鸭如探囊取物，不料鸭子早扎进水里不见了踪影。几分钟后，鸭子又在几米十米远的水上浮出来，气得小伙子哇哇直叫。岸上的人频频喝彩，不知是为鸭们的刁钻还是为小伙子们的身手。

捉鸭比赛是开放型的，岸上船上的人都可下河去捉，交到组委会就可领赏。这一招大大激发了年轻男人的热血，他们大多在水边跃跃欲试，瞅准时机就下水一搏。胆大的姑娘在岸上拍掌欢呼，胆小的姑娘也脸红心跳，秋波暗送，祈愿自己能找个勇敢的“水手”男友。男人们总愿意在女人面前精神些，因此三汇的龙舟和捉鸭赛就被女人们燃烧的目光煮得滚烫。

川东的五月，太阳已经很暴烈了，无论是船上还是岸上的人都被烤得油光水流，但却没有一点慵倦情绪。直到最后一只鸭子扔上船，人们才潮水一样退去。我也往往直到这个时候，才感到回家的路很长，脚有些酸痛了。

# 故乡的中秋

1

没有他乡，就没有故乡。

没有月缺，就没有月圆。

没有分别，就没有团聚。

2

我小时候，中秋的感觉就是糍粑的味道。

秋天了，金灿灿的稻谷已经收割完毕。太阳还是那么暴烈，秋老虎依然把皮肤撕咬得生疼。我们戴着草帽，赤着脚去翻晒稻草。胶鞋是不想穿的，因为汗巴巴的，脚又热又闷又湿。满田的谷桩碉堡一样，如果想不扎脚，就得把它们全部趟倒。

天那么蓝，那么深，那么远。蓝天上飘着懒洋洋的白云，就像懒洋洋的心。

暴雨依然说来就来，所以不是抢谷子就是上草树。能够抢在偏斗雨来之前把谷子收进屋，即使累瘫也值得。否则势必挨父母的臭骂或满怀沮丧。上草树时可以看到山那边的黑云和闪电龙蛇一样蜿蜒。很骇怕它飘到面前，把自己瞬间烧成黑炭；但终究没有，在父亲的暴喝下瞬间集中到扎草树上来。

夜晚的清凉总和月亮相伴。在月亮走我也走的浪漫中，偶尔闻到桂花的清香。那是最享受的秋夜。也是完整属于少年的不被侵犯的世界。

于是我们知道，中秋来了。

川东是粗犷的川东，并不做桂花糕，也不酿桂花酒；偶尔看到卖桂花蜜的，那是有钱人的奢侈，农村人是不敢想的。

那时我们似乎也不吃月饼，更不知道月饼还有如今这么多的花梯。

唯有糍粑，是我关于中秋的记忆，也是中秋的图腾。农村收了酒米（糯米），除了做醪糟、汤圆就是做糍粑。

川东的农村，中秋几乎家家户户都要打糍粑。蒸熟酒米，倒进石槌窝或陶钵，用楼梯竹揣。那糍粑又糯又黏，所以有了川东的一句名言：“猫抓糍粑，脱不了爪爪。”

幼年的我们总是用糍粑团蘸白糖，吃他个十团八团。不像今天 40 岁就成了“糖友”，甜食沾都不敢沾——人类总是得到一些东西就失去另外一些东西，所以必须学会克制。

吃完糍粑，我们就得去晒稻草，挖炕田，摘绿豆。反正不像今天，有国家的法定假日。其实，那时的农村，除了春节，所有国家法定假日都跟我们无关，该干嘛还干嘛。

所以，中秋于我们，只是吃了顿糍粑。

## 3

那时的中秋，也没有团圆的概念，一家人天天呆在一起，鼻子不是鼻子，眼睛不是眼睛。你震我几声，我吼你几句。这就是生活。如果哪天哪个人出门几天，便乐得清净几天。

那时也没有收音机，也没有电视，也看不到中秋晚会，大不了在村头屋角打趣几句。偶尔看到诗书上关于中秋的伤感与怀念，总觉得无比的矫情。没有战乱，谈什么离乱？没有分别，谈什么团聚？天天房前屋后，田边地头，低头不见抬头见；时时五步之内，耳鬓厮磨，面红耳赤，争吵不断。

太阳转了又转。

后来离家谋生了，三五年不曾回家，渐渐开始体味到思念和怀想的味道。

再后来，十年八年，山不转水转；路不转人转，开始

感叹山高水远，故土难离；开始感花伤月，随着潮水和月亮惆怅。

# 直把他乡当故乡

人到中年，还在浪迹天涯，很多人都会有悲凉的感觉。然而我却豪情万丈——好儿女志在四方，哪管什么他乡故乡！

我的叛逆大约是很早就有了。十六七岁开始独出远门，任它艰难困苦，始终像骆驼一样高昂着头。对远方，我有一种痴迷的渴望！

很多春节都在异乡度过。尽管五味俱全，但仍然有滋有味。男人最可悲之处是像女人一样感时伤怀，自怨自艾。男人最可敬之处在于金戈铁马，雄性激荡，纵使千难万阻，也在所不辞！

善于把握命运的人需要韧性，更需要智慧。而生活的智慧就是驱赶悲苦的阴影，让心灵的阳光充满白天和黑夜！

很多文学作品都在描写一些衣锦还乡的人，是多么留恋故乡的山水，是多么不希望自己在异乡漂泊。我觉得真矫情得很！既然故乡那么好，为什么不干脆留在故乡不要走！叶公好龙，大约影射了这种矫情，我觉得非常贴切。既然我们离不开异乡，何不把他乡作故乡！想想我们已经付出了大半辈子的异乡，我们的根已经融进了这里的泥土里；想想已经物是人非的故乡，我们渐行渐远，说实在的，实在不值得过度渲染！

现实的他乡，旧梦里的故乡，虽然始终像阴魂一样缠绕着他乡漂泊的人。但我，仿佛一开始就没有那种客居的感觉。闯荡这个词，往往充满着血性的激荡。只要我能改变命运，处处他乡都是故乡。如果不能改变命运，处处故乡都是他乡。富足而不孝，那是丧德；贫穷而不孝，那是无奈。这个世界能把生死置之度外去帮助父老乡亲，毕竟少而又少。与其无为而老死故乡，不如壮怀激烈客死他乡！更何况今天客死他乡未必就悲凉！

今天的人们把地球称“地球村”了。村东到村西，村北到村南，已经不需经年！如果故乡能滋润你，你可以傲立故乡；如果他乡能成就你，你不妨崛起他乡！

无论你在他乡还是故乡，你最需要的是心灵充满阳光；你最需要的，是让日子激情或温婉地流淌！

# 春梦了无痕

昨晚又做了一个梦，这样的梦已经很久不做了。这样的激情，已经很久不曾有了。

仿佛很大的操场，我跟一个很熟的人聊着什么。我的一个老乡在请客，很大面积地请人吃早餐，但没有我。我忽然很失落。

那些早餐似乎是稀饭，这年头很寻常的东西。似乎只有一种菜，空心菜，这年头再普通不过的一种菜。我弟弟也来了，很大声地说，他已经很久没有吃到这么地道的藤耳菜了。

又有一些人来，大多是我熟悉的。请客的人大声说：“大家可以随便点，我们有稀饭，也有面条！”于是，我发现一个大嫂在操场中央的灶台上烧水下面。

我忽然抛掉我的矜持，高声说：“我要吃面条，请帮我多下点！”那一刻，我忽然忘记了没有人请我。

放电影似的，我的梦转换了一个场景：我儿时的伙伴出现了。我们似乎很默契，要在一起表演节目。节目其实很简单，我们两个人扮一匹马，我做马头，他做马尾。我们在操场上奔跑，飞快的速度。边走我边喊：“炒米糖开水，初本面糖！”

我并不知道什么叫初本面糖，仿佛是江津一带一种小吃，仿佛是某部电影里的台词。看那部电影的时候，我并没弄懂那句台词，但那句小贩叫卖的声音却深深印在我记忆里。很多年了，冷不丁就会跳出来。

我不顾一切的叫卖表演在操场上回荡，天地间只有我的声音。我们俩扮演的马不顾一切地奔跑着，不时冲撞了一些行人，他们有些人会心地微笑，有些人仿佛受了惊吓，但很快似乎明白了是怎么回事，于是依然微笑。甚至有一个女孩，朝我意味深长地挥挥手绢。

我的表演欲望霎时更加高涨。我对我童年的伙伴说：“我们联合起来唱首歌吧。就是那首：正月是新年罗伊儿呀儿哟，妹娃子要过河，哪个来推我！”哦，就是那首傻傻的《龙船调》。

似乎是我跟伙伴要求，让他唱男声，我唱女声。想当年，我反串女声那可是远近闻名的。我的伙伴同意了，然而我的嗓子却很干涩，似乎唱不上去了。

就在这时，我醒了。我醒了，梦境却历历在目。窗外是广州大道南稀疏的车声，外面起着很大的风。我突然记起来，我这个伙伴，我已经很多年不曾联系，也很多年不曾梦见了。但在儿时，我、他、我弟弟，我们形影不离。后来，小学毕业，他没升上初中，我们渐渐疏远了。

中学时代，我似乎写了篇文章，叫《童年往事》，回忆我们小时候的故事，那文章后来也遗失了。但文章中引用的几句歌词，至今难忘：春风吹来野花香，霜摇落枝上，鸟鸣花香湿衣裳，思念我家乡，思念我家乡……

今夜在广州上冲这个小村，做这样一个梦，我并未泪湿青衫。它似乎提醒我，血管里我并不是稳如泰山的，我的表演欲望其实很强烈。我的梦想并没有湮灭。这对一个年近中年的男人意味着什么？

2007 年 10 月 14 日凌晨 4 时　上冲

# 辑七　三汇美食

# 心肺汤圆

## 1

三汇的各种名小吃中，心肺汤圆有着不可撼动的重要地位。甚至有人断言，只有心肺汤圆才是独一无二的三汇小吃。

这有点儿让我惴惴不安。因为截止于今年八月之前，我确实没有吃过我们三汇的心肺汤圆。

因此借这次三汇文友相聚的机会，我决心无论如何也要吃一次三汇的心肺汤圆。前两年回老家时也曾下过类似的决心，但因为春节期间回家的游子太多，要排很长的队，我又一贯没有耐心，所以临阵脱逃还是作罢了。

我想，这次决不能再错失良机，更不能半途而废。

## 2

猪肺，在大多数人的心目中，绝算不得什么上好食材。

即使是三汇民间，传统的食材排位也应该是：牛肝马肺猪大肠。以至于四川的夫妻肺片，并不是猪肺做的。

牛肝、猪肝原本处于一个层次，但因为之前三汇牛少.是以吃猪肉为主。因此物以稀为贵，牛肝就排前面了。

马肺也基本如此。三汇几乎很少人养马，心肺主要以猪肺为主，马肺就是稀罕玩意儿了，很多人一生也未吃过。

猪大肠是易得食材，三汇人情有独钟。《屠夫状元》里有句经典台词："跟着状元当娘子，跟着屠夫理肠子。"大致可以概括猪大肠的重要性和普及性。

三汇人对猪大肠的吃法也颇为讲究：有粉蒸、有炖汤、有爆炒，还有卤水……几十种吃法，待以后有时间了我再跟大家详解。

三汇多数人对猪心肺也不大待见，大致认为心肺是空气的过滤器，细菌储存量大，容易致病，所以敬而远之，属于乞丐饮食，不得已而食之。

三汇人吃猪肺，必是洗之又洗，然后爆炒，或烟熏火燎，做凉菜。而广东人则用猪肺煲汤，著名的如"川贝炖白肺"，作为润肺靓汤，还是深得人心的。吃甚补甚，广东人把猪肺也上升到了极致。不过，川贝炖白肺在四川反而少见，三汇更是没见过。

## 3

三汇的心肺汤圆是如何来的？又如何赢得了那么多人的青睐？

我说不清楚这个典故。我唯一能说清的是我的味蕾。

8月14日那天，我和王忠英老师、张成芳、我女儿黄嫣然起了个大早，从渠县打车到三汇，去后街吃杨记心肺汤圆。

那是昨晚就约好的，我们今天志在必得。

杨记心肺汤圆与三汇大多数小食店一样，很小，只有几张桌子。大约因为是周一吧，食客不算太多，我们很顺利地霸占到了一张桌子。我们每人要了一碗心肺汤圆，我还加了一碗三汇小面——足见我一回到三汇，就是多么贪婪！

那三汇的心肺汤圆并不大，可用小巧玲珑来形容；皮薄但柔韧，绝不会有破皮露馅担忧；那心肺馅不腻不腥，入口有一股特有的清香，堪称工艺卓绝，口感卓绝。

那大汤圆小汤圆在一个碗里错落有致，一点不显杂乱，反而有一种和谐的美，给人视觉以享受，让人一看便想生吞活剥了它。

那汤更是清润多变，让人边吹边喝还咂舌。汤有只加姜丝葱花的，也有姜丝葱花加青花椒的，但三汇人顿顿离不开的辣椒，这里反而不曾有见。前者适应南来北往客，后者则似乎是为三汇人量身打造的。那青花椒汤，既有一股清奇，又有一股戾气，喝完更有回味顺肠胃升腾，好不受活！

所以，王忠英老师边吃边赞叹，害得周边几桌也受到感染，有的极快狼吞虎咽，有的则更加细嚼慢咽。一碗汤呼尔呼尔喝下去，王老师有赞，心肺汤圆，就是这汤最为有味儿！

## 4

三汇的心肺汤圆有很多家，各家有各家味道，各家有各家秘诀。比如李记心肺汤圆，就上了舌尖上的中国，在三汇似乎更有名气。

如此散落千家万户，才让心肺汤圆传承千年。

听说三汇心肺汤圆选材严苛，工艺复杂，仅除腥一项，就各有各的绝招，我等实在无法想象，只能坐享口福了。至于坊间的各个食谱和秘方，很多要么平庸，要么缺乏常识，在三汇人那里便不值一哂了。

心肺汤圆跟盐锅盔、小面、凉粉、豆腐血旺等一样，都是民间美食，有很大的平民化倾向。始于偶然，精于食肆，散于民间。据说心肺汤圆一开始就是因为船工们老想吃肉，但又收入微薄，只能选猪内脏和下水解馋。但这些东西都需要极好的清洗耐心并用特殊工艺去腥除味，于是经久摸索，便形成了独特的饮食工艺。

心肺汤圆，是三汇人民饮食智慧的结晶。这也是三汇必将成为世界吃货天堂的渊源和未来神示。

2017 年 8 月 31 日，于江西赣州

# 地木耳往事

雨后总有许多好玩的事，拾地木耳就是其中一件。

地木耳，我们那儿的人都叫它“地母儿”，听起来有种很亲切的味儿。暴晒了很多时日的大地，地木耳捉迷藏似地隐匿了，连影儿也见不着。但只要下一场透雨，就会像蘑菇一样齐刷刷冒出来，又黑又嫩，闪着幽幽的光。

清晨，天刚蒙蒙亮的时候，黄泥梁、矮婆湾、木耳山，到处是星星点点拾地木耳的人。他们大多是小孩、妇女和老人，挎了篼斗，呼朋结伴，像群叽叽喳喳的鸟搅扰着野地的宁静。

我那时掌握着哪儿的地木耳又肥又多的秘密，但我却不愿独自前去拾取。我非常喜欢热闹，觉得孤独和冷清简直不可以忍受。但我也不是和谁在一起都能感到愉悦，常只邀约三两个知己结伴，共同分享发现新大陆的成就感。

我的同伴常常是弟弟和兴国。我是不屑于去肖家林坝拾地木耳的，那里是我和我的小伙伴放牛的地方，几乎每张地木耳都沾染了牛粪的味道。我们只捡拾那些裸露鹅卵石上或黄泥埂上的地木耳，干净而张扬，像一个个天生丽质的少女。

为了寻找我们认同的宝贝，我们总是要走很多的路。赤着脚，风雨兼程，我们似乎为某种信念陶醉着。我知道地木耳出现的地方必然是田边，地角或水草丰茂的草坪，因此我们总能拾到大筐的地木耳。每到一个陌生的地方，我总是在感到非常新奇和兴奋。我们把一张张漂亮的地木耳扔进筐里，发出大声的惊叹，仿佛我们发现了宝藏。

中午回到家里，肚子非常饿。接过母亲递过来的稀饭，三口两口地喝下去，然后倒头便睡，直到掌灯时分，被父亲从被窝里拎出来，才知道该吃晚饭了。看着父亲大筷小筷地吃着地木耳，我带着研究的表情问他味道怎样。父亲漫不经心地回道："嗯，不错。"我不依不饶："怎么个不错法嘛！"父亲皱着眉头盯我很久，似乎在怀疑我是否有毛病。我却一点儿也不示弱。还是母亲会意，抚摸着我的头说："我儿子采的地木耳味道怎能不美呢？"父亲一怔，开怀大笑。我的脸却羞红了。

只要下了透雨，我们依然去拾地木耳，依然走很远的路。有一天，奶奶拉着我的手说："走那么远干吗呢？没有牛屎羊屎，地怎么肥沃？地不肥沃，怎么生青草？不生青草，又怎么生地木耳？”我觉得奶奶的话很荒谬，一甩手不予理睬。我依然痴迷于和伙伴们远征坡坡坎坎，去寻找我们自认为洁净的地木耳。直到有一天，我发现我拾过地木耳的地方结了一层干粪壳，才相信奶奶的话不是虚言。那一刻，我真是沮丧极了。

从此，我不再热衷于远行去拾地木耳了。就像多年后我总嫌父亲洗锅洗菜马虎，父亲却笑呵呵地说：“无论怎样，我都比经你常吃的餐馆弄得干净！”我当时也不相信，总觉得父亲是在唬弄我，但待我偷偷潜进餐馆的厨房去看了一回，就也信了。岂止是不如父亲做得干净，简直就令人要把那些吃进的美味全都吐出来。我再出去拾地木耳，就只往熟知的地方转，只捡那些鹅卵石堆上、崖边牛羊去不到的地方的地木耳拾。当然，拾到篮里的地木耳也就越来越少了。

2001 年 7 月 28 日　深圳　沙井坐岗

# 楼梯竹与揣糍粑

## 1

楼梯竹为何物？

有人叫它芦竹，有人叫它江苇，有人又称它旱地芦苇。

楼梯竹具有发达的根系，竹干不算粗大，但直立；高只有3~6米，但非常柔韧。

楼梯竹花如巨大的麦芒，远远望去，如苇花一样随风摇荡。

在我的故乡三汇，这是一种非常美丽的植物。

楼梯竹可以做管制乐器的簧片。我年少的记忆中，父亲就用它做竹笛的笛膜。

据说楼梯竹的幼嫩枝叶粗蛋白质达12%以上，是牲畜的良好青饲料。

## 2

三汇人揣糍粑为什么要用楼梯竹？

好像从来没有人去研究过，可能只是一种约定俗成的做法。

在我看来，楼梯竹自有它的妙处。楼梯竹温润、柔韧，不易破裂和折断，揣糍粑时很经揣。我看到，很多时候，揣糍粑的都是各家的男人，两三根楼梯竹同时放进陶钵里揣。揣得兴起，让陶钵跳舞一样颠簸、移动，可以把大团糍粑扯到半空再放回钵里。而那新鲜、苍翠的楼梯竹，虽弯不折，带着糍粑旋转，并迅速恢复到它本来的形状，闪着翡翠般欲滴的嫩光。

楼梯竹的竹节肥厚柔韧，竹干匀称柔滑，不管揣糍粑的人怎么揣，竹节都不会贯通，手都不会打茧，真是天然好物什！而且，楼梯竹揣出的糍粑，充满楼梯竹诱人的清香！

## 3

糍粑并不是三汇人所独有，但三汇的糍粑自有独到之处。

三汇人大抵只在三种情况下揣糍粑，八月十五，春节，家里办喜酒。

金秋8月，秋收已经结束了。在万家团聚时节，三汇人拿出当年产的酒米（糯米），先泡后撩再蒸熟，洗干净擂窝。又糯又香的糯米饭在槌窝里热气腾腾，精壮汉子把两根碧绿、苍翠的楼梯竹插入陶钵，如捣蒜一般揣起来。

揣糍粑是个力气活，不一会儿，主揣手豆大的汗珠就冒了出来。精壮汉子用毛巾抹把汗，继续翻江倒海，大肆彰显川东男人的力量。大颗长条或浑圆的酒米在精壮汉子的揣动下慢慢支离破碎，向酱汁般的面团靠近。上揣、下揣、左揣、右揣，颗粒状的酒米饭渐渐融为一体。精壮汉子再不断上下、左右翻动，把没有揣到的地方全部揣到，就像侍弄自己的女人一样。为了揣得更圆满，精壮汉子还要用两根楼梯竹把糍粑挑起来看成色，不行再继续揣。

于是这揣糍粑，不仅是一件力气活，而且还是一件艺术活。家里有男人在，女人一般是不亲自揣糍粑的，最多只是觉得好玩象征性地揣几下。家里如果儿子长大成材了，老人也是不亲自动手揣糍粑的，最多只是在旁边做做技术指导。

糍粑揣好了，三汇人用手扯成团，薄薄地裹层炒香的豌豆面，蘸着白糖或白糖化成的蜜汁开始品尝。困难年代，大人孩子一顿吃十坨八坨也没问题，只不过如今可能很少能吃三坨以上的了。

于是，剩下的，就是把糍粑做成脸盆或筛子大小的圆饼，晒干之后油炸或煎炒。这就是嘎嘣脆、口舌生香的糍粑块。

糍粑块在全国大抵都能买到,但不可能买到三汇产的。这是我经常感到遗憾的地方。

## 4

我的记忆里，我似乎从来没有揣过糍粑，然而经常看着乡人揣。异乡拼搏的岁月里，每到八月十五，我便想起故乡揣糍粑的情景,想起那些人和事,常忍俊不禁笑出声来。

常常回想起我精心栽种的楼梯竹，那茂盛的叶，那光滑的杆，那清甜的汁液。不知不觉间，我突然发现我家的楼梯竹已经消失多年了。去年去汇东访亲走友，看到大片楼梯竹，很是惊异，当即用手机拍了下来。于是，关于中秋，关于楼梯竹，关于糍粑，关于方言，便全部复活起来。本来当时就想把我这些零零散散的感想记录下来，不想一拖再拖，始终未付诸笔端。直到今年中秋节前，才硬是被我憋了出来。

是为此文。

2017 年 10 月 3 日　草于江门帕加图

# 陆月陆，地瓜熟

1

我的故乡三汇，六是不读 liu（六）的，而读 lu（陆）。

我这里所说的地瓜，第一不是红薯，第二不是白薯，而是一种野生的藤结出的野果。这种果，农历六月熟，因此就有了三汇民谚：陆月陆，地瓜熟。

2

地瓜一般生在崖坎上，阳光越好，地瓜越甜。

地瓜这是个奇特的尤物，醪糟汤圆大小，背面连着藤，正面结着个肚脐眼，圆鼓鼓的，里面布芝麻大的籽儿。如果没成熟，青涩而坚硬；如果成熟了，就像喝醉了酒的山楂，柔软而沙甜。

但地瓜也不能熟得太过，否则要么被鸟雀、蚂蚁吃了，要么腐烂了。

我们通常是寻找八成熟的地瓜吃，如果有九成熟而没被破坏，那就算是捡到宝了。

## 3

地瓜当然不能当饭吃，但可以解饥、解馋，是食物匮乏年代的最好补充。

当然，今天如果我们再去摘地瓜，那就是一种野趣了。

而对于童年的我们来说，那是一个吃和玩的小天地。

我那时还有发痴的一面。我很喜欢鸟。喜欢看鸟，更喜欢捉鸟。把鸟据为已有，是童年的我最大的占有欲。曾经至少两次，我因为捉鸟，摔断了胳膊。还有一次，我发现一只翠鸟钻进了我家屋后的土崖，结果被我堵在里面。我用锄头挖进去，把翠鸟捉了出来。我本来希望好好把它养起来，结果后来弄飞了，硬是惆怅了半个月。那半个月，我像丢了魂一样，饭吃不香，觉睡不沉。

土崖上的地瓜是小鸟们的天然粮食。这些小鸟有画眉、有跳雀，还有古雀和干白隼。我就在阳光下如痴如醉看着小鸟们在崖上觅食地瓜，感觉到无上的满足，虽然咽着口水，但始终不想惊扰它们。

这是我以后文字变得有趣儿的一个意外来源。

## 4

寻找地瓜儿是斗智斗勇的事。因为地瓜苗长在高高的崖坎上，下面光秃秃的石壁很多人攀不上，上面看着深深的崖底更会晕眩。因此，经验丰富的中老年妇女是不敢去的，胆小的孩子也是不敢去的。低矮处的崖坎上当然也有地瓜，但要么不熟，要么被虫壳蚂蚁啃食过了。因此，只有像我这样勇敢，而且有着高超攀岩技术的孩子才能上去。

当一手攀着岩，一手扒出地瓜塞在嘴里品咂时，自豪油然而生。霎时明白了，只有勇猛而又技艺高强的人，才能食得头啖果。看着底下羡煞一地的男女小伙伴，更是陶然自得。我便坏坏地逗下面的小女孩：“叫哥哥，就把地瓜丢给你们！”小女孩们则雏鸟一样左一个“哥”右一个“哥”，叫得我心花怒放！

当我把一把把地瓜抛在地上，让小伙伴往来抢夺，成就感迎风飞扬。那时开始领悟，分享收获也是一种快乐！

把熟的地瓜分完，扯藤掩饰好（免得别的熊孩子坏了我们的好事），猴子一般溜下来。过几天，等生地瓜熟了，我们再上去继续享受美味。

整个六月，在桐子清得流油时，在八角钉露出峥嵘时，当画眉展开如花小翅膀时，地瓜伴随着我们纯真的童年，青涩的少年，勃发的青年！

2017年7月27日　江门外海

# 清明粑

我记忆中故乡的清明节多数是晴朗的。

忽一日的午后，野地里噼里啪拉的鞭炮声此起彼伏，我们便知道是清明节来了。出去放牛或割草，见那些坟头的杂草已铲去，培上了新新的土，空气中夹杂着些火药纸屑的香味，红的黄的坟签像鲜花隐隐约约地开放。这些，总令我有莫名的新奇和神秘的畏惧，但唯一不懂得怀念。

清明节于我，是个非常美好的节日。天气渐渐暖和起来，青蛙的歌声昼夜不息。老农们高高地挽起裤管，赶着牛，扶了犁，“扑通扑通”下到田里，高一声低一声的吆喝能唤醒冬眠的虫。谷种发芽了，父亲把冬水田分厢，擀得镜一样平。谷种迎风，雨一样飘进了田里。

我们小孩横挎了竹筐，赤着脚，去田野寻找星星点点的清明菜。那些清明菜白白胖胖的，有的还开出淡黄的花，老远就能闻到诱人的清香。我们用指尖把它掐下来，一朵一朵地装进筐里。这时，我们眼前总浮现出一块块香喷喷的清明粑。

父亲把播剩的谷种带回家来，喂水磨成浆；母亲把清明菜洗尽剁碎，混进谷面里。我们一家人围着土灶边烙边吃，沁甜芳香的味儿随炊烟袅袅升起。

后来，我进城工作了。但不知为什么，每到清明节，我总要回故乡去一趟，看着田野里一星一星冒出的清明菜，我那些莫名的有关故乡的怅惘就会得到熨贴。我问母亲要清明粑吃，母亲淡淡地说：“现在谁还时兴吃这个！”但经不住我的软磨硬缠，母亲于是和我去到田野里，拔那些胖胖短短的清明菜。

田野里非常寂静，童年的小伙伴早不知到哪里去了。油菜花燃烧着金黄金黄的火焰，一只只蜜蜂在花间辛勤地来来回回，田边地角暗白的胡豆花、紫色的豌豆花静静地妆扮着这个季节。不经意地，我就看见了母亲头上的白发，正午的阳光下雪一样耀眼。顷刻，眼前的美丽摇摇晃晃，渐渐支离破碎。我牵着母亲的衣角说：“妈，我不吃清明粑了，我们回去吧！”母亲慈祥地望着我，叹口气：“你们城里人啊……”我知道母亲没说出的后半句是“就喜欢心血来潮”，但我仍然苦笑了。我什么时候就成为城里人了？的确，我是概念上的城里人了，但我何时断过乡下的根？

挽着母亲的手，我总是不停地回头，看那些隐没在绿色海洋里布丁似的开着淡淡黄花的清明菜。日子的轮回里，我仿佛失去的越来越多，也不知这是清醒还是幻觉？

# 三汇水八块

## 1

三汇水八块应该是三汇最出名的美食，因为已经被列人“非物质文化遗产”；又因为是以鸡为原料，所以偶尔也有人叫它“鸡八块”。

水八块是怎么叫起来的？我一直“蒙擦擦”。或许是指把鸡大卸八块？

三汇确实有太多解不开的谜。这也是我时常为三汇感到遗憾的地方。因为缺少自己的典故专家。

我曾经说过，一个地方如果没有著作等身的文人，就没有人文史；更没有文字沉淀，就没有千古流芳的故事与传奇。

这也是我创办“三汇文学”的初衷之一。

## 2

三汇的水八块出名，这在整个川东是毋庸置疑的事。

而三汇最出名的“水八块”是“太太水八块”

“太太水八块”是我学妹张文创立的品牌，我有幸前两年回去时受她邀请前去品尝过。确实辣甜脆香嫩，回味悠长。

当然，太太水八块已不仅限于“鸡八块”，已经成为一个菜系。比如还有：铁罐焖肉、青菜滑肉、豌豆面糊、鲜花烹黑鸡蛋、特色黑鸡脚、醋焖黑鸡等自创或三汇流传已久的传统菜式。

我学妹的太太水八块，而今已是名扬全国的三汇名吃店了。

## 3

据行家把式说，三汇水八块，是精选三汇本土农家散养的土公鸡，经煮好、凉干后，用刀把鸡的各个部位分解后开成片，以地方祖传独特佐料，做成集“辣、麻、鲜、香”于一体的鸡块，食之麻辣可口，回味无穷。

也有人说三汇水八块可以归为棒棒鸡一类，乃棒棒鸡中的经典，给人麻辣爽到底的全新感觉。我并不十分认同。水八块就是水八块，是三汇这方水土浓缩的精华，是三汇传统美食经过千年沉淀的结晶，也是一代代民间厨神与吃货长期摸索与改进的结果。

## 4

水八块在三汇随处可见，有店里卖的，也有摊上卖的，更多的散落在千家万户的厨房里。三汇人勤劳贤惠，心灵手巧，男女大都擅长厨艺。至于小小水八块，几乎家家主男主妇手到擒来。

我的好友兼兄弟张黔，就是做水八块的高手。

他用火眼金睛挑选上好的土鸡，太肥不行，太瘦也不行，肉不紧更不行。文火煮至七成熟，微凉，干了水气，用快刀把鸡的各个部位分解开来，切成厚薄不一的片。自己用辣椒、花椒、姜葱、红油调制佐料，精心凉拌，少顷，集“辣、麻、鲜、香”的水八块就清清爽爽上桌了。一家老小，风卷残云，很快一扫而空。虽然有人辣得咝咝叫唤，然而依然无人罢嘴。

## 5

“三汇水八块”历史悠久，几乎是每家每户逢年过节必备的一道凉菜。

上了年纪的人说，吃三汇“水八块”有三重境界，初级阶段是吃味儿，中级阶段是吃鸡的部位，高级阶段是吃感觉。或许，只有美食家才有这样的体验。我等吃货，多数时候就是吃的一个味儿而已！

然而水八块毕竟脱离不了水，这才是它的魂。饮三汇露水长大的土鸡，杀时得水烫，洗时得水洗，煮时得水煨，拌时得水凉，吃时得蘸水（调出的料汁）。

水八块是因为三汇水而芳香四溢，三汇人是因为三汇水而灵气四溢，而情深义重，多么令人心动的一方热土！孤帆远影碧空尽，唯见渠江天际流！

2017年7月31日　中山同一工业园

# 三汇小面

1

一个学妹看到我写的《三汇凉粉》之后留言："我挺怀恋三汇的小面，不知道还有当年的味道没？"

于是我突发奇想：写写三汇的小面。

2

我想告诉我的学妹，三汇的小面味道肯定没变，因为那一方水土还养育着那一方人；那面还是那面，那配料还是那配料，那火候还是那火候，三江水还是那三江水。

我想告诉我的学妹，三汇的小面味道肯定变了，因为当年的店已经很多没有了，当年的人也已经很多没有了，当年的味儿自然也就没有了。

3

三汇的面，大致分为包面与切面。

包面，成都叫抄手，广东、福建叫云吞，北方叫馄饨。我年少时，肉类奇缺，包面只能沾点肉气，绝对不带肉沫。三汇不像成都，连抄手也有龙抄手这样的名小吃，三汇的包面也只能统称包面罢了。

切面就是小面。三汇人说，来二两小面，一般是指二两素面。因此，你去下馆子，要么包面，要么小面，要么肉丝面，大致是上个世纪六七十年代的普遍选择。吃个包面或肉丝面，已经是很体面的人的选择了。

不像今天，天天吃肉都吃不出肉味儿了。一般来说，今天稍微体面的人，都支持素面；万一点了肉丝面，总把肉丝挑出来放桌上，让服务员当垃圾清扫。

## 4

我在外地吃面，最不喜欢的就是“千人一面”。由于面店老板怕麻烦，或为了定型、简单、量产，清一色圆筒筒面，像棍子一样。不管是成都、重庆还是武汉，都一个模子出来。特别是武汉热干面，虽然很有名，我吃了胃痛，敬而远之。成都和重庆稍有选择余地，但也很多店没有选择。

中山古镇的两个店，杨姐小面与朝天门小面，基本也是如出一辙。我有时抗议或建议，但建议、抗议无效，人家老板振振有词，众口难调，照顾不到那么多。有时我很生气，走到他们门口折转，发狠不吃他们这些店家的面！

所以很多时候我更怀念三汇的小面。

三汇的切面有宽刀子和细刀子（又叫窄刀子或窄叶子），老少爷们，老太大婶姑娘们，可以按照各自的喜好选择。一般来说，粗犷的吃宽刀子面，斯文的吃窄刀子面。因此，三汇爱吃面的男人女人千姿百态，个性鲜明。

三汇的面分干面和湿面，想吃干面老板给你下干面（挂面），要吃湿面老板给你下湿面。老板一般不怕麻烦。三汇人说，当宽面吃了，一般是指别人挖苦你，你没听懂，或听懂了装不懂，懒得计较。

三汇的面分碱面和不放碱的面。碱面一般是喜欢吃起来更香的人专享，体质差或生病的人就绝对不能吃碱面，你可以事前给面店老板打个招呼，就保证能随心所欲吃到你想吃的面。

三汇的面还分清汤与红汤。红汤，当然是指带辣椒花椒五香等调料的；清汤则除了油盐什么都不放。假若吃了红汤面辣倒了或口渴，你可以要碗清汤漱口或清胃，三汇老板绝对很耐烦。

这几年，三汇的面也开始有牛肉、羊肉、肥肠、鸡肉等选择了，不过我年少时确实见不到这些美味。

## 5

三汇的面店，由于岁月久远，我已记不得有多少家了，也记不得它们的名字。似乎有和平面馆、群众面馆之类的名称。记忆最深刻的，似乎河街上有三家，英明街有几家。我去得最多的，应该是龙源宾馆斜对面那家，门面不大，就两三桌，老锅老灶，老桌子老板凳，主营包子、面条和稀饭。他家的包子分荤素，辣的不辣的，多汁，肉呈颗粒状，皮薄馅美，咬一口满嘴生香。每当赶场，能够吃上他家的包子，是一种巨大的满足。而他家的面条，新鲜，调料精而劲道足，汤和面的颜色艳丽脱俗，又清爽宜人，浑然天成。食客往往端起碗呼啦啦一气呵成，连汤水也不想留下。

年少时家贫，我上馆子的时候少，仅有的一两次，就这样印象深刻。最近几年回去，有机会时常上馆子解馋，但这家主人已经换了，说是为了孩子读大学，去了成都发展。了解内情的人说，店家那些年还是赚到了钱的，不然哪里能去成都供子女上学并买房？

新主人怕麻烦，包子也不大卖了，但面的味道倒还可以。

我只遗憾我的麻辣包子美味，是再也吃不上嘴了。

另三家，一家在龙源隔壁，很多年前已经不开了，现在是卖衣服的铺面；一家在邮局斜对面，老镇政府门口，据说改造时店家花了大价钱盘下的；一家在派出所斜对面，至今还在经营，而且生意数十年如一日地不错。

三汇的面店，包子、馒头、油果子、稀饭都卖，但主要还是卖面条为主，大多是百年老店。一碗面能卖一百年，要经历多少风雨，多少坎坷，看惯多少悲欢离合，见证多少世道人心，演绎多少岁月沉浮？

一碗老面就是剪不断的日子，一个面店就是一株岁月的树——老面树！

2017 年 7 月 27 日　古镇华艺，维也纳

# 三汇盐锅盔

## 1

曾经在高年级学长的中学课本里读过一篇文章《黄桥烧饼》，写1940年黄桥战役打响之后，当地群众冒着敌人炮火把烧饼送到新四军前线的故事。文章写得非常生动，很感人，也让人对烧饼垂涎欲滴。及至我上中学时，这篇文章已经没有收录了。但我对《黄桥烧饼》这篇文章却一直记忆深刻。

当然，让我垂涎欲滴的联想对象是三汇盐锅盔。

这让我也对三汇的烧饼——盐锅盔更加自豪和热爱。

## 2

曾经有相当长一段时期，盐锅盔是三汇人出行办事时的主食。那时，赶场、挑力、做小生意的人，要么自己烤好一个饭团放在口袋里当午餐，要么买两个烧饼充饥。勤劳而极富创造力的三汇人，盐锅盔就是平民智慧的伟大结晶：外面焦黄香脆，里面肥厚绵软，椒盐均匀裹在里面，咸香麻辣兼具。既不像山东煎饼那样坚硬寡淡，又不像葱油饼那般绵软油腻。它秀外而慧中，价廉而味美，是典型的平民美食。我小时候，盐锅盔最初 5 分钱一个，后来 7 分钱一个，再后来 1 毛钱一个，而今也只需 2.5 元 ~3 元一个。

二十世纪六七十年代，上街吃碗小面是乡下人的奢侈，只能买个盐锅盔喝杯薄荷糖精凉水。而留守在家里的孩子们，眼巴巴盼大人赶场回来带根油条或盐锅盔，已是天大的赏赐了。夏天，那盐锅盔回来自然带着阳光的热度，热辣可口；冬天，带回的盐锅盔虽然已经冰冷了，但掰一小块儿放在嘴里慢慢咀嚼，依然咸辣有度，其乐无穷，回味无穷。

那年头，盐锅盔确实是一代三汇孩子的美好记忆。

## 3

盐锅盔的多元化，是最近十来年的事。最初的盐锅盔，只是里面裹了椒盐的干饼子，最多也就是划开包个凉粉而已。

而今，有牛肉末的、有鲜肉的、有腊肉的……可谓应有尽有了。

今天的盐锅盔，早已经过了充饥时代，而进入了吃味时代。因此，卖相、用料、做工都变得考究起来。

虽然三汇的年轻人在外打拼的越来越多，三汇的盐锅盔摊却非但没有减少，反而渐渐多起来。因为三汇的盐锅盔越来越出名，连央视舌尖上的中国都来采访过了。达州、成都、重庆、北京的食客慕名而来，为的是站在街边或坐在板凳上品尝一下鲜美的盐锅盔包凉粉，末了再打包几个去乘坐飞机或高铁。如今，带上三汇盐锅盔打“飞的”，绝不是什么天外神话。

## 4

三汇的盐锅盔不乏百年老字号。曾祖父传给爷爷辈，爷爷辈传给父亲辈，父亲辈传给儿子辈，儿子辈传给孙子辈……

代代相传的三汇盐锅盔，总体上保持了传统的椒盐为主打佐料，外脆内柔中香的特色，但随着岁月流逝，在传承中也糅合了更多创新工艺。

我幺爸的“黄告花儿盐锅盔”就是传承中创新的典范。我幺爸的盐锅盔摊在三汇的历史不算长，应该不到30年吧？地点也从石盘上船码头一路上行，最终在镇一小对门稳定下来。我幺爸心灵手巧，盐锅盔在擀面杖下出粗坯，在铁板上成雏形，在炉火中膨大，隆圆，钳子饼上戳个方孔，二度回炉，翻转，几分钟后香喷喷的盐锅盔就摆在簸箕里了。路人在三五十米以外也能闻到盐锅盔的独特香味。

顾客们闻香而至，多数时候排着长队。而我幺爸以轻松的神态，轻快的手法，迅速满足顾客的味蕾。他经常如沐春风地来一句："别慌，一会儿就好了！"这是顾客听到的最美妙的音乐。

我多次品尝过我幺爸的盐锅盔，特别是腊肉和牛肉末的，当真怎一个鲜字了得！那腊肉，虽然肥肉居多，但肥而不腻；满口流油，但油而不腻，满口留香；辣椒、花椒、榨菜、香菜、芝麻奇异组合在一起，似乎要打开24种味蕾，所有美好的触觉都苏醒；那牛肉末，初时以为干涩糙辣，不敢咀嚼，其实通过高温高湿，牛肉末得以汽化，温润得当，香辣可口，比那康师傅牛肉面的牛肉末味道，何止好上千百倍，当真让人拒绝不得！

## 5

三汇盐锅盔是一种美食，就像鸦片和女人一样，只要沾染了就一辈子休想断念。

三汇盐锅盔是一种特色，离开川东就没有那种味道了。或许，三汇盐锅盔吃的就是这一方水土！

三汇盐锅盔是一种传统，就像十年八年，千里万里，断不了根的故乡。

三汇盐锅盔是一种创新，总跟随着潮流和口味的变化，就像渠江水，日夜奔流，河还是那条河，水已不是那个水了。但盐锅盔随着飞机、高铁、顺丰快递飞向四面八方，传递得更多的是对三汇的念想；游子品尝更深的，其实是乡恋！

2017年8月4日　江西南康

# 沙湾羊肉

## 1

我童年的记忆里，沙湾羊肉蒸笼应该是一款很有历史的三汇美食。

从号房或火柴厂过河，都要经过沙湾的百十步青石板阶梯。沙湾羊肉最初就在石梯左边的半腰上，不大的店，小小的几张桌子，门口放着几层精巧的蒸笼。

现在回想起来，三汇的美食店大多是“袖珍食府”。基本上，面积都很小，很少的几张桌子，很古老的桌椅板凳，黝黑发亮；谈不上任何装修，灯光永远是暗暗的。像平娃、金座这样的高档饭店，大致是最近十年才出现的。

当然，即使是平娃或金座，跟大城市饭店的规模和档次比起来，也相去甚远。

更令人匪夷所思的是，虽然三汇的高端食府已经现身N年，但丝毫没有影响三汇人的消费理念，除了结婚、办寿这样大规模宴请亲朋好友的喜事，三汇人一般还是去小食店大快朵颐。因此，空间狭小、装修简陋，丝毫不影响三汇人的食欲和兴致。

## 2

那时，沙湾羊肉的蒸笼大致像今天我们看到的小笼包蒸笼那么大。

那些年我经常很好奇，这样的蒸笼，一个人究竟要吃几笼才够？

当然，我那时还没有财力去品尝羊肉蒸笼——哪怕我中学毕业之后，沙湾羊肉也不过才三块或五块钱一笼。但那时的三块五块钱，对于一个没有收入的农村青年来说，确实堪称天文数字。因此，关于沙湾羊肉蒸笼的美味，我那时便只能是想想而已；抑或，只能远远地，闻闻香味而已。

多数三汇人，其实是不喜欢吃羊肉的。因为他们不习惯了羊肉的膻味。虽然北方人闻着羊肉就馋涎欲滴，但三汇很多人都掩鼻而过。当然，时至今日，这种疏离或厌恶羊肉的人的比例有所下降，但依然有相当一部分人吃不了或不屑于吃羊肉。

而我的胃，似乎天生就是为美食而生的，因此不能吃的东西甚少；对羊肉，更有特殊偏好。

所以那时，我是多么希望能亲手揭开羊肉蒸笼，闻一闻味道，亲口品尝一下粉蒸羊肉。

然而，直至外出闯荡世界，我的整个青少年时期，确实没有这种机会！

因此，沙湾羊肉，那时便因为吃不到而深深镌刻在记忆深处。

## 3

前几年回到三汇，我约了一批中学同学吃饭，第一个想到的就是沙湾羊肉。

师弟唐中华说，沙湾羊肉，我们三汇人都叫沙湾张麻儿羊肉馆。这时的沙湾羊肉馆，已经搬到原来羊肉馆的对面，而且有了二楼的雅间。我们定了一个房，大约四五桌。蒸笼已经不是原来的小蒸笼，而是够七八个人吃的大蒸笼。笼上粉蒸羊肉、羊排，加上百搭的香菜；笼下汤锅汤羊杂、羊肚，热气腾腾喷喷香。觥筹交错，推杯换盏，笑语嫣嫣，瞬间回到从前。从前是没有吃过沙湾羊肉的，但云蒸霞蔚中仿佛似曾相识。或许，自己认定，我年少时想象的沙湾羊肉，就是这个味儿！

沙湾羊肉一点儿都不膻，不像北方的羊肉，三几十米内就能闻到浓烈的膻味。我吃过的北方羊肉，最膻的应该是新疆或草原的羊肉，最不膻的应该是小肥羊，那种清爽滑嫩，的确印象深刻；适中的应该是比如山东的单县羊肉；这些羊肉都以纯正清汤为特色，南方很多人受不了这个味儿；而广东羊肉，最不膻的应该是古镇的鑫雅阁羊肉，醇厚甘美，想清汤有清汤，想辛辣有辛辣；而沙湾羊肉，跟广东的鑫雅阁羊肉一样鲜美，但又有麻辣的鲜明特色，只是没有丝毫让三汇人不适的味觉。

## 4

吃着沙湾粉蒸羊肉,你会感受到三汇人确实很有口福。

那粉蒸羊肉不膻不腻,不老不嫩,入口即化,老少皆宜。当然，如果你想有嚼头，可以选择粉蒸羊排或汤锅。那汤锅里的羊肚，又香又脆，确实回味无穷!

我已经忘记沙湾羊肉是否有其他炒菜了。但对它的蒸菜实在是中意之极!

其实，我想我之所以那么爱沙湾羊肉蒸笼，更多源于我童年对它贪婪般的期望。今天虽然走南闯北，吃遍了祖国各地的羊肉，然而丝毫不减对沙湾羊肉的渴慕与热情!

看着同学们渐次散去，外面已经灯火阑珊，我也略带醉意。我问身边故友，沙湾羊肉在三汇有多少个店？故友告诉我，只有张麻儿这一个店；其他店也有羊肉，但不叫沙湾羊肉。我问，张麻儿羊肉是我童年经常路过的老店吗？

故友带着醉意晃晃脑袋，说他也不能确定。

我意犹未酣。

从羊肉店走出来，站在河街的梯子上，夜雾渐渐上来了。在升腾的雾气中，我似乎又听到了风箱的呼呼声，腾腾热气中，羊肉蒸笼叠得老高，香气四溢……

2017 年 8 月 7 日　中山古镇，大信新都汇

# 腊 八 粥

## 1

屈指一算，过几天就是腊月初八了。川东一带，时兴吃腊八粥。我的家乡三汇，到了腊月初八，更是家家户户做腊八粥吃。

时光倒回 40 年，困难时期的腊八粥，确实给缺衣少吃的人们巨大的肠胃与口舌慰藉。至于心灵慰藉，那时似乎还没有感觉。

腊八粥分咸甜两种口味，我们那些年主要是吃咸味。腊八粥，一般是因为腊月初八而来。至少我童年时期是这样认为的。至于为什么，那时确实懵然不知。

三汇的腊八粥，一般就地取材。主要是糯米、腊肉、花生、核桃、豇豆籽、饭豆、豌豆、红薯、蘑菇、大枣粉丝等原料，一般为八种，也有少于八种的，但多于八种似乎不多见。

我小时候熬腊八粥，主要是糯米、腊肉、花生、核桃、豇豆籽、饭豆、粉丝、青菜这八种原料，因为家家户户都有，熬出来的味道醇香可口，百吃不厌。

当然，事实上，那时的腊八粥也不是想吃就能吃到的，只有腊八节才有这种口福。

## 2

我在网上查了一下腊八节的来历，一般来说是用以庆祝丰收，但河南又把腊八粥称为“大家饭”，说是纪念民族英雄岳飞的一种节日食俗。《燕京岁时记》曰：“腊八粥者，用黄米、白米、江米、小米、菱角米、栗子、红江豆、去皮枣泥等，开水煮熟，外以染红桃仁、杏仁、瓜子、花生、榛穰、松子及白糖、红糖、琐琐葡萄，以作点染。”

腊八粥和腊八饭一样，也是古代腊祭的遗存。

我国古代，天子每于农历十二月，必用干物进行腊祭，敬献神灵。腊祭包括祭祀和祷祝。祭祀是祀八谷星神，用干物敬献。干物称腊，八是八谷星神。二者合一，故称腊八。腊祭在每年农历腊月初八进行，故称腊八节。

祷祝是腊祭的一个重要方面，内容是祈求来年风调雨顺，确保农业丰收，称为腊八祝或称蜡八祝，祝与粥同音。于是，民间每年腊月初八，将蔬果干物搅和在一起，煮熟成粥，敬献农神，以示庆丰收之意，并进行祷祝。

那么，腊八节为什么又跟岳飞连在一起了呢？

原来，据说当年岳家军讨伐金兵在朱仙镇节节胜利时，却被朝廷的十二道金牌追逼而回。回师路上，将士们又饥又饿，沿途的河南百姓纷纷把各家送来的饭菜倒在大锅里，熬煮成粥分给将士们充饥御寒。这天正好是腊月初八。随后，岳飞遇害风波亭。为了怀念他，河南民众每逢腊八这一天，家家都吃“大家饭”

## 3

当然，关于腊八节，佛教界自有它的说法：腊八粥本来是佛教寺庙煮来供菩萨的——十八种干果象征着十八罗汉，后来这风俗开始在民间流行。

佛教中腊八粥的故事来自牧牛女供养乳糜的典故。后来中国的佛教弟子乃起而效之，于每年农历腊月初八这一天，以五谷及果物煮粥供佛，称为“腊八粥”，也叫“七宝五味粥”。沿袭至今，此习俗渐渐广传至民间。

人们在腊月初七的晚上，就开始洗米、泡果、拨皮、去核、精拣，然后在半夜时分开始炖煮，微火煨至第二天清晨，腊八粥才算是大功告成。

腊八粥熬好之后，要先供佛供僧。之后要赠送亲友，一定要在中午之前送出去，如果把粥送给穷苦的人吃，那更是为自己积德。最后才是全家人食用。吃剩的腊八粥，保存着吃几天，被认为是年年有余的好意头。

从先秦起，腊八节开始用于祭祀祖先和神灵、祈求丰收和吉祥。喝腊八粥的风俗，则在宋代开始风行。每逢腊八这一天，不论是朝廷、官府、寺院还是黎民百姓，家家都要做腊八粥。到了清朝，喝腊八粥的风俗更盛。宫廷，皇帝、皇后、皇子等都要向文武大臣、侍从宫女赐腊八粥，并向各个寺院发放米、干果等供僧侣食用。民间，家家户户做腊八粥祭祀祖先，合家团聚食用，馈赠亲朋好友。

## 4

据说秦始皇统一中国以后，下令将每年十二月改称为“腊月”。而“腊”这一词到汉代才正式出现。《祀记》：“蜡者，索也，岁十二月，合聚万物而索飨之也。”“腊”与“蜡”相似，祭祀祖先称为“腊”，祭祀百神称为“蜡”。“腊”与“蜡”都是一种祭祀活动，多在农历十二月进行，人们便把十二月称为腊月了。

腊月是年岁之终，古代农闲的人们无事可干，便出去打猎，多弄些食物以弥补粮食的不足，也用打来的野兽祭祖敬神，祈福求寿，避灾迎祥。

中国喝腊八粥的历史,仅书面记载的已有一千多年了。

宋代，每逢十二月初八，东京开封各大寺院都要送七宝五味粥，即“腊八粥”。宋代孟元老《东京梦华录》记载，十二月初八，“诸大寺作浴佛会，并送七宝五味粥与门徒，谓之“腊八粥”。都人是日各家亦以果子杂料煮粥而食也”。

所以，腊八粥又称佛粥。宋代大诗人陆游诗：“今朝佛粥更相馈，反觉江村节物新。”可见当年民俗之盛况。

元、明、清沿袭这一食俗，尤以清代为盛。诗云：“家家腊八煮双弓，榛子桃仁染色红。我喜娇儿逢览揆，长叨佛佑荫无穷。”

## 5

我母亲出身大户人家，虽然我出生后已极尽败落，但一些观念和习惯还停留在过去。我们家无论多么艰难，腊八粥还是要吃的。我家的腊八粥，糯米、腊肉、核桃、花生米、豇豆、饭豆、粉丝、冬苋菜必不可少。至于蘑菇、木耳等今天的寻常食材，那是稀罕之物，当年我们是无福享受的。但是，当我们从田边地角割猪牛草回来，在火炉边烤烤冻僵皲裂的小手，喝一碗妈妈亲手熬的、香喷喷热腾腾的腊八粥，就心满意足了。

这一切，在今天这个物质极其丰富的时代，恍若隔世。

今天，或许我们风尘仆仆奔波在打拼前线，或许已没有心境去精心熬制那腊八粥，或者已经没有享受那香喷喷腊八粥的胃口，然而，对于那过去的怀念，却时常会喷薄而来！

2018年1月21日，邹区中国灯具城

# 三汇的腊肉

1

前不久在中山接待杨牧和李学明老师，吃饭的时候他们都更倾向于吃湘菜。于是，参观完孙中山故居，我们就在南朗的湘溪吃湘菜。夹了一块腊肉，品尝了下，杨老师放下筷子感叹："不知道为什么，外面的腊肉总没有家乡那种味道！"

我很诧异，但随即认同了。杨老师所说的味道，实际上不仅是家乡腊肉的味道，还有家乡的味道。

当然，三汇的腊肉，确实也令人没齿难忘

2

三汇的腊肉跟其它地方究竟有什么不同？我不禁陷入了对家乡腊肉的回忆中。

三汇的年猪，往往要喂满足年，也就是12个月。困难年月，由于粮食匮乏，猪很难养肥，有的甚至要养个对年。不像今天的肥猪，施用了各种催长素和人工饲料，四五个月就出栏了。那肉，根本没有肉味，就像吃棉絮渣一样。那时的肉，是非常香的，一家炖煮，全村都能闻到香味。

那时，每到正二三月，各家各户都去买一对两个月左右活蹦乱跳的生猪仔，发势往腊月喂。冬至节起，家家户户就开始陆续宰年猪了。每家喂猪的功夫，这时便明白无误地显露出来。猪多重，多肥，膘有多厚，油有多少斤，都是乡人们攀比的对象。

杀猪那天，谁被邀请去帮忙烧水，烫猪，也是他的荣耀。主人这天一般也会大方一次，请上三亲六戚、左邻右舍狠啜一顿，谓为吃“泡汤肉”。

## 3

吃完“泡汤肉”，主家最重要的事就是熏腊肉了。把猪肉割成块，重两三斤、四五斤不等，一般呈长条形，也有呈方块形，用盐腌制 12 小时，然后晾干，进入熏肉的第一道工序。

撮几笼笼谷壳，土灶上搁个竹笆，盖住火苗只生烟，两三小时一翻动，熏八九个小时，腊肉就大功告成了。那腊肉，两面鲜黄，闻之溢香，确实令人馋涎欲滴。

当然，这只是一般的腊肉熏制法。我老家乐江，则有更别具一格的熏法。我们熏制腊肉的烟料，谷壳只是烘火的材料，柏椏才是最重要的烟料。那柏椏熏出的腊肉，更加晶黄剔透，更加香艳味绝。如能加上少许干香艾，味道则更佳。熏时最好有人值守，每一二小时翻动一次，熏它一个对时（12 小时）。

三汇的腊肉，煮食时很少单独煮肉，而是一般与萝卜、海带、芋头、土豆、饭豆混煮，煮时已是满屋飘香，揭锅更加食欲难禁。

所以，三汇腊肉，可谓百吃不厌。

## 4

三汇腊肉一般是春节餐桌上的主菜。这腊肉当然并不仅限于腊肉，还有腊排骨、腊猪耳、腊脑顶、腊猪嘴、腊猪舌、腊猪肝、腊猪腰、腊猪肚、腊猪心、腊猪脚……十数样目不暇接。

这做法有凉菜，有热菜，有油炸，有煎炒，有炖汤，有粉蒸，真是随心所欲，见样有样。三汇人的口福，由此可见一斑。

三汇腊肉一般从当年腊月二十三一直吃到次年五月端午。个别人甚至吃到七月打新谷子——当然，腊肉一过端午节，随着天气逐渐炎热，味道就大不如前了，甚至哈（刺）喉的感觉。一般人，端午节就不再吃年前的腊肉。

改革开放前的困难年月，腊肉是川东人民最珍贵的美味之一，一般人家舍不得多吃，只有在极其思念的时候，才去竹竿上戳下一个来，斩下一节，煮上一大锅海带萝卜，打打牙祭解解馋。哪像今天，直到腊肉长霉了，还顾不上多看一眼——这确实是个暴殄天物的时代。

仔细想想，两个时代的差异，不过也就相隔二三十年罢了！

2018 年 1 月 30 日，无锡到北京的高铁上

# 三汇的香肠

## 1

故乡的香肠不叫香肠，也不像广东一些地方叫腊肠，而是叫灌肠。我本人，当年就是做灌肠的高手。当然，那时只是自给自足，并不外卖。

后来，当我们时尚起来的时候，也不叫灌肠了，还是叫香肠。

## 2

三汇的灌肠，确实有非常多的讲究。

它不像我们今天灌香肠，用机器把肉打成肉泥，吃起来分不清肥瘦，更没有一点儿嚼头。至于那流水线生产出来的火腿肠，就更不是那么回事了。

我们会把肉分肥瘦切好，剁碎，撒上辣椒粉、花椒粉、五香粉、八角粉、姜蓉，然后混均匀。选上好的猪小肠，清洗干净，晾干，把肠头蒙在竹筒上，然后把上了味儿的肉碎有节奏地塞进去，用筷子夯实，不留空隙，不留空气。当然，既不能太松，也不能塞得过满。过松，一旦香肠晾干就有缝隙，松松垮垮既难看，口味也不佳；过满则会撑破肠衣，灌肠就失败了。

川东的冬天是寒冷的，有时灌着灌着，肠衣和肠料都凝结了，这时就需要润滑与加热。往往，一大家人围着簸箕把一大堆香肠灌完，手也冻麻木了，眼睛也开始打架了。家长为奖赏勤劳的孩子们，就把灌坏的香肠煮出来赏给大家尝鲜。虽然这味道不如晾干后那么美味，但也不失为一种挨冻受饿时的安慰。

香肠灌好之后，需要阴晾 20 余天，那色泽和味道才能达到上佳境界。当然，也有等不及的人家，放到阳光下晾晒，或在烟火上熏烤，煮出来的成色和味道自然也会差很多。

## 3

三汇困难时期的香肠，肉是稀罕之物，因此要加很多其它材料。比如糯米，最多时可以占到香肠三分之二的比例，还要加入白萝卜、红萝卜等辅料。即使这样，每家的香肠也并不多，吃的时候是要数着节数吃，每一节都像孵鸡儿（三汇话，很珍贵的物品）。

加了这些辅料的香肠保存时间一般较短，正月十五没吃完，里面的糯米等物就要发黑了。尽管已经腐坏变质，那时的三汇人也舍不得扔掉,还是一点儿一点儿地吃下去。不像今天，上好的腊肠也会被扔掉。更多人，除了吃新鲜的肉食和蔬菜，几乎不再吃腌制、熏腊食品。时代的变迁，已经把很多饮食和习惯抛弃了，人们越来越看重健康，但却越来越不健康。

人类永远都被时代和自身困扰着，不断抛弃枷锁，又制造着新的枷锁。

## 4

我如今似乎也不大吃香肠了，更别说亲手去灌。每次回老家，亲戚长辈便巴不得把家里的好东西全部让我们带走，绝不吝啬半毫，而我们总是千推万辞，只取走一少部分。等到了远方的家，便束之高阁，有时直至霉变也没去动一下。公务繁忙，已经越来越没有时间亲自做饭，有时一年有大半时间在出差，即使不出差也很少有空闲去自己做饭。有时回到家，明明想做个饭的，但躺下就不想动了，一眨眼迷糊过去。

我们是那样缺少休息，那样缺少自己的时间与空间，那样缺少休闲，乃至于连顿饭也不想做了。

但是偶尔，我仍然会怀念过去的生活，怀念一家人围席而坐灌香肠时的情景，怀念那节灌破而煮得芳香四溢的香肠。那时，一家子多么亲热而有情趣，不像今天，连一句多余的话都不想说了。

家乡很多人如今做灌肠已不剁肉，机器一打了事，甚至连香肠也不自己做了，市场买几十斤了事。吃后掷箸："唉，这味道大不如前了！"

是啊，机器的灌肠哪有融入千般情万般意的手工灌肠有滋味呢？或许，只有当有一天我们都重拾过往的时候，才会用心去经营我们三汇曾经的味道！

2018 年 1 月 31 日，北京紫玉饭店

# 圆　子

## 1

圆子不仅是酒席上一道重要的菜，也是三汇人过年过节必做的家常菜。

圆子其实并不圆。

但圆子为什么叫圆子呢？我也真的不知道。

圆子事实上是一种长条形的梯形状肉糕，跟浙江的年糕或湖北的鱼糕略微相似。只不过，浙江的年糕是清一色糯米粉做的，并不加肉类或其他，颇像四川的碱水粑粑；湖北的鱼糕是鱼肉和淀粉为主，而四川的圆子则是以猪肉、淀粉、鸡蛋为主的。

## 2

圆子如果只是肉、淀粉、鸡蛋，或许就构不成三汇的家庭美食了。它还要加许多佐料。生姜、火葱、盐巴是必备的，如果口味清爽，这几味调料就够了。如果口味重的，可以根据需要加花椒（整个）、五香粉、八角粉、辣椒粉等。这样做出来的圆子，味儿有三六九种，家家户户不同。

## 3

三汇做圆子的工艺非常讲究，肉要精选上等的元尾猪肉，在案板上剁碎。剁肉也很讲究，既不能剁得太粗，否则跟淀粉和不拢，蒸出来呲牙咧嘴，不仅看相不好，容易散掉，而且口感也不好，吃起来渣牙别嘴；也不能打成肉泥，蒸出来太瓷实，就像吃死面疙瘩一样。

圆子的最高水平，成型很美，色泽光艳，口感酥泡，口舌生香，回锅蒸煮不散，不浑汤。

由此不难看出，三汇人对蒸圆子的标准真的很高。

三汇人个个都是美食家，圆子蒸得好不好，就是对男女主人厨房水平的重要考核指标之一。

正月初二至十五，三汇人时兴走人户（拜年），圆子端出来，就是见证每家男女主人水平的时候，客人往往边吃边评头论足。如果能得到客人交口赞誉，主人会眉开眼笑；如果客人皱眉放箸，主人会觉得尴尬与沮丧。

## 4

前面说过，三汇的圆子主要成分是猪肉、淀粉、鸡蛋，比例一般是6∶3∶1或7∶2∶1，超过或达不到这个比例，要么圆子不成形，要么蒸出来不好吃。

困难年月，肉的比例绝对不会这么高，三汇做圆子也会找很多替代物，比如糯米、青菜、萝卜、芋头，虽然不能很好吃，但也只能将就了。三汇人讲究随遇而安，知足常乐，因此那年月他们照样吃得很香。

不过，如今也有人做青菜、萝卜、芋头甚至野菜圆子——当然再不是吃不起肉，而是更加注重养生了。

2018年2月6日，太原飞往丽江的航班上

# 滑　肉

## 1

我下了最大的决心死缠烂打，就是要把三汇的家庭美食一一发掘出来。

虽然这会很让人厌烦。

但我确实不怕别人厌烦。

三汇已进入“后工业化时代”，哪个再想依靠工业振兴三汇，确实暂时有点儿不切实际。

但三汇自有三汇的优势——被遗忘也是一种优势。

我这确实不是开玩笑。

比如湖南凤凰，它一度就是被遗忘的古城；又比如龙华，因为后开发，它就成为了深圳的“后花园”；比如说江门，制造业都在古镇、小榄、横栏，吃住都到了它那里。

三汇也一样，渠县的发展如火如荼。是否有一天，三汇会成为渠县的后花园？

我其实一直在期待那一天。

我们得为迎接那一天早做准备。

## 2

闲话少说，言归正传。

三汇美食四大宝是哪四大宝？

告诉你，那就是圆子、滑肉、酥肉与飘汤圆。

上回咱说了圆子，现在就来说说滑肉。

滑肉很多地方都有，但三汇的滑肉还是有所不同。比如，其他地方的滑肉都得把猪肉、生姜、生葱、香菜剁碎，然后和淀粉揉在一起，搓成丸子或扯成长条，“呲”地滑进滚水里，煮它几分钟后起锅。甚至也有人，干脆只放猪肉、淀粉、盐巴、姜丝、葱花、香菜则在起锅时放进汤里。这滑肉真叫一个滑爽。但对翘嘴的三汇人，似乎并不能尽兴。

三汇的滑肉，猪肉并不剁成肉粒，而且也剁不成肉粒，因为肉连着骨头。

三汇人做滑肉，通常是褪掉表层的肥肉剩下瘦肉和排骨，然后连骨带肉拉成两三寸的条，裹上湿淀粉。

那连骨带肉，先用盐、姜蓉、蒜蓉、辣椒蓉腌制个一二十分钟，然后放进滚油里油炸。

也有人用腊排骨的，味道当然更好。但油炸时要非常小心，因为发胀后的腊排骨经常会在油锅里跳舞，动不动

“嘭”的一声炸开，滚油天雨散花烫伤人。

所以，有经验的人除了特殊情况，一般不用腊排骨下油锅炸滑肉。

由此不难看出三汇人做滑肉跟其他地方的显著区别：第一不剁碎肉，第二多了油炸烹饪法。

## 3

也许你会辩驳，你说的那不是酥肉吗？

我很荣幸地告诉你，三汇的滑肉和酥肉又有分教：滑肉炸的是带骨头的肉；酥肉炸是只有肉，不含骨头。

三汇人对吃，就这么细腻，就这么有品味！

因此，你在三汇的酒席上，九大碗里似乎看到两个“酥肉”——其实奥妙就在这里.一个叫滑肉，一个叫酥肉。滑肉得吐骨头，酥肉“酥”到底，连渣渣都不剩。三汇人的味蕾不一般吧？

关于酥肉，我后面单列一篇介绍，这里就不啰嗦。

## 4

三汇人在家里，平时也做水滑肉，但更多的是做油炸滑肉。那滑肉炸出来，黄晶晶，脆生生，咬一口顺嘴流油，满口生香。

在酒席上，滑肉炸出来以后一般要上蒸笼蒸一次，蒸酥蒸泡蒸透，老少皆宜。但在自己家里，如果守在锅边炸一个往最嘴里塞一个，那才叫过瘾。如果一家人围着火炉和簡箕左一个又一个,一边吹一边吃,那可能比什么都热火。

当然，家里的滑肉，可以上笼蒸，也可以煮汤。如果是烧汤，加上菠菜、豌豆颠，那就更劲道可口、百吃不厌了。

2018 年 2 月 9 日，于云南丽江

# 酥　肉

## 1

百度上说，酥肉的特点是香酥、嫩滑、爽口、肥而不腻。我觉得还没有完全说到点子上，至少没有把三汇酥肉的特点全部概括出来。

三汇的酥肉首先并不全部是肥肉，所以就不存在肥而不腻了。三汇的酥肉一般是膘子肉连带着瘦肉，还是那句话，兼肥搭瘦。这样炸出来的酥肉润滑感会非常好。因此，三汇的酥肉用四个词来形容，应该是：酥泡、香艳、嫩滑、爽口。

才出油锅时去吃，那种感觉是酥香、酥泡；嚼在嘴里，口舌生香，一抿就化了。放在蒸笼里蒸出来，芳香四溢，整个屋子里都能闻到；放在汤里煮，绵软，滑嫩，香艳，能把人吃醉了。

## 2

酥肉的食材，依然是猪肉（五花肉最好，元尾肉也不错）、淀粉、鸡蛋，调料主要是食盐、生姜、火葱、花椒、大蒜、辣椒粉、五香粉。也有人不用火葱，害怕火候把握不好，把葱妙炸糊了不好看。

前面写滑肉时，有的读者眼尖，说我忘记了写鸡蛋。确实，无论是圆子、滑肉、酥肉、飘汤圆，如果少了鸡蛋都不行。后果是三汇人非常形象的形容：死面坨坨。所以，鸡蛋在几大美食里起的是发泡的作用，而且还自带天然香味——当然，三汇的鸡蛋，大多是农家院里鸡生出的蛋，非常原生态。

3

酥肉的做法，先把猪肉入盆，淀粉发水，鸡蛋打散，食盐、生姜蓉、火葱泥、辣椒粉、花椒粉、五香粉一起在盆里搅拌，和匀，腌制一二十分钟。那水，既不能少，发不透；也不能多，呈稀糊状，而是那肉跟粉黏度很好，却又能一个一个地完美分离。

滚油下锅，看着那油在欢笑，那肉在轻轻膨胀，漏丝瓢在油锅里翻动，待到金黄发亮时，立即起锅放到竹筲箕。这时，便大功告成。

4

前文说过，滑肉与酥肉都是三汇办酒席时九大碗中的一道菜。两者看起来高度相似，但又各有不同：滑肉带骨头的，个儿稍大，像兄弟；酥肉不带骨头，修长斯文，更像姐妹。三汇人的饮食文化里，也充满了睿智与玄机。

滑肉有油炸和水滑，酥肉则只有油炸才能成立。当然，三汇乡村的酒席上是不会出现水滑肉的，只有油炸滑肉；至于各自家里，可以依口味来定。

酥肉以前也有用肥肉来炸的，但如今主要是瘦肉；当然还是五花肉炸出来味道最好。

酥肉的吃法，有油炸了直接干吃，有上蒸笼后蒸出来吃，还有煮汤吃。

这三种吃法，各有各的味道，干吃香脆，刚起锅时则可以用酥泡来形容；笼蒸酥松可口；煮汤则嫩滑、绵软、爽利。

三汇人的口福，往往就在这些细微的差异中体现出来。

2018年2月13日，于云南香格里拉

# 飘汤圆

飘汤圆不是汤圆，而是三汇的一种油炸丸子。因此，飘汤圆也可称“票汤丸”

飘汤圆的食材和配料跟圆子大致一样。很多时候，三汇人也用蒸圆子的尾料炸飘汤圆，做出一料两锅的风味。

当然，大多数时候，三汇人还是另起炉灶专门备飘汤圆的料，叫做“宰飘汤圆”。

## 2

飘汤圆主要考“四功”：配料、刀功、抟功、炸功。

我前面说过，飘汤圆的配料和做工跟圆子大致差不多。但是，同样是做“圆子”，千家万户做出来的圆子工艺和味道也千差万别。就像江浙一带的狮子头一样，不是谁做出来的狮子头都好吃。

三汇的飘汤圆配料极其重要。

飘汤圆的肉，不能纯粹是肥肉，也不能纯粹是瘦肉。纯粹肥肉太油腻，很多人不喜欢；纯粹瘦肉炸出来很干燥，缺圆润。

生姜要打皮，不然色彩就很斑驳，白的黑的麻麻杂杂一片。

花椒当然可以整个儿的，但整个的花椒麻味儿出不来，而且刚出锅干吃时咬在嘴里会麻口，所以花椒最好三分之二宰烂，三分之一整个儿，这样无论是干吃还是蒸煮味道都更佳。

火葱当然可以全剁，但讲究的人更多去掉苗和须，只要中间部分。如果把葱苗剁在里面，同样容易炸糊。当然也有不讲究的，不管三七二十一全剁进去，但色泽和味道肯定要打折扣。有些人还有怪癖，连葱须也剁进去，认为这样更香。当然这是另一种品味和境界了。

比如辣椒，大多数人当然用辣椒粉做调料，而我本人则更喜欢湿的红尖椒剁碎，那样更刺激，口感更丰富，色泽更艳丽。

一般情况，飘汤圆的食材主要是猪肉、淀粉、鸡蛋，但也有加入萝卜或芋头的，这样口感更具个性化。

## 3

飘汤圆的刀功决定它的品位、味道乃至看相。

飘汤圆的肉，当然要剁成粒状，大不得小不得，平均如黄豆大小。大了，抟不转，扯不圆，容易长青春疙瘩痘；剁成肉泥状了，口感太瓷实，没有嚼头。

如果是加入白萝卜，剁圆子和剁飘汤圆又有差异：圆子块头大，萝卜可以成丝；飘汤圆个小，必须剁成颗粒状。

飘汤圆的食材与配料剁成后非常均匀，不是靠和，而是靠翻来覆去剁。一手功夫全在刀上，不是亲历者，确实无法言传。

## 4

既然飘汤圆也是“汤圆”，抟功当然很重要了。

扯坨飘汤圆面在手里，搓捏几下，然后放在两掌手心旋转，一个飘汤圆就这样抟成了。

这飘汤圆比初生鸡蛋略小，浑圆，不留一丝褶皱，不露一丝杂质，大小均匀，抟圆即下锅。

## 5

飘汤圆这炸的功夫也很要命。

油要烧到七成熟，飘汤圆“噬”地溜下去，就有了“飘”的感觉。那飘汤圆在热油里上下翻滚几下，然后开始泛黄，泛金，意味着六成熟了。

由于飘汤圆并不是单个炸的,而是很多梯次下去群舞,因此锅铲须在油锅里有节奏地翻动。翻哪些不翻哪些，全凭眼光与经验,所以这操作的人不但要目光如炬,经验丰富,而且要果断熟练，不然很难掌握火候。

炸飘汤圆当然可以依靠灶火调节油锅温度，但也可以通过不断放新的飘汤圆下去调节油温，这就需要娴熟的手艺了。

当飘汤圆炸到九成熟，就要梯次起锅了。先用漏瓢竖晾一下，然后倒进竹簸箕里。这时的飘汤圆，金黄、芬香，咬一口，香在舌尖，直透胃里!

飘汤圆当然也可以蒸煮自便。蒸时依然是酥泡而色泽晶莹，芳香而不油腻；煮时依然外面绵醇而不稀软，内里干爽而松泡，让人欲罢不能!

2018 年 2 月 14 日，于丽江蓝月谷

# 汤圆

## 1

三汇的汤圆主要分水汤圆和油炸汤圆两大类，但飘汤圆除外。

三汇的汤圆品类众多，食材也非常丰富，但主要食材是糯米、糖、肉和菜。为什么说飘汤圆除外呢？因为飘汤圆不是糯米为食材，而是淀粉和猪肉。

## 2

三汇的糯米年代久远，但究竟始于什么年代，我没有考证过。

三汇的糯米可以做汤圆，可以蒸酒，还可以做圆子和糍粑。

因此，三汇的糯米也叫酒米。

三汇人做汤圆，通常是从腊月二十三开始的。从这一天一直到腊月二十九，都是三汇人推汤圆的时间。把糯米洗净，泡它个对时（24 小时），沥出，喂水用石磨磨成浆，装在布袋里，让水滴干，就成了汤圆面了。洗干净陶坛，把汤圆面装进去储存。需要做汤圆吃时，挖出一坨来，揉熟，扯成鸡蛋大小的块儿。抟圆，挖一个孔，沿边捏薄，成鸟窝状。把红糖剁碎，塞满七成，封紧口，再抟圆。待水滚时，轻轻滑进锅里，慢火煲 15 分钟。等到汤圆浮出水面，就证明熟了，可以吃了。如未熟而火又太大，便需抽掉柴火或不断往锅里续凉水，让锅里始终保持温和的煮势，不能沸腾和翻滚。

三汇人做汤圆，非常讲究，既不能把汤圆煮破，让糖水流出来，又不能让汤圆变形（比如圆形变椭圆形）。否则会被认为功夫不过关，那是要遭嘲笑的。

那刚出锅的汤圆，圆圆的像乒乓球，所以三汇人又叫“圆玻”。清一色的嫩白，咬开一口，滚烫甘甜的糖汁儿便顺势而出，把清汤染得红红的。如那人吃汤圆的技术娴熟，慢慢咬开一个小口儿，轻轻吸吮，糖汁全入口中，汤里不见糖，又不曾烫嘴，那就是很高超的艺术了。就像北方人吃灌汤包一样。

聪明伶俐的三汇人，千百年来大多拥有这样的技术。而红糖汤圆，也是三汇人最好的口福之一。三汇的红糖坚而不硬，甜而不腻，有钻肠透心的感觉，又有敲骨吸髓的魔力，让人历久而不忘，跟汤圆简直就是绝配。

三汇的糯米面是水糯米面，你在外地很难见到，尤其是石磨那种；三汇的红糖也是水红糖，你在外面依然很难见到。因此，同样是红糖汤圆，三汇的红糖汤圆就是比外地高一个味儿。

## 3

当然，三汇的汤圆绝不只有红糖汤圆，至少有几十个品种。

白糖汤圆当然也是常见的，虽然不如红糖汤圆鲜艳和普遍，但亮晶晶的汤汁也另有一番风味。

三汇的汤圆，更讲究的也用冰糖加花生与核桃仁、芝麻，炒得香香的，咬一口又甜又脆又香，满口荡漾的那种香。

那汤圆也有包肉的，那肉也用姜蒜葱炒过，吃起来香得令人眩晕；至于用四季豆碎或本地韭菜炒出来，那味道就更莫摆了。

那汤圆也有包菜的，那菜也是用猪油、姜葱蒜炒过的，困难时期是充饥果腹的美食，当今岁月，则是减肥健康的生态美食。如果稍微加点儿肉末，或猪肉换鸡肉，那味道也莫摆了。

至于心肺汤圆，由于并非糯米汤圆，加之我在前面已有专文，这里也不再赘述。

倒是三汇的醪糟汤圆，这里很有必要补上一笔。醪糟汤圆一般比较细小，所以三汇人是不包糖的，一般做成小指头大小，糖则直接化在汤里，甘甜，微醺。所以，三汇人又把醪糟汤圆叫“扭扭汤圆”。所谓“扭扭”，两个手指一夹，一扭一个是也，谓简单、动作快。

三汇人对“扭扭汤圆”,可谓情有独钟,有醪糟时放醪糟，没有醪糟时放酸菜。困难时期的正二三月，“扭扭汤圆”伴随三汇人度过整个灾荒岁月。

当然，今天“扭扭汤圆”可能已经失传了。

## 4

开头时我说过，汤圆分水汤圆和油汤圆。而油汤圆，一般指油炸汤圆，但飘汤圆除外。飘汤圆也不是糯米做的，而是淀粉加肉。

但油汤圆最有名的肯定是糖麻圆。糖麻圆的做法其实跟红糖汤圆的做法大致差不多,只不过它不是水煮出来的，而是油炸出来的。当然，油麻圆的外面裹上了一层芝麻，让它更有质感。油麻圆当然要趁热吃更舒爽，但曾经也有不少人买了当干粮，困难时期尤为普遍。

又糯又甜是对汤圆的经典形容，而糖麻圆则外焦内软，又甜又香，另有一种奇异的诱惑。

当然，那焦是焦黄，点缀着芝麻；那香是绵软香甜，自是妙不可言。

2018年2月27日，于星光联盟

# 油　果　子

## 1

严格说来，油果子或许算不得美食——至少很在多讲究精致生活的都市人心目中它肯定算不得美食。但在三汇人心目中，它就是独具特色的美食，而且伴随着几代人的记忆，历久难忘。

## 2

油果子不是“果子”,当然也就不是水果,比如不是油桃，不是苹果，它只是三汇的一种面食。当然，它也不是湖北一带的油糖果子，也不是山东一带的煎饼果子。它是三汇或川东特有的地方名吃。

三汇的油炸面食不胜枚举，但最出名的大约有三种：麻花、油果子、馓子。麻花并不稀奇，南北都有，新疆的大麻花更是奇大无比，七八斤一个稀松平常。天津麻花也很出名，甚至动不动就冒出麻花一条街，足见其品类繁多，魅力超群。三汇麻花通常有咸和甜两种，当然也有麻辣的——不过如今麻辣的在三汇怕是很难吃到了。不过你去重庆磁器口，或许还有这种口福。

馓子的味道跟麻花大致也差不多，只不过造型更潇洒更精美而已，因此更得孩子们青睐。

跟麻花与馓子相比，三汇的油果子过去似乎更亲民、更饱肚子一些。因此，它曾经是三汇赶场人充饥的主食之一。

那时，三汇沿街都是炸油果子的热油锅，沿街都是卖油果子的门店或摊点。那热腾腾、黄金金的油果子在筲箕里分外诱人。三汇人把背篼儿跺在店里，板凳上一坐，行把武式道："来一碗清汤，两个油果子！"伙计满脸含笑，立即上一碗清汤，端一盘油果子来。吃得完通盘买单，吃不完可以原路退回，也可以豪爽打包。老板通常把顾客要打包的油果子用筷子穿起来，顾客于是拿在手里招摇过市，仿佛中举一样无比荣耀。

这就是当年知足常乐的三汇人，一串油果子也可以满街炫耀，乐不可支。

## 3

三汇的油果子，你在全国任何一个地方几乎都很难见到。

油果子当然要发面。如果是老面发出来，那当然是最佳的效果，绵软，酥泡。刚起锅时吃，外黄内酥，咬开充满气泡，油顺着嘴角往下滴，那才叫一个地道和过瘾。

当然，如果你老面发面的技术不过关，你的油果子就泡不起来，就成了死面坨坨，那是耻辱的失败。

如今，用老面发面的人，大约也少了，用大碱发面的人应该也没有了，时兴用苏打粉。

那三汇的油果子，碗口般粗细，上小下大，像极了一朵初采的灵芝。双手捏着，咬上一口，芳香四溢，油光水滑，实在是饥饿时代的理想美食。

油果子以咸香著称，三汇人和面时往往撒上葱花或搅拌上花椒叶，味道则更加妙不可言。这也是三汇的特殊味道——外地人断不敢做如此尝试。勤劳勇敢的三汇人，在吃上的智慧确实超凡脱俗，让人佩服得五体投地！

## 4

我对油果子的记忆从很小的时候就开始了。那时，爷爷奶奶，爸爸妈妈从三汇赶场回来，总要带一两个油果子回来。他们给我们兄弟姐妹们每人掰一小块儿，我们都像“孵鸡儿”一样，珍贵得不得了。特别盼望的是大人们一年两度去王坝沟交公粮，回来箩筐里准有几只油果子或几根油条——那是大人们“忍嘴儿”节约出来带给孩子们的珍贵口福。我们必然又唱又跳，满院子奔跑，那情景真像过年一样。

如今回三汇也能看到摆卖油果子的摊子，但远没童年或少年时代那般密集了。也很少看到有人买油果子，更看不到过去排队购买、边走边吃的盛景了。

今天这个食物过剩时代，人们对什么食物似乎都没有太高兴致。他们动则节食甚至闭关绝食，仿佛这才对得起身体发肤，自然万物。至于过于油腻的油果子，那更是敬而远之了。或许有一天，油果子将从三汇小吃的名单上彻底消失，我们再也见不到它了。

岁月如滚滚渠江水，流去了很多美好，也流去太多依恋。如果你有一天只能从我的文字中读到很多消失的三汇美食，你千万不要觉得遗憾——因为这也是历史的必然。

2018年5月4日，江门白水带

# 碱水粑粑

## 1

三汇的碱水粑粑类似于某些地方的年糕，但又很有些不同。

三汇的碱水粑粑一般是农历腊月二十三开始做的。先用稻草在水里熬碱，然后再用含稻草碱的水去泡米。大约泡上 12 小时。在石磨上磨成粉。用布袋把水滤干，然后再加适量热碱水塑形，颇像圆子，但比圆子更厚。猛火蒸熟，其后晾冷。

似乎也有更多人直接把干米磨成粉，用碱水和好，塑形，然后上蒸笼的。这种做法更简单粗暴，但似乎少了很多绵软的风味。

我奶奶推碱水粑时则更讲究，她会在里面加上干辣椒、橘子皮和少量盐巴。于是，奶奶蒸出的碱水粑，更加风味独特，香辣可口，是更加地道的三汇家庭美味。

每当奶奶蒸碱水粑时，我们都围在大灶前，一边往灶里添柴火，一边打闹，或听奶奶讲故事，唱儿歌。当碱水粑起锅时，奶奶毫不吝啬，拿出一个，一边吹一边掰，给我们每个小孩几大块。那微辣微咸喷香的味道就弥漫了我们整个房间，整个乡村，整个童年。

如今，奶奶作古多年了，我们再也吃不到她亲手做的香喷喷的碱水粑了。

## 2

隐约听说，我们黄家是从江西临川搬迁过来的。而碱水粑最早则起于江西，以景德镇的最为出名。

我在网上大致查了下景德镇碱水粑的做法，也很有特色。

景德镇传统工艺制作的碱水粑，对碱水的要求很高，它必须是由纯天然植物制作成的碱，比如用茶籽壳、黄豆杆、稻草烧成灰，再用水冲洗，冲洗后的碱水就是碱水粑的原料。这种碱水不仅碱性好，而且原汁原味，未添加任何化学原料，非常符合我们现在推崇的无公害绿色食品的标准。

三汇做粑的碱水主要是用稻草熬，但并不过稻草灰取碱，这注定了更纯净，颜色更金黄。当然，三汇也没有茶籽壳，黄豆杆也没见人用过，因此大约也少了许多景德镇的其他风味。

当然，做碱水粑，碱的度一定要把握好。碱不是越多越好，也不是越少越好。碱太多，碱水粑就是泡的，苦的；碱太少，碱水粑的颜色发白，不香。

因此，三汇人能把碱水粑做好的人，也是心灵手巧、兰质蕙心的家庭主妇。碱水粑蒸好之后，其它地方都是泡在清水里存放，而三汇人是放在自己熬的碱水里存放。放在碱水里的好处，存放时间可以更久，而且更香更柔韧。

## 3

碱水粑的吃法，景德镇主要是将碱水粑切成薄片，与牛肉丝、冬笋丝、红椒丝、木耳、蒜苗一起翻炒，香味浓郁，滑韧而爽口。如果能加点农家的湿盐菜，那味道就更妙了。

我年少那时家贫，碱水粑的吃法也就更农家化。碱水粑炒回锅肉，当然是最美的美味了。煮过的那肉炒至七成，把油往大斗碗里铲去些，碱水粑切成薄片，哗地下锅，把辣椒丝、生姜丝、大蒜苗往铁锅里一撒，用力翻炒。炒至外黄里软了，上桌，这才真叫油而不腻。

很多时候，也没有回锅腊肉炒，就把它跟酸菜萝卜一起炒。吃糠咽菜年代，饕餮入口，吃了胃不着酸不着辣，也算是那年代对肠胃最大的犒劳了。

更多时候，我们还有更简单粗暴的做法，把碱水粑切厚些，和酸菜下到锅里水煮，虽然油水很少，只要有盐味足就够诱惑了，可以让肚子不咕咕叫。挺好。那经久的香味，至今还在梦里飘散。

今天很多东西都改变了，我们的肠胃与味蕾也改变了，很多人已经没有这样的口福。汤圆面不用石磨推了，机器一会儿搞掂；碱水粑不用稻草碱了，直接加碱粉搞掂。前两年回老家，在一个叫陈家的乡场看到卖碱水粑的，禁不住诱惑去买了一大块带回广东。那时觉得很奇怪，碱水粑也不做成一个一个长梯形的模样，而是四四方方很大一块。后来想想，什么都商业化了，可能这样的方块更好制作——就像房子修成火柴盒一样，管理采取网格化一样，大学教学流程化一样，一切都是方便规模化定制。至于个性化，那就见鬼去吧！

带回广东的碱水粑，只是回来时炒了两次吃，家里人也不大喜欢，就搁置了。慢慢地，它在冰箱里长了霉。我舍不得丢，切去外面的霉层，放在窗台上晾晒。不曾想，它又发泡起来，起层并裂开很大的口子，最后还是扔了。这时我很怀念我童年的稻草碱水，用它保存碱水粑，似乎比冰箱管用多了。

——人类在颠覆很多东西的时候，何曾不在失去很多东西！

2018年6月17日，江门白水带

# 有朝一日时运转，朝朝夕夕当过年

## 1

恍惚间，明天就是大年三十了。

我没有回家过年。

因为父母已经不在了。

如果父母在，今年我一定回家过年。

父母不在，回家过年也没什么意思。

仿佛，根儿没了，在哪里都像翩飞的茅草。

当然，这只是偶尔的想法。更多时候，我是“直把他乡作故乡”。

父母不在时，男人在哪里，家就在哪里；家在哪里，根就在哪里。

所以，哪儿过年都一样。

没有电灯的日子,农村的黑暗与神秘总是令人恐惧的。鞭炮爆它个地动山摇，既是撕破恐惧，也是给暗夜和未来壮胆。那鞭炮带来的惊喜与呼应，就是人与人之间内心的呼应，就是对所有未知领域的魑魅魍魉宣战与示威。

现在提倡文明过年了。鞭炮也不能放了，礼花也不能燃了。过年就过年，平淡如水的日子，平淡如水地过年。

倒是兴起了旅游过年。把家从这里搬到那里，把过年从这里搬到那里。也好，熟悉的地方没风景，人总得给自己寻点儿乐子。

好在，人一辈子能到的地方毕竟有限，穷其一生也到不完世界所有好玩的地方。

## 2

小时候，我总是充满无穷的委屈。家里缺吃少穿，家里总是很忙。

如今通过奋斗，什么都有了；甚至时间也有了——都把委屈留给别人了！

那时，别人家一过年就闲了，大人孩子满院玩，吃完没事满山转。没心没肺瞎转悠，打闹得天翻地覆那种。

我们家总是很忙。大人小孩都很忙，总有做不完的事。

为什么那么忙呢？父亲是石匠，不是给别人帮忙，就是要出去赚家里的零花钱。母亲一个人，我们又不懂事，很多事都做不了，就堆在一起。只能年前忙个天昏地暗。

一直到大年三十。如果不是风俗约定俗成，大年初一不做事，可能大年初一也得忙了。简直要命！

为什么那么忙呢？别人说我们家不善安排。我那时想想也是这个道理，我们家父母不善于规划，没有把节奏和节点把握好。当然，是没有把自己家的人力资源运用好。

长大以后才知道，家家有本难念的经。不是父母不善安排，确实有些事他们也安排不了。

## 3

那时，别人家总有很多好吃的东西，我们家能吃的东西总是很有限。

为什么呢？

我们三兄妹小时候体弱多病，家里为我们欠下不少债。

家家有本难念的经。我家的经最难念。

我那时总是不满地嘀咕：“这个破屋，既没得玩，也没得吃！”

长大之后明白自己其实很幼稚：儿不嫌母丑，狗不嫌家贫。多么深刻而浅显的道理！

可惜年轻时很多人不懂！

或许因为不懂，才有改变的愿望？

人生有很多机缘不易参透！

父亲胡子一吹，眼睛一瞪，然后眼神就柔和下来：“娃儿，你给我记住，有朝一日时运转，朝朝夕夕当过年！”

我当然听不进去，眼泪吧嗒吧嗒滴落下来。

如今吃穿都不缺了，只是父母都不在了。想想那时，我们为什么就不能理解父母的苦楚呢？

一代又一代的隔阂，只有失去之后才能消融，才有触痛的感觉。

## 4

今天在大都市混到我这个水平的，应该谁也不愁个人吃穿了。

但我们愁另外一些东西。

愁现实，愁未来。

我们愁员工的工资。

其实工资也可以不愁。如果员工足够优秀，我们何曾愁工资？

但是员工有那么优秀吗？

那是因为我们没招到足够优秀的员工？

我们没有优秀的平台，我们如何招到优秀的员工？

于是我们得从头打造平台，越强大越好！

我们怎么能等平台强大了才招员工呢？所以我们只能

让员工与平台一起成长，哪怕全是愣头青与乱劈材！

如果我们招到优秀员工也发不出工资……

那一定是我们的管理能力不行。

难道我们天生就是管理专家吗？

于是我们得从头学管理。

我们无法从头学，我们就只能半路出家，在战争中学习战争。

如果我们的管理能力很卓越，我们团队也很优秀，但是我们没有客户和订单……

那一定是因为我们的产品不行。

如果我们客户也有了,订单也有了,我们的产品也不错,但我们没有利润。

那一定是我们的盈利模式设计出了问题。

我们利润似乎也有了，但是我们的欠款总是很难收。有一堆应收款的数据，但我们依然没钱发工资、没钱支付供应商的货款。

那是因为我们客户不优质，我们的客户管理思维出了问题……

我们欠着别人，别人欠着我们，触目惊心的三角债。这是行业非常严重的问题。甚至，这是中国企业界非常严重的问题。

一句话，我们还是没钱！

没钱我们就没有心思过年。

还好，我们学会了宽慰自己：管他妈的！有钱没钱，先过好年！

是的，有钱没钱，都要过年！

## 5

原材料涨价，我们不敢涨；我们涨，别人不涨，我们的客户就没了。

质量做得不好，我们要为品质太差买单；质量太好，我们要为库存买单……

反正，我们都很难。

反正，年关很难过。

## 6

有朝一日时运转，我们想涨价就涨价，想发钱就发钱。奖金就用麻袋装，员工扛得动多少搬多少！

这年过得要多爽有多爽！

……

但得有朝一日！

有朝一日时运转，朝朝夕夕当过年。

这一天迟早要来到。这是我们的期望。

就像现在我不愁吃不愁穿一样！

票子会有的，时间，也会有的！

这是，我们的信念！

2017 年 1 月 26 日江门，白水带

# 命运变奏曲

## 1

这几天躺在医院的病床上，才有时间来梳理自己这40来年的人生轨迹，发现很多饶有趣味的事。

我的整个中学年代，都是属于超级笨的那类。所以后来看到《士兵突击》里的许三多，觉得特别像35岁前的我。

我参加初中毕业会考的6门功课，有4门不及格，其中数学只得17分。确实贻笑大方！换句话说，初中的代数与几何的3年，我几乎都白学了。我的同学张力给我补习数学，进度永远停止在初中二册。我这位脾气很好的同学后来终于泄气了，他说："我发现你这个人真是笨得出奇！"

我当时鼻子发酸，真的想大哭一场。

当然我的笨也不仅仅表现在数学上，比如在体育上我同样笨得出奇。简单的第六套广播体操，别的同学教一遍就会，而我，总是很久都学不会。体育老师于果那时很年轻脾气很火爆，不仅口气严厉而且还会动手打人。但尽管如此，我确实大约三个月后才学会了第六套广播体操。至于眼保健操，我至今不会。至今不会跳舞，连交谊舞都不会。

虽然我喜欢唱歌，而且似乎唱得还不错，然而我对乐曲、乐理一点儿都不懂。音乐老师考五线谱，全班不及格的只有我，连抄都抄不会。

整个初中时代，唯一看好我的是我的两任语文老师。第一个是刘学宏，另一个是张本毅。刘学宏是经常把我的作文当范文的，给了很多鼓励，也极大满足了青春期自卑的我的虚荣心；张本毅在我毕业后还曾鼓励我："黄河，你含而不露，属大器晚成型，要加油哦！"

当然，我在中学时代也不是一无是处。比如特别听话，比如劳动积极，不怕苦不怕累；比如不断做好人好事，因此也是副班长与团小组长。

总之，整个中学时代，我不是作为学习的中学生存在，而是作为学习以外的文学爱好者、胡思乱想者与社会活动家存在，再加上很笨的人存在。

## 2

我的第二个阶段，应该是1986－1990年在农村务农这四五年。挖田挖不过别人，插秧也插不过别人，不过勉强还能混。更要命的是，我身在曹营心在汉，手上在干活，但脑子总是在构思一篇又一篇文章。很多时候都想扔掉自己手里的秧苗或稻禾，到树荫下把自己的突发灵感记录下来。但在父亲的监督下，这是不可能的。

一有机会，我就去参加文友们的聚会去了。只有在那里，才是我的舞台我的天堂，我的才华才可以得到肆意发挥。因此，我很盼望极端天气，因为只有那样的天气我才可以不用去田里、地里，才可以看书、写作、会朋友。

终于有一天，我激怒了父亲，他三下五除二撕烂了我的创作本。我很难过，但没有一丝内疚。

我务农的四五年，没有认真务过几天农。

我在三汇学了八个月的无线电修理，除了会测二极管、三极管，连开关也不会修，还烧坏了师傅的一台万用表。

我在乐江村当了半年团支部书记，村党支部书记最后得出一个结论：做不得大梁，只是偏厦料。

期间我去枣阳待了一个星期，没有说服老板收留我，但代表自己出了趟省，并交了两个陌生人做朋友。

我离家出走过两次，其中一次身无分文浪迹 45 天；另一次，则在成都我幺姑家待了三个月。

务农这四五年，家乡一个高人给我下结论：黄河这娃儿心比天高，命比纸薄，高不成低不就。

这个阶段的自我总结，还是两个词：超级笨，不安分。

结论：都是文学惹的祸。

## 3

1990年—1998年，在深圳打工。我打工也分两个阶段，比较辛苦的普工阶段和频频失败的白领阶段。

我的第一份工作是在深圳龙华清湖的建筑工地做小工，每天8元，包吃包住，平均每天工作11—12小时，雨天和停工停料时都不用开工。

我的主要工作是铲石子、上水泥、和砂浆、拉斗车、提砂浆等。那时我还很瘦弱，拉着斗车奔跑身体得弯成一张弓，工友们因此都叫我骆驼。

当建筑小工虽然比较辛苦，但经济上可以相对独立些，寄信、投稿、买自己喜欢的书和杂志都有钱了。更重要的是，不必在父亲眼皮底下活动，有了更加自由的心灵空间。

我在建筑工地断断续续大约干了一年半小工，辗转三个工地，只是接触了多个工作，没有学到任何技能，对工作也没有任何感情，最多只能算一种经历。

后来，我前后进过岗头裕兴电子厂、民治兰天电子厂、布吉秀峰联丰塑胶电子厂、龙华美景金属制品有限公司，基本上都是当装配工、磨砂工和杂工。

裕兴是我进的第一个厂，工作两个多月，没拿到工资。

在裕兴是我走出校门后第二次感觉到自己一无是处（第一次是学家电维修时），我在那里装配速度只及别人四分之一，连商标都贴不正。

裕兴、联丰都是我被老板炒鱿鱼，兰天、美景是我自己辞职走的。美景当时是一个各方面条件都不错的中外合资企业，只是我从事的工作太恐怖，石蜡粉尘防不胜防。因为心里畏惧，我仓皇逃离了这份工作。这也是我在工厂的最后一份工作，虽然依然不算个好员工，但主管对我很好——因为美景期间我在《龙华报》副刊发表了好几篇文章，也包括写主管的《主管是个年轻人》，他尊重我是个“文化人”

从美景出来以后，我再也没有进过工厂

## 1

1996 年，在朋友张煌新帮助下，我在龙华图书馆做过三个月零时工。之后在潘芸介绍下，去龙城派出所第四警区做治安员。

这是我在特区真正像样的第一份工作，待遇也不错，有 600“大洋”。根据我眼睛近视而且喜欢写东西的特点，警长让我坐岗亭。除了注意周边的治安动静，多数时候闲得无聊，于是大量小说和散文，就是当时在岗亭写出来的。

比如《燕子带血的唇》《狭路人生》《今夕是何年》《傻哥儿打工记》等。

后来，经朋友徐景文推荐，我进入上南派出所做文书。这是我人生非常关键的一步，然而我自己没有把握好。或许，我压根就不想把握好。因为我强烈地感觉到，这不是我的发展方向。

当然，在派出所，我另外一些缺陷很快暴露出来。比如说不够灵活，不善平衡领导关系，业务技能弱。很快，领导对我有了意见，并找了个理由辞退了我。

离开政府机构以后，我先后在《西江月》《百花》《健康之路》《今日中国》广东站工作过，除了《今日中国》杂志，其它三家我依然是被炒鱿鱼的对象。

被《健康之路》炒鱿鱼那一年，我已经 34 岁。我很苦闷，不知道为什么，我总是被命运搁浅？

结论：依然是自己太笨，而且时运不济。

## 5

我命运的真正改变，是从 2004 年开始的。

那一年，我和海燕还在广州做自由撰稿人。朋友喻彬接下了《中国灯饰报》光亚展特刊的内容制造业务。我们负责特刊全部采写，他们为我们发稿费。时间很紧，采访量很大，但我们进行得很顺利，对方也很满意。

项目结束，海燕留在《中国灯饰报》工作，我继续待在原单位。一年以后，我也进入《中国灯饰报》工作。

进去之前，总编欧元春问我："你过来是做新闻编辑部主任，还是做副总编？"我咬咬牙："要来，我就做副总编！"总编问我有什么要求，我说："我是个靠文字吃饭的人，只要不跟广告挂钩就行，否则我宁愿不来！"欧总爽快答应了。

果然，到了这个位置上，我就如鱼得水。经过最初一段时间的适应后，我迅速以统筹能力和文字赢得了行业地位。我的专栏《黄河大钟》和文学副刊文章，都引起了巨大的行业反响。甚至，我意外地发现，广告也根本不用去拉，客户会自动找到我。

或许，这就是渐入佳境？

进入《中国灯饰报》是 2005 年 3 月 8 日，时年 35 岁，开始进入全面爆发期。

## 6

2008 年 2 月 25 日，为了谋求更大的发展，我创立了狂飙传媒集团和《世界照明时报》。从此，我进入独立运营一个行业传媒平台的崭新时期。

《世界照明时报》这 9 年，经历了很多的风雨和艰辛，但因为其前瞻、洞见、专业、创新、服务赢得行业大众的拥护与爱戴。事实上，从第四年开始，它已经成为了行业媒体的第一平台。

今天的我，算不算“大器晚成”？

其实算不算或许都并不重要。重要的是，从 35 岁那一年开始，我发现自己并不像想象的那么笨，开始厚积薄发，并且一通百通了。比如，以前我做什么事动作都很慢，反应也很慢，35 岁以后开始提速，手和脚，心和脑，开始完美地协调起来，那种感觉真是妙不可言。

我这时发现，真正能成一定气候的人，不是什么都能做，而是只要有一方面擅长就足够了，关键是要找到属于你自己的舞台；而真正能成大气候的人，最好什么都不能做，只要有领导能力就足够了。当然前提仍然是你要有实施领导才能的舞台，并且别人要愿意被你领导。

当然，个中奥妙，仍然妙不可言，不是谁都能参透的。多数人的一生，天才自然达不到，蠢材自然算不上，能够成才足矣！

至于开化早迟，既是造诣，也是造化。

2017 年 1 月 25 日　中山市人民医院，病床

# 黄河三部曲

## ——《三汇的花朵》序

■ 李学明

黄河，奔腾咆哮，气势如虹。

《三汇的花朵》作者黄河，也有那么一点儿气势。

这黄河，三汇人，素未谋面。然而，2017年6月27日，他创办“三汇文学”公众号的那篇发刊词，把我怔住了。言之凿凿，要为三汇文学立言。

他究竟有什么法力，与众不同？

2017年8月13日，在成都。

2017年9月17日，在三汇。

2017年12月27日，在广东。

我三次见到黄河，算是对他多少有点儿了解。

黄河直如一本书。

他的人生，有三部曲。

## 第一部曲　少年

### 笨拙与聪慧相伴相随

儿时，黄河家庭贫穷。他 12 岁时，父亲翻车摔伤昏迷七天七夜，致残。此时，母亲又得肺病。一年至少有三个月缺粮。12 岁的黄河，10 岁的弟弟，8 岁的妹妹，一家五口，由黄河和弟弟支撑，耕田犁地，挑水做饭，推磨喂猪。

上学时，黄河满脑子“怎么办”，盯着黑板，盯着老师发呆，哪里听得进去！

初中毕业，六门功课，黄河四门不及格，有一门居然只得 17 分。

同学张力给他补课，补了很久，二年级的代数课还是搞不懂。张同学失去了耐心，“没有想到你这么笨，简直笨得出奇！”

黄河说起他读书时的情景：

“上了初中，所有心思都是胡思乱想。

“书是读不好的，想象力是喷薄的。

“上学是苦闷的。

“上课时间是困乏的。

“下课之后是万般后悔的。有如罗大佑《童年》里描述的情景。”

那时，他觉得一切都是苦闷的，只希望生一双翅膀飞出去。

20 多年后，他回忆自己的少年时光："孤寂中聚集丰富的想象力，才有今天泉涌的文思。"

未必黄河真就那么笨么？

非也。

他是绝顶的聪慧。

虽然他数理化不及格，但语文却很好，成绩优秀。老师还把他的作文当范文在班上朗读，这大大满足了他的自尊。

初中时，黄河自己创作的两个手抄本《隆冬到来时》《先春》，在学校广为流传。《先春里》还有一篇写成人世界的小说《山茶花》，竟有 5000 字之多。他还抄写了庄之明的《哦，十四岁》，龙新华的《柳眉儿落了》，丁阿虎的《今夜月儿明》，供青春期苦闷的同学们阅读。

他的精力主要花在写作上。他给自己立下规矩，每天写一篇文章，不写完就不睡觉。他坚持写日记，天天写，从小学到中学，厚厚的十几本。"我的文学功底，大抵是这样练出来的。"

语文老师张本毅、张本然给他讲杨牧，他听得入迷。这张本毅、张本然我认识，他们与杨牧同是三汇中学初 59

级的同学。他们告诉黄河：杨牧在初中二年级时，就被勒令退学。理由是他反动，为右派艾青说话。教语文的杨老师头天让学生预习艾青的诗，第二天却宣布，艾青是右派，不能读他的诗了。少不更事的杨牧举手发问："老师，请问这首诗是艾青没有当右派时写的好诗，怎么不可以读？"一句"请问"，加上他与三汇中学四个小右派张在华、何世训、鄢国灿、张仲方玩文学，被学校勒令退学。

14 岁的黄河，听张本毅、张本然讲 14 岁的杨牧：

杨牧不能读书了，回到河东乡老家务农、当民办教师。他又不安分，办起《学步集》，受到上面追查，受到村支书王光明打压。他在家乡呆不下去了，于是逃往新疆，成为盲流。

1983 年，张本然、张本毅给黄河讲杨牧时，杨牧已成为中国新边塞诗的领军人物，成为全国十大著名诗人。

张本然还说，现在，杨牧在新疆石河子办《绿风》诗刊。

杨牧于是成为了黄河的偶像。

1986 年，正是杨牧和四个小右派玩文学的 30 个年头，黄河有意模仿杨牧的《绿风》之"绿"，也来了个"绿"，成立绿野文学社，创办《绿草地》社刊。张力、唐中华、胡光秀、李文莲、张成芳、曾群祥同玩文学，讨论诗文，外出采风。他与三汇中学杨森林的泉心文学社和《新星心》

文学刊物交往日多，两人亲如兄弟。李晓雪、谷月敏、徐晓美、段福毅、姚建国也是积极支持者。

黄河崇拜杨牧，专门把他和文学社优秀成员的诗歌寄给杨牧。大诗人杨牧回信了，这对一个十七岁的少年，是多么巨大的鼓舞！

这绿野文学社，《绿草地》社刊在三汇地区风生水起，呼啦啦云集了几十个文学少年入社玩文学。

那一年春天，“绿野”和“泉心”在三汇中学外巴河岸边的沙滩上，几十个少男少女，文学玩得疯狂。或弹吉他，或纵情歌唱，或吟颂诗文，手舞之，足蹈之，喝彩之，青春的热血和青春的荷尔蒙尽情挥洒。

黄河站在一块大石头上，高喊：

“我宣布，新世纪的文学精英将从这里崛起！

“我右手高举，像 面风中摇动的大旗，引领着文学青年才俊奋力冲刺。

“我仿佛看到，我们用智慧、热血和汗水耕耘，辉煌正在远方向我们招手！”

黄河那十六岁的剑虹小妹妹来了，他高声朗诵献给她的诗篇《十六岁的女孩》：“一个女孩只有一次 16 岁，16 岁的女孩却永远有！”

他想说：“剑虹妹妹，这是我为你写的。”然而剑虹却早已回学校取书包去了。

这首散文诗发表在《中国少年文学家》上，并荣获三等奖。

他拿着报纸去找剑虹时，她已经远去了——这或许就是他朦胧的初恋。

一起参加沙滩文学联谊会的，还有三汇中学的“雪柳”。她在三汇中学泉心文学社《新星心》发表《六月是火，火是雪柳》，用几近颠狂的热情，表达了对泉心文学社成立的惊喜，表达了对缪斯的崇拜，表达了自己甘愿化为火种，去照亮文学荒原的决心。

雪柳在沙滩联谊会上喊出了对黄河的崇拜：“你是一只在荒原上奔跑的九色鹿，朝着梦中的传说不息跋涉，我很崇拜你！”

黄河在这里得到了一个城市女孩的赞誉，是何等兴奋！

然而，当黄河在深圳闯荡受伤后去三汇中学找雪柳倾诉心事时，高三的她埋头读书，不玩文学了。“你看杨森林，文学大奖得了那么多，现在却四面楚歌，说啥的都有！”

三汇中学的雪柳，两次说到文学荒原，这也是我一直关注的。

1957年，杨牧和那四个小右派办《奔浪》之后，难道三汇中学的文学真的湮灭了么？

我一直在寻寻觅觅。

2014 年夏，龙克在成都约集杨牧、我与几个文友相聚，其中三汇中学就有三位，都是杨牧的崇拜者。

杨森林在成都,他说起在学校时办文学社,办文学刊物,并说见到了杨牧。

李素平从西藏来，他马上从手机里调出杨牧的《我是青年》,当即声情并茂地朗诵。他现在是西藏动漫协会会长。

李冰雪来自达州，也说起杨牧是他的偶像。他送给我一本诗集《叩问与守望》，是杨牧题写的书名。他作词的歌曲，上了中央电视台，广为传唱。现在，他是达州市文广新局局长。

杨森林是与黄河一起玩文学的。他们是“师兄弟”。

当然，杨森林是从三汇中学就开始玩文学的。

他曾邀约我去文殊坊，听他说杨牧。

2017 年 12 月，在广东中山市古镇镇，杨牧与我应邀去参加黄河举办的世界照明灯饰行业年度品牌风云榜颁奖典礼。期间，我与杨森林茶叙，又听他说起杨牧，听他说玩文学，长达两小时之久。

森林说：“是呀，杨牧是三汇中学的，我为是他的校友而骄傲！”

1986 年，杨森林听说杨牧被评为全国最受欢迎的十大诗人，获得国家级诗歌大奖，在新疆石河子办《绿风》闻名全国，倍感骄傲和荣幸。

森林说：“那时，关于杨牧的传奇故事，在我们三汇中学传开了。杨牧于 1964 年逃往新疆。家乡不留人啦！”

我说：“杨牧被学校开除后，回乡当农民，后来他当民办教师，办《学步集》。办刊物，又犯大忌，被批判。直到有一天，当把他与地富反坏右分子一起开会，他知道大难临头了。他想起土改时，他的堂兄在渠中读书，父母斗死后，又把堂兄弄回来继续斗，双膝跪烂生蛆，受尽折磨。他觉得再也不能走堂兄的路，只能逃！

那时，没有路条寸步难行。他想到一个绝招，给乡文书说：“病了，想吃白糖。乡文书开恩，叫杨牧自己写。杨牧把一页纸，上面写买白糖半斤，下面盖章，中间留空白。杨牧把上面的字一裁，写上‘兹有杨牧，到新疆探亲’的路条，流浪到新疆。”

森林与我继续讲杨牧：

到新疆仅剩“管饭”的工作也并不安生，村支书王光明造谣说他逃亡苏联。被追杀中，他只好跑到维吾尔族村，改名叫“伊敏江”。

杨牧九死一生，不忘文学。听说王震把艾青弄到新疆保护起来，他便去寻找艾老。千辛万苦，终于见到艾老，成为艾老的学生。

杨牧一生，“败也艾青”，一句关于“艾青的诗是好诗”，被勒令退学。“成也艾青”，杨牧成为“中国十大诗人”，由艾青亲自颁奖，艾青功不可没。

1958 年杨牧与四个小右派的故事，在三汇中学学子中传了一届又一届。这压抑，太久太久了。

诚如汇中雪柳所言，文学是荒原。

30 个年头的压抑、积蓄，“崩”出了一个杨森林，举起文学的大旗，左有覃峰（覃乙峰），右有胡策，办起泉心文学社，呼啦啦上千人之众。

文学社一次次沙龙，文友们把个三汇玩了个遍，山山水水留下学子们青春的脚印。

泉心文学社与黄河的绿野文学社一起，把三汇闹“昂”了。

泉心文学社与渠县二中、营山县的文学社周劲松联谊。县内县外，文学都异军突起。

杨森林办起了《新星心》。先是小报，4 开本，一天一期。接着办成刊物，一周一期，80 页，容量大了。这覃锋、胡策负责排版、油印，十分辛苦。杨森林至今叹息：“胡策贡献太大，可惜，他在南下时意外亡于车祸。胡策是文学的殉道者！”

疯狂的森林，一年写100多篇文章，《巴山文艺》常有他的诗文，还登上国字号的《中学生》《语文报》《中国少年文学家》，获得了一个又一个文学天奖。

他是校中名人，校学生会主席，校团委副书记。

他是省内名人，因见义勇为，舍己救人，被评为“四川省十佳赖宁式好青年”。

他的这些光环，本应保送升学的。

很不幸，推荐他的雍朝育教师，因与某师不合，保送没有成功。

有幸，他靠自己的呕心沥血的拼搏，考上了西南师范大学，又成为西师大学生会主席。

这雍朝育，是他的班主任，喜好文学，常在报刊发表诗文。他与森林一起玩文学，支持帮助他最多，是忘年交。

森林在汇中的文学荒原中掘泉《泉心》，布新《新星心》，如今文学青年已成一片森林。

森林说：“1998年，正在办刊物、玩文学热闹非凡的时候，我的文学偶像杨牧回来了，我向他报到！”

我告诉森林，1988年杨牧还在新疆，第二次回到三汇中学。第一次，是此前几年，他与表弟王建国一起，未惊动任何人，把三汇中学走了个遍。还在59级2班教室门前照了相。有同学不认识他，说，这里有什么好照的吗？杨牧说，或许将来，你们会说，这里是值得照的。

杨牧曾经告诉我，1988 年，他第二次回三汇中学。三排老教室还在，花园级园、礼堂没有了。教师宿舍、食堂还在。听说杨牧回来了，一批文学青年蜂拥而至，七嘴八舌说文学。已过不惑之年的杨牧，看见这些文学少年，激动啊。“当年，我与四个小右派玩文学，只在小圈子内。现在，你们这阵势，令人欣慰哟。我的汇中也有今天啊！”

杨牧告诉我，这次回母校，这雍朝育老师，虽未教过杨牧，但他最热情，把杨森林等爱徒找来了。

中午，雍老师到食堂，由厨师张福生炒了几个小菜，夏天伦（右派，已摘帽）、王瑞海、冷文俊等几位老师，各自端了一碗饭，来到一起听杨牧聊天。

“雍朝育一直把我送到船上。”杨牧说。

顺便说一句，雍朝育是我高中一年级的班主任，对我疼爱有加。他那时常在报刊发表诗歌，我在一篇文章中说，他是文学青年。我与森林师出同门。

在杨森林的记忆里，杨牧深爱汇中的每一寸土地。雍老师告诉森林，说杨牧回来了，他便约集文友，拜见杨牧。当天晚上，他看见杨牧提着马灯，夜巡汇中，便尾随其后，紧紧追随他心中的偶像。

高考，这块敲门砖，把森林挡在了门外，那年他总分只有 293 分。

但他复读一年，总分得了 518 分，成为渠县文科状元，上了名校西南师大中文系。

杨森林离校，李冰雪接班，当《新星心》社长，学子们玩文学，一浪高过一浪。

现在，森林在成都发展。作家、诗人、企业家、传统文化传播者、文旅商业专家集于一身。他还拥有近十个不同身份，在公益、教育、文化等多个领域，享有盛名。

森林一篇《家乡的味道》说："走南闯北，吃了多少美味，而天下最好的美味，还是妈妈用柴火做的菜干饭。一连吃了三碗，再加上一碗黏米汤，真是美上天。"细细品读，我感同身受，这是妈妈的味道。

## 第二部曲　青年

## 南漂与文学相伴

从 17 岁到 21 岁，黄河回农村当农民。

在家务农四）五年，他没有认真务一天农，一心只想写作。一次激怒了父亲，便撕烂了他的创作本。

他去三汇学了 8 个月无线电修理，连开关也不会修，还烧坏了师傅的一台万用表。

期间，他出省到湖北枣阳，只待了一个星期就回四川了——别人看他傻傻的，不收他。

他两次离家出走。一次身无分文浪迹 45 天，另一次到成都幺姑家呆了三个月。实际上是在文家场泡了 3 个月图书馆。

他自我总结：在农村，超级笨，不安分。结论：都是文学惹的祸。

1990 年，他离开生于斯、长于斯的矮婆湾，南漂了，南下深圳打工。其苦难是我等无法想象的。

先是做普工。在龙华清湖建筑工地做小工，每天工作 11—12 小时。工友叫他“骆驼”，瘦弱躬身铲石子、上水泥、和沙浆、拉斗车。

小工虽然很苦，但他不在父亲的眼皮底下，有自由了。只要不上工，就躺在山地上看书，一看一整天。

一年半转了三个工地。除了写作，他对小工没有任何兴趣，打工只是为了讨生活。

接着到工厂。布吉岗头裕兴电子厂、龙华民治兰天电子厂、布吉秀峰联丰塑胶电子厂、龙华美景金属制品有限公司，搞装配工、磨砂工、杂工，把所有的杂工几乎做了个遍。

裕兴干两个多月，没拿到工资。到联丰，又被老板炒鱿鱼。到兰天、美景，干干没意思，他又自己辞职。美景，中外合资企业，但那工作太恐怖，石蜡、粉尘防不胜防，他仓皇逃离。

更恐怖的是，多次因倔强、正直得罪治安办被关进收容所。1991 年夏天，黄河因所在建筑队发生劳资冲突，清湖村治安办三次将黄河送进樟木头收容所。那时的收容所，失去人身自由，是一个黑暗的地方。出来时身无分文，还欠了一屁股的债。居无定所，流浪街头，遭到黑社会威胁，生命危在旦夕……

不过，对这些磨难，他在《狭路人生》这部中篇小说中，只是淡淡提了一下。

期间，有一件事，成为黄河终生之憾，失恋。正是这件事，深深刺痛了他，也激发了他。

那是到深圳两年后，他回到家乡，见到了他的青涩暗恋少女剑虹。他曾为她写了很多情诗，她读懂了他。那天晚上，当他向她真情表白时，她躲开了。

他痛彻心扉，但并没有沉沦，而是奋发图强：这朝霞不正是我吗？虽然现实浓云紧锁，但我从来没有真正倒下。滴血踏过的地方，总有小草茂盛地生长！

他发誓："我要去长空搏击，直至翅膀不能飞翔为止。这是悲壮而无法预料前景的旅程，但既然选定了我就绝不回头！”

黄河虽然失恋，但对文学更加相恋。

早在初中毕业后，黄河回乡当农民时，他就是全县第一个参加高等教育自学考试的农民。虽因外出谋生而中断了，但他一直没有停止学习。

闯深圳、广州、中山，虽磨难多多，但他拼命读书，与写作为伴，营造他的精神乐园。他放言：“文学博士读了的书，我都读了；他们没有读的书，我也读了！”

黄河在深圳龙华打工期间，自发表《自信的打工仔》起，他不断在《深圳特区报》《深圳商报》《深圳劳动时报》《深圳晚报》发表新闻和文学稿件，渐渐崭露头角，成为当年深圳的“十大自由撰稿人”之一。

1996 年，他在龙华图书馆做了三个月图书馆零时工。文友潘芸推荐他到龙城派出所做治安员。他在特区有了一份属于自己的像样工作。

期间，他在岗亭奋笔疾书《燕子带血的唇》《狭路人生》《今夕是何年》《傻哥儿打工记》等小说。

后来，友人介绍他到上南派出所做文书，因不懂人情世故，被辞退。

再后来，他先后在《西江月》《百花》《健康之路》做编辑、记者，多次被炒鱿鱼。他非常苦闷：“我已经 34

岁了，为什么命运的小舟总是搁浅？”他很讨厌自己太笨，不懂人情世故，不懂得通权达变，也抱怨时运不济。

深圳闯荡的13年间，黄河多次靠一支笔维持生计。在《知音·打工》，曾经一个季度上过4篇6000字以上的纪实文章，月有2万元收入。文字、文学，给他带来来了全新的生活，赢得了应有的尊严。

《打工族》杂志，他是特约记者，一年上20篇大稿。他多次在《深圳特区报》《深圳商报》《广东公安报》《佛山文艺》以及家乡的《成都晚报》获奖。奖励给他带来巨大的荣誉和文字享受。

他先后被《百花》《西江月》《健康之路》杂志聘为记者、编辑，被《今日中国》杂志聘为驻广东站站长，从广东走向全国。

仅1992年至2004年的12年时间，黄河发表文章逾300万字。

闯荡深圳13年，4个工地，4个工厂，多年自由撰稿人生涯。被几个工厂炒鱿鱼，被几个杂志社解聘。这是黄河在深圳的主要履历。

这又何妨，他有文学梦！

艰难困苦，玉汝于成。黄河愈挫愈奋，文学和信念成就了今天的黄河。他已经自己当老板了，是多个股份制公司的股东、董事长。

2017 年 6 月，他开始做酝酿已久的“三汇文学”梦！

三汇，也是我的家乡，近些年回去多。我高兴地看到，县委、政府十分重视三汇建设，镇委、政府给力，变化很大。特别是去年 9 月，我们回到三汇，看到三汇的变化更大。

然而，当人们一提到三汇镇时却说，向阳门拆了，大石盘占了，叹息不绝。

张孟的《远去的水码头》、何本禄的《古镇的悲凉》、周建华的《古镇》、高跃明的三汇油画、王晶的三汇百厂描述，等等，都是对四川四大名镇之一三汇的回忆、眷恋，也留下更多哀婉、痛惜。

悠悠古镇，一有黄河就不同。

黄河的心在三汇文学。就我接触到的，他为三汇文学振兴，做了这样几件事：

第一件，建立“三汇文学”微信公众号。

2017 年 6 月 27 日，他蓄谋已久，建立了“三汇文学”公众号。我说这是一面旗帜，仿佛站在三山之颠，摇旗呐喊。三江汹涌澎湃，“三汇文学”集结号启航。

他在《序言》中写道：“我创办这个文学公众号，只为三汇文学乃至三汇文化而生。

“如今的三汇，确实犹如巨龙被斩腰，气若游丝。

“我死而文学号不死，必是三汇人文历史振兴之时。

“因此，我辈青云之志，乃后辈文化勃兴之势。

“我们只能执着于信念，把双脚踏进深深的泥土。

“从我做起，从现在做起。

“雄关漫道真如铁，而今迈步从头越。”

2018 年元旦，他的一篇《三汇文学元旦寄语》说：“时至今日，‘三汇文学’公众号创刊半年有余，已出 163 期。激起了一圈又一圈涟漪，留下了一个又一个脚印。

“文学，是一个地区的风雅与风骨，更是人类自身与社会活动的活化石。因此，我曾大胆妄言：一个地区如果没有文人，就等于没有历史。

“三汇发展文学，就是千古事。因此，参与这个工作的人，你就是在做千古事。

“三汇是很小，但三汇却很大；三汇文学的地域名称很小，但如果你的文才能够征服世界，你虽立足三汇，但征服了世界。

“因此，三汇文学的本质不是它的平台大小，而是在于什么样的人，什么样的团队在打造这个平台，运营团队决定着最终的前途和命运。

“我们庆幸这个团队是个老中青结合的优秀团队，又生逢其时。假以时日，必有冲天那一刻。

“三汇文学的明天一定会更美好！”

一篇《寄语》，一篇宣言。

到我这篇文字付梓时“三汇文学”公众号已出刊300余期，发文稿1000多篇。三汇人、渠县人、达州人写三汇，四川人、中国人写三汇，活脱脱展示出文汇三汇的人文风貌。何时有这盛况，何人有这能耐？黄河也。当然，杨森林、付丽霞、张成芳、唐中华、王忠英也付出了大量艰辛的努力。

第二件，建立“三汇文学”群。

他的少年时代起的文友唐中华是群主。180多人的乡友文友，天天聊三汇，何等亲切。文人聊，当然有文味，有含金量，并引出三汇一个个故事，陈芝麻，烂谷子，都抖了出来。恰恰是这些陈年旧事，引出一篇篇美文。我天天看，与乡党文友见面。当然，这个群是黄河指引着。

第三件，召开成都会议。

2017年8月13日，黄河从广东中山来成都，约集杨牧、李学明、何本禄、李明春、王忠英、张成芳、姚建国等人相聚，我把它叫成都会议。他讲述“三汇文学”公众号的主旨，王晶补充。会议把三汇文学的肯干召集在一起，大家信心满满，开了个好头。

这是黄河第一次见杨牧，并写了一篇《一面》，一面旗帜。

第四件，回到三汇，参加渠县书画院三汇分院成立会，为“三江文学”公众号造势。

2017年9月16日，渠县书画院三汇分院成立。院长田道荣，分院院长田龙刚、副院长唐中华玉成此事，诗书画友，来了两百人，好大的阵势。

在成立会上，安排我发言。我拿起话筒，一句“三汇娃儿李学明回来了！”一喊出来，我的声音就颤抖了。

我对三汇既熟悉，又陌生。汇东乡，属三汇区，“三月十八亭子会，邀邀约约赶三汇。”儿时就唱。然而对三汇镇，除了河街以外，其它街道的分布，我说不清楚。从我记事起，到三汇镇上，也就十几次。由于出不起两分钱竹牌子的过河钱。

我曾对杨牧兄说，三汇镇是你的，你家住三汇。

然而，这次三汇举行活动，我和牧兄尤为兴奋。二话不说，推掉其他事情回三汇，县委宣传部部长陈晓军刚上任十天，听说了，要我们住县城万兴酒店，牧兄和我婉拒，要住在三汇。我在宾馆宿舍，一开窗，就可以看到我的号房老家。一夜难眠。

突然，我也有资格，说我是三汇娃儿。我幼时，父亲在镇上开药店。我三岁时，父亡，回号房。我在镇上有大姐李碧玉、二姐李清玉，堂姐大姐李雪玉、三姐李文玉、四姐李学玉。加上我读书的汇东完小，现改为三汇镇二小；

三汇中学读了初中高中，我当然是三汇镇的。这次回三汇，我找到了真正的归属。

我在发言时，还有感而发，冲口而出："黄河之水天上来。"凌晨二时，黄河从广东省中山市古镇镇赶来，参加会议。

黄河面对两百文友，发言时几乎失控，声音发抖，然而中气十足。说："如果用一个词来形容我现在的感受：那就是坐不住。如果用两个词来形容，应该是：立正，敬礼！"

《见证三汇文化》是黄河参加渠县书画院三汇分院成立后写的。他说："参加的开业庆典多了，但这一次令我非常动容，忽然发现对三汇文化了解太少。现场来了两三百人，涵盖了老中青和少年。那些老人，大多都是诗书画艺四个领域浸润很深的人。很多人，吹拉弹唱，琴棋书画，都是他们的终身爱好。所以，当这么多老人冒雨坐在会议现场一动不动，有的饶有情趣，脸上浮现着幸福与忧伤；有的壮怀激烈，像是在缅怀过去的岁月；有的抚今追昔，凌云之志不减当年；有的风轻云淡，绅士淑女一般安静，但内心有清流荡漾；有的矜持自重，凛然不可侵犯；有的恃才傲物，目不斜视；更多的低调自在，不嫉妒别人，不轻视自己，但不放弃自己的爱好和责任。"

杨牧是诗歌大家，他的发言，赢得阵阵掌声。

他说：“二十世纪五六十年代，每当夜幕降临，沿河两岸，满城回荡着悠扬的琴声和不息的歌声，令人感叹。是多么令人向往的一座城。

“三汇的每一块青石板，每一条石头缝都浸染着我的感情。三汇就是我最初的录音带，随机录放，沁人心脾。”

杨牧一句“希望书画三汇，书写三汇，文化三汇，能够带来新的希望。”

这希望不就寄托在黄河、杨森林、李冰雪们的身上么？

第五件，出版《三汇文学作品集 2017》。

“三汇文学”公众号才发布大半年时间，就有一部《三汇文学作品集 2017》出版，黄河总编，何本禄、王晶主编，镇党委书记王兴作序，凡 2200 册。这是集大成的纸质书籍、乃传世之作。

黄河说：“今后，“三汇文学”一年出一本。从今年起，还要出文学季刊。将来，还要拍三汇的影视。”建设文学三汇，黄河成竹在胸。

第六件，成立渠县作家协会三汇分会。

2017 年 12 月，在广东中山市，黄河就与杨牧和我谈起此事。

2018 年 4 月，县作协三汇分会挂牌成立。黄河从中山来，两百文友从四面八方赶来。文友有了自己的组织，这是文学三汇的盛事。

第七件，他在广东中山市发《三汇文学公益基金倡议书》，发起“百企千元”捐款，募得10万元三汇文学公益基金。“三汇文学”，竟然有了自己的公益发展基金！

第八件，出版《三汇的花朵》，黄河著。

何以书名为《三汇的花朵》？

黄河读刘震云《故乡的花朵》，印象深，心相通。他是把散落在三汇各个角落美丽的花朵收集起来。

《三汇的花朵》，专门发掘故乡的风土人情，人物掌故。

写中国的民俗文化艺术小镇，三汇镇。

2008年，三汇镇被国家文化部命名为中国民俗民间文化艺术之乡，以三汇彩亭为标志。

三汇彩亭是国家非物质文化遗产，国之瑰宝。

三月十八亭子会，黄河看了两三次。周围百里的人们从四面八方涌来，把个小小的三汇镇挤得水泄不通。渡船被压得超过警戒线，喘息着向对岸划去。从向阳门向河街望过去，黑压压一片，全是涌动的脑袋。

他写道：

“彩亭抬出来了，高的有两三层楼那么高。底座是笨重的八仙桌，但愈往上就愈精彩。每一台都有精美绝伦的造型，每一台都讲述着动人的故事：水漫金山、三打白骨精、三圣娘娘出世、梁山泊与祝英台、穆桂英大破天门阵……三汇人民的传承能力与创造能力，让人不由得不叫绝。

“我惊奇的是这盘扎的技术。难的是这亭子竟能走，而且是几个人抬着走，这需要多高超的技艺和把持能力啊！我仔细观察这亭子，选用的也无外乎竹子、铁丝、纸、布料等简单的材料，却在民间艺人手里变得鬼神莫测，实在匪夷所思。”

我距三汇近，看过两次，曾努力为三汇彩亭鼓与呼。三汇彩亭申报几年，也未评上国家非物质文化遗产。2008年夏，我作为省政协常委、学习与文史委员会负责人，约请省政协副主席杨海清、省国家非物质文化遗产评比专家委员会主任江玉祥教授一行，专程到渠县考察三汇彩亭，听取汇报，从文字介绍，到影彩资料，一一指点。特别是盘扎技艺，请老艺人介绍。“外行看热闹，内行看门道。”经专家组一点拨，当年就评上了国家非物质文化遗产。

1992年，三汇彩亭到成都，出事了。渠县文广局驻三汇办事处主任赵显贵，没有泄气，又抬到宣汉，获达县地区大奖。

2017年6月，三汇彩亭抬到成都，参加国际非物质文化遗产节，走向世界。

写民俗民间文化之乡，打耍锣。

临巴镇是2008年国家文化部命名的中国民俗民间文化之乡，其标志是打耍锣。

打耍锣，也是三汇人的至爱。

黄河一篇《打锣·舞狮·说吉利与拆字》，四位一体，写得有声有色。

打耍锣，在乐江至少有十支八支队伍。这打锣大有学问。

喜庆、丧事各不相同，唱戏表演又有不同，舞狮唱车灯又有不同。18种引子，可以随意分拆和组合。顺着打，倒着打，从中间往两头打，敲打出千万种变化来。

打耍锣是舞狮的重要组成部分。大红狮子或金毛狮子边走，笑和尚边在狮子前后左右摇摆。

说吉利，是乐江舞狮人的绝技。舞狮队有两个说吉利的，手持大红灯笼，一到恭喜的人家，说吉利的人现编现说，诗一般祝福说得主家笑逐颜开，便把烟和酒塞给他们。

拆字比灯谜更有讲究。舞狮队根据主家的布阵应答，主家摆多少字，答多少字，还要笔画相等。少年黄河看见周家湾一位博学后生在凳子上放着一瓶水，智囊张德山一拍大腿，“这不是邓小平有水平的吗？”引来一阵喝彩。

黄河说，家乡乐江有两宝，耍锣和皮家湾的刀剪。

皮家湾的刀剪。一个皮家湾，几十户人家，一色姓皮，铁匠铺有十几家。皮长六打的剑削铁如泥，菜刀砍骨头不卷刃，斧头砍大树锋利如初，犁铧从不折断，锄头从不缺口，剪刀尤讨奶奶大娘、小媳妇大姑娘喜欢。各家有各家的高招，远近闻名。然而，儿时黄河见到的皮家湾刀剪，被机械化代替了。当时，父亲为铁匠铺挑过煤。从煤灰里捡二煤炭，这是少年黄河美好的记忆。

写民风民俗。

吃汤圆。正月初一早餐，家家户户吃汤圆，这是民俗。从腊月二十三到腊月二十九，家家户户用石磨推汤圆面，晾干后在陶罐里贮藏。汤圆内包的食材多，以本地红糖味最佳，又甜又香，是对汤圆的经典形容，而糖麻圆则外焦内软，另有一种神奇的诱惑。

车车灯，是正月拜年的民俗。四个人抬着一辆轿子，里面有风情万种的车幺妹。随着锣鼓声，狮子舞，三花脸对车幺妹的调侃、唱和，几人唱，百人合，把乡村煮得沸腾。黄河还把车灯戏《牛娘织女》搬上村舞台，轰动一时。

端阳节。农历五月初五，骄阳似火。人们说端午节，三汇人叫端阳节。从白塔的渠江，逆江而上，到三汇汇合，沿途两岸，人们顶着烈日，人山人海，看划龙船。几十只龙船竞相飞奔，岸上呐喊阵阵。最激动人心的，是抢鸭儿了。鸭儿喝了酒，下水抢的人刚要扑过去，鸭儿却一个猛子在好远的水面上浮出。黄河笔下的端阳节，把我们带到了青少年激情似火的岁月。

腊八粥，追溯千年的历史，回忆大户人家出身的妈妈此时虽贫穷，但腊月初八这天，黄河割猪草回家，冻红的双手端起一碗妈妈煮的腊八粥，美滋滋的。

中秋节揣糍粑。八月中秋吃糍粑，唯三汇人是用楼梯竹揣，也有用石擂窝揣的。从 20 岁离开家乡，楼梯竹又唤起他儿时的记忆，找回了楼梯竹的青香。新酒米，香糍粑，何时再享用？

写故乡的山水。

三山。

青山，他去了几次。印象深的，是初中时文学社活动上青山，那位背小妹上山的李文莲，使他青春的荷尔蒙在涌动。他后来想见她，却因世俗而未去。不过，互相牵挂，心神相通。

牛奶尖。第三次上山，是当村团支部书记时组织春游。站在山顶，黄河挥舞团旗，觉得云舒云卷，苍山如海，大地如歌，“我愿化只雄鹰，展翅去天外翱翔。”就在那一刻，埋下了他要闯天下的种子。

白蜡坪。黄河从锣岗坝到号房、汇东公社（拱背桥）、汤家坝上山，他是春游。说到这里，我想起八九岁时，就从号房上白蜡坪，那是为了生计，上山捡柴。他去了两三次，就时常梦游，“是因为离她远了，她就要让我魂牵梦绕？”我呢，近些年几次去白蜡坪村，写了这个村巨变。他写干龙洞、仙居洞栩栩如生。而我记忆最深的是陡梯子，现在从公路上远望，好陡好险好高啊。何时，我与黄河同游我心中的高山？

三水，故乡的映像。

巴河边，黄河的家乡。

州河边，我的家乡。两岸是白蜡坪、牛奶尖。

渠江边，三汇镇，白塔。

黄河一一叙述。

白塔，黄河说，这是三汇的地标，圣物。他的母亲说，白塔是为镇妖而建的。塔顶每只角都有铜铃，风吹铃响像唱歌。母亲跟着她的母亲上木楼，从一楼到十三楼，像转山一样。上到塔顶，像到了江中心。但黄河一直没有上白塔。直到中学毕业那年，绿野文学社第一次徒步活动到白塔。见到破败的白塔，让他们仓皇逃离。而近几年，黄河回故乡，总要到白塔去走走，坐坐，静静对望，慢慢交流。相伴相生，相濡以沫。这是他的白塔梦。

写老家及周围团转。

矮婆湾，黄河的出生地，他在《我那遥远的矮婆湾》

中说，这是他童年天然的小港湾，童年经历的荒诞与神奇，是万古长存的童趣。“我的天生敏感，我的组织能力与领导能力，似乎都跟这个小村毫不相符。”童年时，在矮婆湾，在周围的田野放牛、割牛草、割猪草、拾地木耳，是天马行空的神仙生活。

小伙伴们一起“研究”：巴河对岸三岔溪的山寨，是石崖还是墓碑？段家湾的渡槽为什么那么笔直？我们二三十里外都能看到的水泥厂，冒出白烟的烟筒，有多么巨大？天空的云层为什么那么千变万化？为什么夜晚见到天上的月亮跟我们一起奔跑？远处白蜡坪的山火会不会烧了山民的房子？玉带一样的山路人怎么能站得稳？十万个为什么，成就了黄河神奇的想象力。

他和小伙伴在黄土崖用小手、镰刀和锄头，挖出了一个可以容纳五六个人的洞穴，这是黄河的第一个“巨大工程”。他们还在这里演绎童年的神剧，六个神仙姐姐下凡，并分配给谁做老婆。

春天，挖窄耳根凉拌，摘臭黄荆做凉粉，捡地木耳炒着吃。春夏之交，吃生胡豆、生豌豆。夏天，灌一肚子糖精水，解渴，夜晚，抓萤火虫放进豌豆夹，闪闪发光。在稻田里捉泥鳅、黄鳝和鱼，可美美的享受几餐。秋天，捉秧鸡，又是美食。冬天，撬凌冰，打水漂。

一年四季，一天到晚，这矮婆湾是黄河童年巨大的乐园。

金鸡石，一个孤零零的寨堡上，很突兀地矗立着一个巨大的鸡嘴一样的石头。传说中，金鸡石被打倒，重庆就会遭火灾。人们世世代代像神一样供奉着它。“它是我们的精神图腾，祖先图腾”。黄河认为，金鸡石兀立万年，是一种期待，是一场激情的碰撞，是千年的约会。

金浪子，金浪子和石佛滩是巴河上的两个凶险的滩。上游人叫惊浪子，太险。下游人叫金浪子，船打烂后好捡浮财。盗贼叫他金浪子，大行其道发横财。黄河多次到亲戚家，近距离观看金浪子。“俯瞰金浪子，河这边，乱石如云；一崖笔陡，河边巨石盘踞。河谷纵深，让人眩晕；看河那边，巨石雄奇险峻，好不巍峨。这或许，就是我童年埋下的冒险的种子。”山川河流，在他那里都是智慧、胆量、气魄。

当然，他一次次去金浪子，还总想见见暗恋的她。

三角寨，儿歌“寨高路陡好软脚，上窜下跳哈撮撮。乱石林立崖巍峨，胆颤心惊掉魂魄。”唱出了它的险峻。少年黄河天生的冒险精神，偏走羊肠小道，走得汗流浃背，气喘如牛。三角寨传说多、土匪寨、古战场、杀人场、万人坑。我要说，这三角寨，是三汇中学的校办农场。从学校厕所挑粪，西出校门，过麻柳桥，一直上坡到寨上，种菜。

困难时期，给汇中学生充饥，此寨功不可没。前年在渠县，叶宗泗老师还说起我俩一起在寨上守夜，害怕有人偷菜。

杨牧于1980年，虽已成名，但他却独自回三汇中学，每一个角落走完，然后西出校门，过麻柳桥，爬到三角寨。他走过麻柳桥后上坡的那段山路，是在找回美好的记忆。那年那月，就在这条坡坡路上，少先队员们戴着鲜艳的红领巾，举着队旗，做游戏。前面的人在路边石块下面压着一张纸条，写着“唱歌”“跳舞”“学牛叫”，谁找到了，便按此条上写的，一个个做表演，一阵阵欢声笑语。《地质队员之歌》《少先队员之歌》在山坡坡上飘荡。

写三汇美食。

心肺汤圆。黄河心仪已久，但从未吃过。直到2017年8月，慕名到三汇杨记心肺汤圆，一饱口福、眼福。“那心肺汤圆并不大，可用小巧玲珑来形容。皮薄但柔韧，绝不会为破皮露馅而担忧；那心肺不腻不腥，入口有一股持有的清香，堪称工艺卓绝，口感卓绝。”为什么他们能把不被待见的心肺，做出美味佳肴，使心肺汤圆成为独一无二的三汇小吃？为什么中央电视台《江河万里行》到三汇，专访心肺汤圆，李明春讲得神采飞扬？这就是三汇人的智慧，使心肺汤圆成为三汇小吃的名片。

灌肠。黄河说家乡的香肠叫灌肠。他细说灌肠制作的过程。当然，那时贫穷，肠里灌的除了猪肉外，还有萝卜、海带、土豆、饭豆，现在的年轻人恐怕难以置信。如果哪一节灌破了，马上煮来吃，芳香四溢。

腊肉。在中山，他与杨牧和我吃腊肉时，杨牧一句外面的腊肉总没有家乡的好。这让黄河感叹，外面的腊肉，总没有家乡那种味道。当年，一个年猪要喂一年，不像现在，几个月就喂肥了。过年，杀猪那天，是一家人的荣耀，主人也大方一次，请亲友饱啜一顿，吃泡汤肉。熏腊肉，是用柏桠熏出来的，更加晶黄剔透，更加香艳味绝。

三汇的特醋。黄河对三汇特醋着笔不多，但他向人介绍三汇风土人物时，少不了向他们谈起三汇特醋。他的大姨叔住渠县卷硐，离三汇远。母亲问他带点什么，他要20斤特醋。他患有气管炎，特醋泡大蒜治疗效果非常不错。当年，三汇特醋与阆中醋齐名，儿时去亲戚家作客，都摆放着醋碟。而今，三汇特醋，声名虽不如前，但仍在传承，每次回三汇，我都要买，这是家乡的味道。

“我就是死缠烂打，也要把三汇的家庭美食一一挖掘出来。”

他说，三汇家庭美食有四大宝，圆子、滑肉、酥肉、飘汤圆。

之一，圆子，选料必须是上等元尾猪肉，案板上剁碎，加上淀粉、佐料十分讲究。最高水平，是成形很美，色泽光艳，口感酥绝，满口生香。

之二，滑肉，滑肉有油炸和水滑。滑肉，黄晶晶，脆生生，咬口顺嘴流油，满口生津。

之三，酥肉，可以用四个词来形容：酥泡、香艳、嫩滑、爽口。有几种吃法，油炸了直接干吃，蒸出来现吃；冷却后煮汤吃。各有各的味道，各美其美。

之四，飘汤圆，又叫油炸丸子。做法考四功：配料、刀功、拷功、炸功。飘汤圆刚起锅时，金黄、芳香，咬一口，香在舌头，直透胃里。

写人物。

写父亲母亲。黄河的父亲是石匠，“当我听见父亲的石匠号子逶迤而来，透着一种神奇的力量向我召唤。他们把大锤高高扬起，悠扬的打石号子高一声低一声，唱得远山近山起起伏伏地回应，把父亲他们雄性的力量挥洒得淋漓尽致。我如痴如醉，暗暗发誓：长大了，当做父亲那样的男人！”母亲是肖家寨人，出身大户人家。父亲摔伤，母亲生病还撑起这个家。父爱母爱如山。

写奶奶。14 岁结婚，16 岁生子，育有 6 女 2 男，一家人的主心骨。奶奶人高马大，根本看不上爷爷。起初打打闹闹，以后恩恩爱爱。爷爷被抓壮丁，东躲西藏，一次刚回家，保甲长前来捉拿。奶奶让爷爷从后门外逃，拿根扁担把守，破口大骂。保甲长告状，奶奶因黄家亲戚黄伯骏在三汇把水口，告状败诉后，保甲长自认为不是黄家对手，举家搬走。6女2男，无论大凡小事，由奶奶摆平。用现在的话说，一个女汉子。

祖孙三代，黄河三兄妹，都有奶奶的侠肝义胆，打石匠父亲的雄性的基因。

写三姑父。

写三姑父。从儿时起，三姑父姚伯生就是黄河最敬重的长辈。三姑父是吉安村主任、支书，村里威望高。后调任乡酒厂，把一个要死不活的酒厂搞得红红火火。但横祸飞来，赊酒被骗。加之家中被盗，压得他喘不过气来。然而他是硬汉子，用十年时间，还清欠款，挺过来了。他是一个好父亲，把三个孩子培养成才，走出农村。姚建国上了电子科技大学，现在事业有成。

写老师。

写严师王道秀。她担任教导主任、副校长时，对同学管理极严，以至校风正，未出事。写她心慈，到她家吃饭，搭棚子起锅灶，为同学蒸饭。

写班主任张本然。黄河的初中班主任，语文老师。张本然绘声绘色讲杨牧，“给我指出文学的引路人。”黄河的父母病重，少年心力交瘁，无法再读书了，一篇《不平静的夜》的作文，张老师在全班朗诵，让黄河声泪俱下。张老师鼓励他一定要读下去，克服困难，完成学业。黄河失声痛哭，受鼓舞，并坚持读完初中。

写语文代课老师刘学宏。因张本然老师夫人生病，刘代了两三学期语文课。黄河的每一篇作文，都成为范文，在班上朗读。表扬“有写作天赋，只要不断努力，一定能迎来满天朝霞。”

写初三语文老师张本毅。在课堂上，张发现黄河卖弄普通话朗读课文，大加赞赏。终生难忘的是，1988 年，黄河已在家当农民，因追文学梦而荒废农事，父亲撕掉了他的书和文稿，黄河负气离家出走，在外浪迹 40 多天。他的第一站，就去找张老师，张老师留黄河在家住了一晚。临走时给了他十元钱，说：“你是个含而不露的人，久后必成人器！”

汇北中心校，黄河心中的李曰国，深受旧学浸染，讲起课来像说书人一样引人入胜。王代清和王志刚则是青年才俊，那时便在《通川日报》时有文字发出。

他说的几个老师，都是三汇中学毕业的。王道秀是我初中同班同学，我们以姐弟相称。张本然，初中 58 级的，是杨牧师哥，我认识。刘学宏、张本毅，也与杨牧同学。

写三汇文友。

杨牧，当然是第一人。他在《一面》中说：“听闻杨牧先生传奇久矣。初中时代，张本然老师讲过杨牧的艰辛历程和在诗歌上的杰出成就。从那时起，就一直希望得到他的指教。”

黄河多么希望见到杨牧。“2017 年 8 月 13 日，我在成都见到了梦寐以求的杨牧老师。杨牧老师迈着稳健的步伐向我们走过来。他一开口，真诚而朴实的语言使我感动，我瞬间感觉跟他亲近起来，并不是那么高高在上。他受了那么多苦，目睹了那么多人世沧桑，为什么没有悲嚎没有埋怨，反而充满了穿透一切苦难和黑暗的睿智和激情？我坐在杨牧对面，静静地和他交心，浸润在通透的生命哲学里。”

写鄢国灿，四个小右派健在的 76 岁老者。16 岁当右派后，无家可归，下野力，当工人。2017 年 8 月 14 日，黄河听说他的住房仅十几平方米，便与王忠英一起到鄢家。十几平方米老屋，竹木泥墙老瓦，无电冰箱、电视机，桌上有散乱的书报与稿纸。见状，黄河说：“我们想出钱替你换个大点儿的住所。”他即说：“不用了，习惯了。”至今独身一人，但有文学作伴，出版了诗集，一生坎坷，满纸阳光。杨牧作序，我为他的诗集也写了文字。他近日所作《三汇镇赋》，深受文友喜爱。

写王忠英。我冲口而出一句，“她把自己的一生都嫁给了文学。”黄河以此为题，写王忠英。对于这位七旬老者，黄河并不认识，但她得知王与杨牧、李学明很熟，便与他们联系，想在成都一见。李学明说，王忠英与四个小右派，她嫁了二人，都走了。黄河眼睛湿润了，这是一个怎样坚强的女人啊？她一生都在写作。于是，他们成了忘年交。

也写了《李学明印象》，许多赞誉，算是鼓励吧。

一部《三汇的花朵》，在中华大地文学百花园中如花绽放。

## 第三部曲　中年

### 事业与三汇共存

三十而立。黄河是从2004年而立的。那年他已35岁。

2004年，他和海燕转战广州，做自由撰稿人。友人喻彬接下《中国灯饰报》光亚展特刊，黄河负责特刊的全部采写。时间紧，采访量很大，但特刊令对方满意。当然，稿费也很丰厚。

一年以后，2005年3月8日，36岁的黄河进入《中国灯饰报》，受到提拔重用，担任副总编。

黄河到了《中国灯饰报》，如鱼得水，一炮走红。他的专栏《黄河大钟》和文学副刊，引起行业巨大的反响。专栏结集成书《忠告中国照明行业》，更是备受从业者青睐。

2008年2月25日，39岁的黄河，离开《中国灯饰报》，自创狂飙传媒集团和《世界照明时报》，从“中国”走向“世界”，进入行业传媒的崭新时期。

迄今10年了。

艰难困苦，玉汝于成。2008年创办《世界照明时报》，恰逢全球金融危机爆发，客户萎缩，同行排挤，到年底亏空殆尽，身无分文。黄河毕竟不是菜鸟，咬紧牙关，与兄弟黄庆阳借了10万元，度过了严酷的冬天。从2009年5月，传媒公司不仅还清借贷，而且开始赢利，柳暗花明又一春。

他发现自己再不那么笨了。以前做什么动作都很慢，现在手和脚、心和脑完美地结合起来，厚积薄发，一通百通。“那种感觉妙不可言。”黄河说。

前瞻、洞见、专业、服务，使集团和报纸成为行业媒体的第一平台。

我初看狂飙传媒，真有点狂啊。

我初看《世界照明》，这胆儿更大了，是世界么？

2017年12月27日，黄河邀杨牧和我去参加他的第九届世界照明灯饰行业年度品牌风云榜颁奖晚会，当颁奖嘉宾。我俩前往广东省中山市古镇镇。不就是个镇么？车行走在镇上，好亮的街市。灯饰门店一个接一个，除了灯店，别无其他。司机开口了，“我们古镇镇，是中国灯饰之都啊，它属于中国的，也是世界的！”

司机说：“你们看，欧美各国的灯饰，应有尽有，世界各国客商，都到这里订货！”啊，它就这样连接着世界。

2017年10月27日，广东省中山市古镇镇，举行“2018年世界照明灯饰行业流行趋势发布会暨第九届世界照明灯饰行业年度品牌风云榜颁奖典礼”。

会议厅灯火辉煌，高朋满座，上千人济济一堂。嘉宾来自全国各地。中国建筑材料流通协会会长秦占学，来自北京。他说，世界照明灯饰行业年度品牌风云榜评选连续举办了9届，在照明灯饰领域是最具权威、最有影响力的品牌榜。

黄河主持的照明灯饰委员会是中国建筑材料流通协会的分会。秦占学的话具有很高权威性。

这是一次中国8万家灯企高规格的盛会。世界名牌培育与推广委员会主任杨森林介绍了评选情况，评选历时59天，网络投票火热，评选公开、公平。

获奖灯企，一一走上主席台领奖，掌声阵阵。

颁奖涵盖了行业年度风云品牌，年度现代简约原创领军品牌、年度优秀全铜玉石灯饰领导品牌、年度全屋智能领军品牌、年度美式灯领军品牌、年度蜡烛灯领军品牌等多个品类，126 家企业获殊荣领风骚。

杨牧与我也成为颁奖嘉宾。我们看到，颁奖时，全场都一片喝彩声，这真是中国灯企的盛宴。

这是一次中国灯企、灯人的行业学术殿堂。移动营销专家华红兵、中国照明灯饰共享联会长汪顺波，这些中国各大领域的顶尖级专家，聆听他们的演讲也是一种享受。

会场上最受欢迎的，是黄河的演讲。

我静静聆听。黄河发表了主题为“2018 世界照明灯饰行业流行趋势”的报告。

一听这题目,分明是对中国灯饰行业作指引。我虽外行，但场内的阵阵掌声，表明业内人士的认可和欣喜。

且听他报告 2018 世界照明灯饰行业十大趋势：

一、北欧现代简约（俗称现代灯），为全球年轻人首选，将成为 2018 年最大的流行风口。

二、现代中式（俗称新中式），将成为 2018 年第二大流行风口。

三、美式灯，将成为第三大流行风口。虽然 2017 年美式铜灯是第二大风口，但已被迅速做烂，但生产和销售群体巨大，2018 年仍是主流品类。

四、轻奢风将成为第四大流行风口。轻奢，就是轻度奢侈，如今在行业已成气候。

五、轻智化产品将成为第五大流行风口。轻度智能化产品，以调光调色为核心，部分结合了声控、人体感应。

六、新欧美依然是稳健的品类，但对创新和工艺要求更高。

七、风扇灯作为小品类，2018 年将异军突起。

八、法式虽依然是极小种类，但大气恢宏，经典浪漫，消费关注度提高，有个不大但很高端的消费群。

九、智能照明依然在襁褓中，会有个别品牌脱颖而出。从智能照明到智能家居到智慧城市，这是一条必然的路。

十、水晶灯已经走出谷底，开始借轻奢化局部回暖。

黄河借助多媒体，将十大趋势——讲述，娓娓道来。

全场鸦雀无声，我转过头去，看到点头称是，有的还竖起了大拇指。

到了中山古镇我才知道，中国是一个灯饰大国，并正在变成灯饰强国。

如果说，黄河的媒体、报纸举行的行业颁奖典礼，是对中国灯饰、灯人的高最奖赏，那么，黄河的演讲，则是对中国灯饰行业、灯人的方向指引。

中国是照明电器产品的世界工厂，产品远销 220 个国家和地区，国内市场占到全球照明市场20%以上，是照明电器产品的生产和消费大国，首席出品大国，在全球占有率已超过70%以上。

目前正处于LED照明核心技术自主知识产权的转型升级阶段。以前我们模仿欧美产品为主，现在已逐步转化为欧美向中国学习的阶段。

黄河本是媒体人，何以能引领中国灯人、灯企？

他在2018年1月《守住自己，不忘初心》中，披露了秘诀。

“大家会很奇怪，为什么年底需要媒体领导不断露面的时候，我却到终端做调研去了。”他北上已二十多天了。

何以也？使命使然。《世界照明时报》目前的使命是，打造一个强大的平台，只做有价值的分享，不做画蛇添足甚至锦上添花的事。

首先，他必须对行业了如指掌。其次，他必须掌握行业的真正需求，并作出正确的筛选。最后，他必须坚持自己，坚守立场，不为浮华的世界所动摇。

寒冬腊月，黄河离开温暖的广东，顶风冒雪，北去江苏的无锡、常州、昆山，“走村串户”，到几百个经销商店里作调研。“我们沉下心来，扎扎实实做下调研，积累基础资源，最终用经过市场检验的理论去指导市场，用我们掌握的市场资源去服务上游厂家，这就是我们认为最有价值的工作。如果不深入到市场的毛细血管，去了解市场的真实需求和潜在需求，我们凭什么指手画脚，引领潮流？”

我现在终于有点明白了，黄河创刊时的八字宗旨“放眼世界，引领潮流。”斯言壮哉。

我现在终于有点明白了，黄河不做灯企，不是灯人，然而他却是引路人，用他的《世界照明时报》引领着全球灯企、灯人前行。

当下，有多少人沉下心来，沉到底层去调查？黄河的调研，时长近一月之久，跑了几百个企业。

有今日之调查，他对全国行业了然于胸，才有他的指挥若定。

中山古镇之行，我逐步了解到：

世界照明传媒平台已成为国内灯饰行业第一传媒平台，旗下拥有纸媒世界照明时报，门户网站世界照明网、世界LED网、世照网传媒股份、灯界网络科技股份、易微网络科技股份三大股份公司及20多个自媒体。

拥有世界性的知名度和全国性的影响力。

他用十年时间打造了一个公信力很强的行业评选平台：世界照明灯饰行业年度品牌风云榜。

他每年向全球发布流行趋势，准确率90%以上。

他拥有贯通上下游的大数据库及资源整合能力。

黄河很自信："这样一个平台，今后10年拥有巨大的资源和创富机会。我们拥有国家一流的专家智库团队，有着巨大的发展张力。"

黄河对我说："我现在还不富，只有一套商品房，把钱全部都用在事业平台了。20年内，我会对三汇做些力所能及的实事。"他在积蓄财力和资源，实现文学、文化振兴三汇的梦想。

三汇文学的60年，历史是这样写的：

1957年，杨牧与四个小右派，玩了一把"玩砸"了。

30个年头后，1986年，黄河、杨森林、李冰雪们在三汇，玩得天翻地覆。

又过了30年，黄河、杨森林、李冰雪们，在中山市、成都市、达州市三地，居然把文学玩得这样疯狂。

学明虽不算太老，年方七五，但病了，封笔了。2017年12月29日，在广东中山市翠亨村，黄河陪杨牧和我参观孙中山故居时，他说，明年6月底要出一本书《三汇的花朵》，邀我作序。盛情难却，只好破例，我在海南猫冬4个月，勉力为之，边读边记，写了这些长长的文字，权为之序。

2018年4月7日